백화

HYAKKA

백화
百花

가와무라 겐키

이소담 옮김

소미미디어
Somy Media

나의 할머니 나카가와 요시코에게
진심으로 감사드립니다.

차
례

1장

꽃

문을 열자 노란 하늘이 펼쳐졌다.

구름 한 점 없는데 태양도 보이지 않는다. 언덕을 내려가 막다른 골목 모퉁이를 왼쪽으로 꺾는다. 서둘러야 해. 이즈미가 곧 도착한다. 비슷비슷하게 생긴 단독주택이 완만한 언덕길을 따라 이어진다. 어디에서인지 피아노 소리가 들렸다. 슈만의 트로이메라이. 두 번째 마디에서 자꾸만 실수한다. 그렇지, 오늘은 피아노 레슨이 있는 날이었다. 미쿠, 도랑 파를 정확하게 눌러야지. 큰일이네, 벌써 레슨을 시작할 시간이다. 그래도 그전에 가야 하는데. 어디로? 나는 어디로 가는 거지. 아, 그렇지, 역 앞 슈퍼마켓이다. 오늘 밤에 이즈미가 온다. 그 애가 좋아하는 하이라이스와 달콤한 달걀말이를 만들어줄 거야. 커다란

꽃

토마토도 곁들여야지. 마요네즈가 아직 있던가? 혹시 모르니까 사둬야겠다. 슬슬 이즈미가 역에 도착할 시간이다. 얼른 장을 봐야 해. 더 서둘러서 가자. 신발 밑창이 아스팔트 언덕길을 때리는 소리가 아무도 없는 저녁때의 골목에 울린다. 눈앞에 그네가 보였다. 조금 전까지 아이가 타고 놀았을까. 녹슨 체인이 흔들린다. 가파른 계단 옆의 아담한 공원. 손때 묻은 미끄럼틀에 시소에 그네. 길고 긴 계단 끝에는 선로가 있고, 빨간 전철이 소리도 없이 달린다. 민들레 색으로 물든 하늘 아래에 빈틈없이 깔린 듯이 세워진 단지가 있다. 그 너머에 있을 바다는 뿌예서 잘 보이지 않는다. 유리코, 어쩔 거니. 돌아보자 아버지가 있었다. 진정하고 잘 생각해봐라. 어머니가 손수건으로 눈가를 훔쳤다. 아버지, 어머니, 죄송해요. 그래도 이 애와는 헤어질 수 없어요. 입을 움직였으나 말은 소리가 되지 못하고 건조한 공기만 새어 나올 뿐이다. 꼭 그래야겠다면 어쩔 수 없구나. 아버지가 눈을 감고 등을 돌린다. 어머니도 그 뒤를 따라간다. 쫓아가고 싶은데 다리가 움직이지 않는다. 어쩌면 좋아. 누가 좀 도와줘요! 아버지와 어머니의 뒷모습이 더는 보이지 않게 되자, 그네에 주저앉아 녹슨 체인을 흔들며 하늘을 바라보았다. 쩌저적 유리가 갈라지는 소리가 나고 노란 하늘에 금이 간다. 갈라진 틈 사이로 밋밋한 흰색이 보인 순간 지면이 파도

백화

치듯 흔들렸다. 저 멀리 보이던 단지가 쓰러지는 도미노처럼 차례차례 허물어져 내린다. 이즈미…… 이름이 입을 비집고 튀어나왔다. 이즈미! 이즈미! 반복해서 외친다. 아아…… 벌써 이즈미가 역에 도착했을 시간이다. 하지만 아사바 씨가 나를 기다린다. 가야 해. 그가 기다린다. 양파와 당근과 소고기를 사야지. 마요네즈도. 그렇지만 시간에 늦겠어. 미쿠의 피아노 레슨 시간이다. 트로이메라이 두 번째 마디. 도와 파를 정확하게 눌러야지. 아버지, 어머니, 죄송해요. 새하얗게 균열 진 하늘이 순식간에 어두워졌다. 회색기 도는 누런색 위로 불꽃이 하나둘 올라갔다. 어째서인지 윗부분만 보이는 신비로운 불꽃. 차례차례 빛나는 반원을 바라보고 있자니 눈물이 솟구쳤다.

어쩜 이리도 아름다울까.

집에 도착했는데 엄마가 없었다.

오래된 단독주택의 현관에서 신발을 벗으며, 가사이 이즈미는 엄마를 불렀다. 어두컴컴한 복도에 목소리만 울리고, 앞에 보이는 거실도 불이 꺼져 있다. 2층에도 인기척이 없고 집안은 썰렁해서 바깥보다 더 춥다. 이즈미는 다운점퍼의 지퍼를 올렸다. 집의 따스한 온기를 기대하며 역에서부터 걸어온 몸이 덜덜 떨렸다.

비린 냄새가 코를 찌른다. 엄마가 저녁을 준비하고 있을 줄 알았던 부엌이 텅 비었다. 형광등을 켜자, 좁은 싱크대에는 지저분한 식기와 잔이 겹겹이 쌓여 있었다. 가스레인지 위에는 배추가 남은 냄비가 그대로 놓여 있다. 꼼꼼한 엄마는 이런 일이 거의 없었다. 엄마는 설거지를 그때그때 하는 사람이었다.

어린 시절에 이즈미는 엄마가 몸이 안 좋아서 누워 있을 때만 설거지를 했다. 초등학교 수업을 마치고 오자마자 부엌에 의자를 가져와 발돋움하며 스펀지에 거품을 냈다. 엄청난 일이라도 한 양 보고하는 이즈미에게 엄마는 침대에서 몸을 일으키며 "대단하구나, 이즈미. 고맙다"라고 말해주었다.

기분이 좋아서 다음 날 아침에도 설거지를 했다. 손이 미끄러졌다고 생각했을 때는 늦었다. 그건 10년도 더 전, 엄마

백화

가 젊었을 때 규슈 여행지에서 사서 지금껏 소중히 쓰던 밥공기였다. 소리를 듣고 달려와 싱크대에서 두 조각이 난 밥공기를 본 엄마는 "괜찮니? 다치지는 않았어?" 하고 이즈미의 손을 잡았다. 검지 끝에 무당벌레가 앉은 것처럼 동그랗게 핏방울이 솟았다. 아, 하고 이즈미가 소리를 내는 것과 동시에 엄마가 손가락을 입에 물었다. 미지근한 침이 손가락을 감쌌을 때, 미안한 감정이 갑작스레 북받쳤다.

칸막이 없이 부엌과 이어진 거실에서 형광등, 에어컨, 텔레비전 스위치를 연속해서 켰다. 거실 한가운데에는 손때 묻은 그랜드 피아노가 주인공처럼 진을 쳤고, 그 옆에 그리 크지 않은 텔레비전과 오디오가 놓여 있었다.

엄마의 생활 중심에는 언제나 피아노가 있었다. 사립 음악대학을 나와 피아니스트로서 소규모 콘서트를 열며, 생계를 꾸리기 위해 호텔 라운지 같은 곳에서 연주했다. 이즈미가 태어난 후에는 안정적인 수입을 확보하려고 피아노 선생님으로 일하기 시작했다.

미인에 잘 가르치는 선생님이라는 평판이 금방 이웃에 퍼져 학생이 많이 모였다. 이즈미도 엄마에게 배웠는데, 피아노를 가르치는 엄마는 다른 사람이 된 것처럼 엄격했다. 피아노 레슨 때의 엄마는 무섭다. 초등학교에 입학하고 얼마 지나지 않아 그만 배우고 싶다고 말하자, 엄마는 자기가 가르치는 건 신경 쓰지 말고 자유롭게 치면 된다고 말하며 쓸쓸한 표정을 지었다. 그래도 음악은 자유롭게 하는 것이라면서 야단치지 않았다.

낡아 찌든 에어컨이 윙윙거리며 미지근한 바람을 내뿜었다. 조금 곰팡내가 난다. 엄마의 휴대폰에 전화를 걸었으나 예닐곱 번 신호가 간 후 부재중전화로 넘어갔다.

창가에는 액자에 넣은 스냅사진이 놓여 있다. 유카타*를 입은 이즈미와 엄마가 여관 입구 앞에 나란히 서 있다. 2년인가 3년 전이었던가. 어쩌면 그보다 훨씬 전일지도 모른다. 드물게 둘이서 사진을 찍었다. 그날, 엄마는 객실에 차려진 큼지막한 닭새우회를 먹으며 맛있구나, 또 오고 싶네, 라고 몇 번이나 말했다. 너무 집요하게 말해서 이즈미가 그 정도 말했으면 알아들었다고 귀찮아하자, 조금 슬픈 표정을 지었다.

식탁에 앉아 멍하니 텔레비전을 봤더니 금방 1시간 가까이 지났다. 좁은 마당 너머로 보이는 자주색 하늘을 거대한 단지가 가로막는다. 단지의 창문에 빛이 띄엄띄엄 들어오기 시작하자 배가 고팠다. 엄마는 여전히 오지 않는다. 이 시간

---

* 일본의 전통복인 기모노의 일종으로 목욕 후나 여름에 입는 간편한 옷.

백화

에 도착한다고 말해뒀는데. 밖은 벌써 어둑어둑하고 지나는 사람이 없다.

2층에 올라가 예전에 쓰던 방 침대 위에 가방을 놓았다. 고등학생 때부터 써온 싸구려 파이프 침대가 삐걱거렸다. 책장을 보니, 만화책 몇 권과 팝송 CD가 나란히 꽂혔다. 구석에는 낡은 일렉트릭 기타가 먼지를 뒤집어쓴 채 놓여 있다. 중학생 때 사달라고 조른 짙은 갈색의 텔레캐스터 기타. 대학교 4학년 때까지 밴드 동아리 활동을 했으나, 결국 끝까지 만족할 만한 연주는 못 했다.

가파른 나무 계단을 몸을 굽힌 채 내려갔다. 거실 소파에 던져진 엄마의 머플러가 보였다. 문득 불길한 예감이 들어 그대로 현관으로 향했다. 캔버스 소재 운동화에 발끝을 집어넣고, 얇은 문을 열어 밖으로 나갔다.

완만한 언덕을 내려가 골목 모퉁이를 왼쪽으로 돌았다. 엄마는 어디에 간 걸까? 저절로 걸음이 빨라졌다. 추위를 잊기에는 마침 좋았다. 가로등 빛을 받은 숨이 하얗다. 연말을 맞은 거리는 평소보다 빛이 늘어난 것처럼 보였다. 언덕길을 따라 이어지는 단독주택의 창문은 예외 없이 모두 유백색으로 빛나고 텔레비전 소리가 흘러나왔다.

꽃

역으로 가는 지름길인 가파른 계단을 내려가려고 이즈미는 골목으로 들어갔다. 계단 난간에 손을 올린 순간, 바로 옆 공원의 그네가 흔들리는 것이 눈에 들어왔다.

희미하게 빛나는 가로등 아래 유리코가 있었다.

끽끽 흔들리는 그네에 앉아 멀리 펼쳐진 밤거리를 바라보고 있었다. 놀라게 하지 않으려고 조용히 다가갔다. 은은하게 빛나는 유리코의 옆얼굴은 주름이 져 어쩔 수 없는 노화가 보이지만, 동시에 소녀 같은 무구함이 있었다. 바로 옆까지 다가갔는데 아직 이즈미를 알아차리지 못하고 새하얀 빛에 시선을 고정한 채다. 아름다운 꿈이라도 꾸는 듯이 미소를 지었다.

"엄마, 이런 데서 뭐 해?"

나직한 목소리로 물었다. 아직 숨이 가빴다.

"나는…… 돌아가야 해."

혼잣말처럼 유리코가 중얼거렸다.

"응?"

"돌아가야만 해."

"왜 그래, 엄마?"

"어머, 미안……. 이즈미."

유리코가 그제야 이즈미의 눈을 봤다. 촉촉하고 요염한 눈동자에 당황했다. 지금껏 본 적 없는 엄마의 얼굴이었다.

"놀랐잖아. 집에 없어서."

"미안하다. 슈퍼마켓에 장을 보러 나왔다가 좀 지쳐서."

그렇게 말하는 유리코의 손에는 아무것도 없었다.

"이런 데 있으면 감기 걸려."

이즈미가 그네 옆까지 다가가 다운점퍼를 벗어 유리코의 어깨에 걸쳐주었다. 엄마는 빳빳하게 다림질한 하얀 블라우스 위에 감색 카디건만 걸쳤다. 이 계절에는 너무 얇은 차림이다.

"어떻게 할까? 집에 가서 따뜻한 홍차라도 마실까?"

"양파랑 당근, 그리고 소고기도 사야 해……."

"그럼 같이 역 앞 슈퍼에 갈까?"

웅, 하고 어린아이처럼 끄덕이며 유리코는 다시 저 아래쪽 거리로 시선을 주었다. 좌우로 길쭉하게 뻗은 선로 위를 빨간 전철이 달린다. 1년의 마지막 밤이어서인지 승객의 모습은 보이지 않고, 묘하게 느릿느릿한 속도로 둘의 시선 끝을 가로 질렀다.

역 앞에는 소규모 유원지 같은 슈퍼마켓이 있다. 4년 전, 작은 상점들만 있던 이 거리에 대형 프랜차이즈가 출점했다. 식자재부터 의약품, 일용잡화, 가전제품에 옷까지 갖춘 이 큰 가게에 슈퍼마켓이라는 호칭은 어울리지 않지만, 백화점이나 쇼핑몰이라고 부르는 건 좀 아니다 싶은지 유리코는 늘 '역 앞 슈퍼마켓'이라고 불렀다.

이제 몇 시간만 지나면 새해를 맞이하는 시간이라 식품 매장은 텅 비었다. 앞서 걷는 엄마는 기분 탓인지 평소보다 걸음이 빠른 것 같다. 잠깐 좀 기다려. 이즈미가 카트를 밀며 다급하게 엄마의 뒷모습을 쫓아간다. 선반을 보니 누룩 조미료나 항체를 만드는 요구르트, 글루텐프리나 슈퍼푸드임을 강조하는 식품이 가득했다. 한동안 오지 않은 사이 상품 구색이 많이 바뀌었다.

이즈미가 사는 도심 아파트 근처에는 제대로 된 슈퍼마켓이 없어서 식자재나 일용잡화는 인터넷으로 주문해 택배로 받고 있다. 쇼핑 사이트의 인공지능은 아주 뛰어나서 지금까지 자신이 산 물건이나 다음으로 사야 할 물건, 아마도 취향일 물건을 정교하게 골라 추천 상품으로 화면에 표시해준다. 추천해주는 대로 클릭하면 쇼핑이 순식간에 끝난다.

유리코가 선반에서 선반으로 바쁘게 걸었다. 이것도 필요해, 저것도 사야겠어, 하고 중얼거리면서 토마토나 당근을 연지색 바구니에 담았다. 너무 많아 보여서 마음에 걸렸다.

유리코가 제일 비싼 비엔나소시지를 바구니에 넣었다. 이거면 되지 않아? 이즈미가 저렴한 것을 가리키자, 어렸을 때

너는 이거 아니면 싫다고 울었어, 하고 엄마가 달래는 말투로 말했다. 그런 고집을 부렸어? 전혀 기억이 안 나는데.

"너는 예전부터 그랬어. 뭐든지 금방 잊어버린다니까." 유리코는 하이라이스의 루도 집었다. "하이라이스랑 달콤한 계란말이를 만들게. 오늘은 네가 좋아하는 것만 만들 거야."

꽉 찬 바구니를 계산대 앞에 올리고, 이즈미가 신용카드를 점원에게 내밀었다. 유리코가 그 손을 말리고 주머니에서 지갑을 꺼냈다.

이즈미가 외국 면세점에서 사 온 유명 브랜드의 가죽 지갑이 단팥빵처럼 부풀었다. 지갑을 열자, 종이를 넣는 공간에 영수증이 가득했다. 항상 쇼핑을 마치고 돌아오면 지갑 안을 정리했는데, 지금은 동전 넣는 곳이 빵빵하게 찬 상태다. 이즈미가 자기도 모르게 지갑을 빤히 바라보았다. 요즘 계산이 도무지 안 되지 뭐니, 자꾸 지폐만 내니까 동전이 늘어서 곤란해. 유리코가 시선을 내리깔며 부끄러운 듯 지갑을 닫았다.

"잠깐 5층에 들러도 돼?"

봉지에 채소를 담은 후, 이즈미가 물었다. 모양이 괴상한 봉지가 무너질 것 같아 얼른 손으로 받쳤다.

"뭐 필요하니?"

꽃   21

유리코가 담은 봉지는 식재료를 꼼꼼히 배치해서 아름다운 원통형을 이뤘다.

"집이 추워서. 두툼한 속옷이라도 입고 잘까 해서."

"미안하다, 난방 상태가 안 좋아서."

"아니야, 내가 추위를 잘 타서 그래."

"이즈미는 워낙 추위에 약하니까."

그렇지, 하고 무심코 웃었다. 예전부터 추운 것도 싫고 더운 것도 싫었다. 초등학생 때, 따뜻한 날씨와 서늘한 날씨를 좋아한다고 말해서 엄마가 어이없어했던 적이 있다.

"엄마 거도 사 올까?"

"엄마는 괜찮아. 나도 다른 것 좀 사고 오마."

에스컬레이터로 4개 층을 더 올라가 원하는 방한 속옷을 찾는다. 정돈된 매장을 걸으며 마음이 편해졌다는 것을 깨달았다. 엄마와 만난 지 1시간도 지나지 않았는데 벌써 답답했다. 나란히 걸어도 왠지 영 불편하다.

취직하고 집에서 나온 지 벌써 15년이 지났다. 1시간 반 정도의 거리에 살면서도 점차 발길이 뜸해져서 지금은 1년에 두 번 정도만 본가에 돌아간다. 아무래도 엄마 혼자 연말연시를 보내게 할 수 없어서 둘이서 보내는 게 연례행사가 되었는데, 특히 요 몇 년 사이에는 대화도 잘 통하지 않아 대답 대신 고개만 끄덕일 뿐이어서 유리코와의 시간을 어떻게 보내야 할지 고민하게 된다. 어렸을 때는 자기 이야기만 마구 늘어놓았는데 그때를 경계로 역전되고 말았다.

'보온성 최고'라고 굵직하게 적힌 방한 속옷을 들었다. 사이즈와 색을 확인하는데, 바로 옆 숙녀용 선반에 시선이 갔다. 똑같은 것을 사기는 조금 겸연쩍다고 생각하면서도 여성용을 두 장 집어 계산대로 갔다.

에스컬레이터를 타고 내려오자, 슈퍼마켓 입구에 하얀 아마릴리스를 든 엄마가 있었다. 피부가 어찌나 하얀지 어린 시절에 봤던 엄마의 얼굴로 돌아간 것 같았다. 입학식이나 학부모 참관일 때마다 선생님이나 동급생이 이즈미네 어머니는 참 고우시다고 말해서 우쭐했던 기억이 떠올랐다.

미안, 기다렸어? 이즈미가 천천히 다가가자, 유리코는 대답하는 대신 고개를 저었다. 달걀형의 자그마한 얼굴이 한 송이 꽃 위에서 다정하게 미소 지었다.

집에 들어가자, 지저분해서 미안하다면서 유리코가 거실에 널린 우편물을 정리하기 시작했다. 신경 쓸 것 없다고 대답하며 이즈미는 꽃 포장을 벗겼다. 식탁에 놓인 꽃병에는 시들어가는 아네모네가 꽂혀 있다. 갈색으로 시든 꽃잎이 몇 장

떨어졌다. 엄마는 꽃병에 생화를 끊이지 않고 꽂곤 했다. 이즈미는 아네모네를 빼고 황토색으로 탁해진 물을 싱크대에 버렸다. 투명한 물에 생생한 아마릴리스를 꽂자, 갑자기 방이 밝아진 것 같았다.

유리코는 걷어놓은 빨래를 개키기 시작했다. 이즈미는 부엌에서 봉지에서 꺼낸 식재료를 냉장고에 넣었다. 냉장고 안에 랩이 씌워진 잔반이 빽빽하게 들어 있다. 채소실에는 물기가 다 빠진 시금치와 당근. 안쪽에는 완전히 까매진 바나나가 누워 있다. 밥솥 옆에는 식빵이 두 봉지나 놓였는데, 전부 손을 댄 흔적이 없었다. 봉지에서 새로 산 식빵을 꺼내며 이즈미는 거실에 있는 엄마에게 말을 걸었다.

"엄마, 식빵 너무 많이 샀어."

밥솥 옆에 나란히 놓은 세 봉지를 가리켰다.

"요즘 자꾸 그런다."

유리코가 정사각형으로 개킨 목욕 수건을 겹쳐 쌓으며 쓱쓱하게 웃었다.

"예전부터 그랬어, 엄마는."

"그러네, 요즘 들어 시작한 건 아닌가."

이거 이즈미가 맛있다고 했었지, 라며 냉장고에 똑같은 요구르트와 햄을 넣는 엄마의 모습을 몇 번이나 본 적 있다. 게

다가 특별 할인을 했거든.

이즈미와 교대해 부엌에 선 유리코가 앞치마를 둘렀다. 싱크대에서 쌀을 씻고, 작은 가스레인지를 능숙하게 사용해 하이라이스와 달걀말이를 동시에 만들었다. 가스 불에 냄비를 올리고 양상추를 씻고 토마토를 자른다.

낮에는 피아노를 가르치고 밤에는 파트타임으로 일하느라 바빴던 엄마는 요리 속도가 참 빨랐다. 부엌에 이제 들어갔나 싶으면 어느새 요리를 몇 개나 완성했다. 자취를 시작한 후로 이즈미도 도전해봤는데, 여러 요리를 동시에 만드는 건 아무리 해도 불가능했다. 그건 마술 같은 거구나. 그때 그렇게 생각했다.

"뭐 도울 거 있어?" 이즈미가 말을 걸자, 유리코는 도마에서 시선을 떼지 않고서 텔레비전을 보고 있으라고 대답했다. 데미글라스 소스의 냄새를 맡으며 소파에 누워 홍백가합전*을 봤다. 똑같은 빨간 모자를 쓴 아이돌 그룹이 유난히 새된 목소리로 여성 엔카** 가수에게 환호성을 보냈다. 엔카 가수는 기쁜 건지 귀찮은 건지 모를 미소로 화답했다.

---

* 일본 NHK 방송에서 방영하는 대표적인 연말 가요제. 인기 가수들이 홍팀과 백팀으로 나눠 겨루는 형식이다.
** 일본 전통적인 음계로 구성된 대중음악.

엄마와 홍백가합전을 보는 게 몇 번째더라. 이 집에 이사 왔던 때가 중학교 3학년이니까 벌써 스무 번 이상은 될 것이다. 앞으로 몇 번을 더 볼 수 있을까. 열 번일까 스무 번일까. 서른 번을 넘기기는 어려울지도 모른다. 이미 인생의 절반을 지나버린 모자 사이임을 깨닫는다.

올해 홍팀은 최강 멤버가 모였답니다. 아침 드라마에 나왔던 여성 배우가 소리친다. 남녀를 홍백 팀으로 나눠 승패를 결정하는 규칙을 깜박했을지 모르는 시청자에게 반복해서 어필한다.

여배우는 무대 뒤에서 원래 다 그래, 라고 말하던 상사의 거들먹거리는 표정이 떠올랐다. 이즈미는 일 때문에 저 배우와 만난 적이 있다. 몇 년 전, 영화 주제곡으로 쓰일 아티스트의 뮤직비디오에 배우가 출연했을 때다. 이즈미는 아티스트의 홍보 담당자 자격으로 촬영 현장에 갔다. 의상을 입어볼 때도 촬영 중에도 그녀는 거의 입을 벙긋하지 않았다. 꼭 해야 하는 인사와 대답, 역할에 맞는 몇 가지 대사. 능동적인 대화는 단 한 마디도 없었다. 텔레비전에서 보여준 이미지가 밝고 활기찬 젊은 배우였던 만큼 레코드회사 직원들 모두 당혹스러워했다. 그때는 익숙하지 않은 음악 현장에 갑자기 끌고 와서 미안하다고 생각했다. 그러나 지금 텔레비전 속에서 크게 소리치는 모습을 보면 연기를 즐겼던 것 같기도 하다. 스크린 속에서 발랄하게 웃는 그녀, 그때 말없이 고개를 푹 숙였던 그녀. 둘 다 이 배우에게는 즐거운 역할극일지도 모른다. 밥 다 차렸다, 라는 엄마 목소리가 뒤에서 들렸다.

하얗게 빛나는 쌀밥 위에 진한 루를 부은 하이라이스에서 김이 모락모락 났다. 콩소메 수프에는 투박하게 잘린 순무가 떠다닌다. 신선한 토마토와 양상추 샐러드, 달콤한 달걀말이, 보라색이 예쁜 튀긴가지절임, 당근과 무말랭이 조림. 식탁이 엄마의 요리로 가득 찼다. 가늘게 썬 육회나 청어조림처럼 일본의 연말에 빠트릴 수 없는 요리도 있다.

"역시 마술이야."

이즈미가 의자에 앉으며 말했다.

"무슨 소리니?"

유리코가 젓가락을 놓으며 물었다.

"대체 언제 이렇게 잔뜩 만들었어?"

"너무 많니?"

"아니, 맛있을 것 같아."

"아, 그래도 올해는 편했어. 청어나 무말랭이는 파는 걸 샀거든. 미안하다."

"사과는 왜 해."

"사실은 전부 만들고 싶었는데…….

"그런 거 전혀 신경 쓸 거 없다니까."

"미안."

"그러니까…….

"그렇지, 얼른 먹자."

잘 먹겠습니다. 입을 모아 말했다. 텔레비전에서는 나란히
앉은 심사위원들이 순서대로 마이크를 쥐었다. 흥분한 아나
운서의 목소리가 거실에 울렸다. 식사할 때는 항상 텔레비전
을 끄지만, 연말만큼은 봐도 된다는 것이 둘 사이의 규칙이
었다.

하이라이스에 들어간 양파는 달고, 당근은 심을 조금만 남
긴 덕분에 적당히 단단하고 적갈색 루가 듬뿍 묻어서 촉촉했
다. 밥과 함께 먹으면, 은근한 산미에 이어 데미글라스 소스
의 달짝지근한 맛이 혀에 퍼진다. 숟가락이 멈추지 않아서 입
안에서 밥을 후후 식히면서 먹었다. 엄마의 하이라이스를 제
일 좋아한다. 저녁밥을 애타게 기다리며 부엌을 훔쳐보던 시
절의 기억이 떠올랐다.

어느새 접시 위에는 밥만 조금 남았다. 더 먹을래? 엄마의
질문에 이즈미는 묵묵히 고개를 끄덕였다. 유리코가 접시를

백화

들고 부엌으로 들어갔다. 홍백가합전은 종반에 접어들어 남성 아이돌 그룹이 무대에 투영된 화려한 영상과 함께 노래하고 춤추고 있었다. 객석에서 절규에 가까운 환성이 터졌다. 사회자가 최신 영상 기술을 구사해서 꾸민 무대라고 말했는데, 어떤 점이 최신인지는 설명하지 않는다.

저녁을 다 먹을 무렵, 눈이 소복이 쌓인 절이 텔레비전에 나왔다. 아나운서가 앞으로 몇 분 뒤면 새해라고 알렸다. 문득 다른 채널이 궁금해서 이즈미는 리모컨 버튼을 눌렀다. 올해 인기 있었던 코미디언과 아이돌 그룹 사이사이 뉴스 캐스터나 스포츠 선수 얼굴이 차례로 나왔다. 전부 다 소란스럽기만 해서 다시 원래 채널로 돌렸다. 언제 새해가 되는지 확인만 하면 그만인데 말이지, 하고 이즈미의 기분을 눈치챘는지 유리코가 말했다.

텔레비전에서 들리는 종소리로 새해가 된 것을 알았다.

"새해 복 많이 받으세요."

유리코가 꾸벅 고개를 숙였다. 새해 복 많이 받으세요, 라고 이즈미도 말했다. 1년에 딱 한 번뿐인 존댓말이다. 이즈미가 쑥스러워서 웃자, 유리코도 올해도 잘 부탁한다고 말하며 웃었다.

회사 후배나 친구들의 안부 메시지로 스마트폰이 울렸다. 친정에 돌아간 가오리에게 짧게 메시지를 보내자, '새해 복 많이 받아. 어머니랑 사이좋게 지내고'라는 답변이 곧바로 돌아왔다.

"가오리는 건강하니?"

메시지를 보기라도 한 것처럼 타이밍 좋게 유리코가 물었다. 스마트폰에 시선을 고정한 채 건강하지, 엄마한테 인사드리래, 라고 대답했다. 그러니? 오랜만에 보고 싶네.

"그런데 엄마 몇 살이 된 거지?"

화제를 돌리려고 식탁에 남은 청어를 주워 먹으며 물었다.

"갑자기 뭐니. 세기도 싫다."

유리코가 빈 접시를 겹쳐 쌓으며 고개를 저었다.

"그래도 오늘은 그런 날이잖아."

"이 나이쯤 되면 전혀 상관없다."

"예순아홉인가."

"예순여덟."

"아, 미안."

"매번 그러니까 괜찮아."

이즈미가 쓸쓸하게 웃으며 엄마를 바라보았다. 유리코의 시선이 식탁 위의 접시에서 자기 얼굴로 옮겨오기를 기다려 입을 열었다.

"엄마, 생일 축하해."

엄마는 1월 1일에 태어났다. 이즈미와 유리코는 매년 둘이서 연말을 보내고 생일을 축하했다.

"내 생일은 아무도 잊지 않는데, 언제나 잊는다니까."

유리코가 1월 1일생인 건 다들 기억한다. 그러나 막상 당일이 되면 아무도 축하한다는 메시지를 보내지 않는다. 생일 축하를 받고 싶어도 누구를 오라고 할 수도 없고, 레스토랑도 닫는다. 케이크 대신 새해맞이 요리를 먹고, 신사의 부적을 선물로 받은 적도 있다. 누군가 생일이 언젠지 물어보면 유리코는 항상 1월 1일생인 것을 원망하는 말을 늘어놓은 후, '새해 복 많이 받아'에 '생일 축하해'가 진다고 웃으며 말을 마쳤다.

유리코에게는 유일한 위안이 되어 주었던 1월 1일생 소꿉친구가 있었다. 같은 날 태어난 두 사람은 운명에 이끌리듯 친해졌다.

이즈미가 엄마에게 그 이야기를 들은 것은 열한 살 때였다.

그날 태어나서 처음으로 엄마에게 생일 선물을 줬다. 전날인 12월 31일, 뭘 살지 고민하며 상점가를 헤맨 끝에 수선화를 한 송이 샀다. 밤늦은 꽃집에는 그것만 남아 있었다. 가늘고 길게 포장된 꽃을 받은 유리코는 고맙다고 속삭이듯 말하더니 다급하게 거실에서 나가 한동안 돌아오지 않았다.

꽃을 산 게 실수였나. 이즈미는 불안해졌다. 역시 엄마가 좋아하는 슈크림을 살 걸 그랬다, 하며 아쉬워하는데 눈이 빨개진 유리코가 돌아왔다.

"왜 하얀 꽃을 줬니?" 엄마가 이즈미에게 물었다. "엄마가 제일 좋아하는 색이야."

"그게 남아 있는 마지막 꽃이었어." 솔직히 대답했다. "그래도 많이 있었으면 혼자 고르지 못했을 거야"라고 덧붙였다.

"오늘이 생일이라 다행이야."

엄마가 다시 고백하듯이 말하고, 창가에 놓아둔 몇 장의 사진 중에서 고등학생 시절의 사진을 집어 소꿉친구 이야기를 들려주었다.

유리코와 친구는 1월 1일에 둘만의 생일 파티를 열고 선물을 교환했다. 새해맞이 참배를 하러 가고, 극장에서 새해 영화를 즐겼다. 마치 선택받은 두 사람 같았다. 점을 봤다. 미래에 기다릴 행복도 불행도 함께한다고 믿었다.

그러나 열일곱 살 봄, 친구는 갑작스러운 교통사고로 죽었다. 슬픔보다 망연자실한 감정이 더 강렬했다. 장례식에 가도 실감이 나지 않았다. 그저 완전히 똑같은 시간을 살아온 인간이 이 세계에서 사라져버렸다는 사실에 자신의 일부가 망가진 기분이었다. 그 후로 유리코는 잡지에서 읽는 점이든 텔레비전에서 해주는 점이든 믿지 않았다.

"운명이 같았던 사람이 먼저 죽었으니까 이제는 아무 의미도 없다고 줄곧 생각했었어. 그래도 이즈미가 축하해줘서 생일의 의미가 달라졌어."

유리코가 부드럽게 웃고, 이즈미에게 고맙다고 말하며 하얀 수선화를 투명한 글라스에 꽂았다.

매년 1월 1일이 될 때마다 이즈미는 엄마에게 선물을 줬다. 손수건이나 찻잔, 파우치, 펜던트. 유리코는 이즈미에게 꽃을 받은 날부터 언제나 꽃 한 송이를 꽂아두었다. 둘이 살 때는 약속이라도 한 듯이 늘 꽃이 있었고, 꽃병에서 색이 끊어지는 일은 절대 없었다. 그때를 제외하고는.

"그나저나."

엄마의 목소리를 듣고 흐릿한 은색에 초점이 맞았다. 연달아 마신 맥주는 벌써 여섯 캔째였고, 빈 캔이 빛나는 곤충처럼 눈앞에서 뒹군다.

"뭐라고 했어?"

"늘 있는 일이지만."

"뭐가?"

"역시 아무도 연락이 없네."

유리코가 중얼거리며 작년 가을에 산 스마트폰을 흔들었
다. 어떻게 쓰는지 모르겠다고 몇 번이나 이즈미에게 메시지
를 보내 물어보았다.

"아침이면 축하한다고 연락이 올 거야."

이즈미가 엄마를 새삼스럽게 살펴보았다.

"그렇겠지. 잊지 않았으면 좋겠네."

웃는 엄마의 눈이 다시 촉촉해졌다. 사랑에 빠진 소녀처럼
아름다워 보였다. 그런 모습이 대체 어디에서 오는지 이즈미
로서는 알 방도가 없었다.

2장.

부모

밤하늘에 흘러가는 구름 같다.

"대략 6센티미터. 키위랑 비슷한 크기예요."

의사가 초음파 검사 모니터를 들여다보며, 살짝 부푼 복부
에 기구를 대고 움직였다. 이즈미는 둥그런 배 위를 미끄러
지는 기기를 바라보았다. 화면 속, 소용돌이치던 구름이 사람
형상을 그린다.

"키위요?"

진찰대에 누운 가오리가 6센티미터 크기를 재려는지 엄지
와 검지를 벌렸다. 이즈미는 그 손끝으로 시선을 옮겼다. 진
찰실 벽은 얼룩 한 점 없이 하얗고, 은은하게 약품 냄새가 났
다. 유채꽃 사진이 실린 달력만이 이곳에 색을 준다.

"으음, 그보다 조금 작을지도 몰라요. 딸기 정도인가."

"딸기……." 가오리가 손가락 사이를 조금 줄였다. "어쨌든 크기를 예로 들 때는 과일이네요."

"그러네, 달리 괜찮은 게 생각이 안 나서. 뭐 있어요?"

"마카롱이나 슈크림?"

"그거 너무 달지 않아요?"

통통한 산부인과 의사가 소리 내 웃었다. 의사라기보다 요리사 같은 풍모의 중년 남성이다.

"그러네요, 왠지 살찔 것 같아." 가오리도 그와 함께 웃었다. "그럼 테니스공이나 탁구공은요?"

"그거 명안이네요. 앞으로 써야겠어."

산부인과 의사가 기뻐하며 검지를 세웠다. 그가 입은 의사 가운은 사이즈가 커서 팔을 내리면 손끝까지 가려진다.

"순조로운가요?"

가만히 둘의 대화를 듣던 이즈미가 옆에서 물었다.

"이런, 미안해요. 걱정되죠." 산부인과 의사가 모니터를 가리켰다. "보세요. 심장이 아주 건강하게 뛰네요. 두 분의 탁구공은 건강해요."

안심되네요, 하고 갈라진 목소리로 대답하며 이즈미가 가오리를 봤다. 누워 있던 그녀가 다행이야, 하고 입만 벙긋거

　　　　　　　　　　　　　　　　　　　　　　백화

리고 이즈미의 손을 잡았다.

사람 모양의 구름이 느릿느릿 움직인다. 중앙에 있는 작은 심장이 튕기듯이 맥박 쳤다. 저기에 생명이 있다는 사실이 아직 실감 나지 않았다. 머지않아 아빠가 된다는 것도.

"기대되죠? 반년 후에는 아빠와 엄마예요."

기구의 젤을 닦으며 산부인과 의사가 사람 좋게 웃어 보였다. 이즈미는 감사 인사를 하고 일어나 하얀 문을 열었다.

그때 누가 부른 것 같아 뒤를 돌아보았다. 초음파 검사 모니터가 시야에 들어왔다. 그러나 그곳에는 이미 밤하늘도 소용돌이치는 구름도 비치지 않고, 그저 어둠이 있을 뿐이었다.

"이렇게 매번 안 와도 돼. 일도 있잖아."

병원을 나와 역에서 전철을 탄 뒤, 가오리가 말했다. 오후의 소부선 열차는 승객이 적어서 이즈미와 가오리는 나란히 앉았다.

"어? 원래 그러는 거 아니야?"

이즈미가 얼빠진 소리를 내며 가오리의 옆얼굴을 보았다. 가오리의 시선 닿는 곳에 창밖의 벚꽃 길이 있다. 봄이 되면 분홍빛으로 물드는 나무들도 지금은 회색빛 나뭇가지만 남았다.

"준네 남편은 한 번도 안 왔대."

"그건 너무하다."

"그래도 많은가 봐, 산부인과가 어색한 남자."

"그런가."

"그 마음, 이해가 되긴 돼. 매번 너무 오래 기다리잖아. 입덧도 하는데 반나절 가까이 있어야 하고."

가오리의 손이 짙은 남색 가죽가방 가장자리를 움켜쥔다. 입덧이 심할 때, 그녀는 늘 이런다. 괜찮아? 이즈미가 묻자 괜찮다고 대답하며 그녀는 가방에서 종이팩에 든 사과주스를 꺼내 단숨에 마셨다. 늘 가지고 다니는 '입덧 완화 음료'다. 가방에 임산부 배지는 아직 달지 않았다. 왠지 부끄럽다면서 좀처럼 쓰려고 하지 않는다.

"그래도 평생에 한 번이나 두 번 있을까 말까 한 일이잖아."

전철이 속도를 올려 유료 낚시터를 가로질렀다. 평일 낮인데도 낚시꾼들이 바글바글 모였다. 다 같이 맥주 상자 위에 앉아 장방형으로 구분된 낚시터에 낚싯줄을 드리웠다. 멀리서 보기에 고기가 잡히는 것 같지 않다.

"이즈미, 노력이 좀 과한 것 같기도 해. 무리하면 꾸준히 못 해."

가오리가 사과주스 종이팩을 접으며 말했다. 종이류를 버릴 때 하는 그녀의 습관이다. 도시락 포장지, 다 쓴 종이 냅킨,

백화

나무젓가락 포장지. 뭐든 작게 접는다.

"무리하는 거 아니야."

이즈미의 대답과 동시에 낚시터 위 역에 전철이 멈췄다. 그냥 아무것도 모르니까 전부 해보려고. 노란색과 주황색 전철 사이에 낀 좁은 플랫폼에서 앞서 걷는 가오리의 뒤통수에 대고 크게 말했다.

개찰구를 나와 건널목을 건넜다. 프랜차이즈 커피점, 음반점도 겸하는 서점, 소고기덮밥 가게, 편의점이 잡다하게 들어선 완만한 언덕길을 걸었다.

"생각보다 또렷하게 보이더라."

이즈미가 모직 코트의 깃을 세우며 말했다. 정면에서 쌀쌀한 맞바람이 불었다.

"뭐가?"

가오리가 이즈미를 바라보며 가방을 어깨에 고쳐 멨다. 언덕길은 정상에 가까워질수록 경사가 급해진다. 가방을 받으려고 손을 내밀었으나 가오리는 고개를 저었다. 그녀는 이즈미가 가방을 들어주는 것을 싫어한다.

"아기 초음파 사진."

"그러게. 그런데 3D 사진 같은 것도 있대."

"그게 뭔데?"

"아기가 입체적으로 보인다나 봐. 되게 리얼하대. 최근에는 4D도 나왔다더라."

"4차원? 뭘 어떻게 하는 거야?"

"입체적으로 보이고 게다가 동영상."

그거 대단한데. 이즈미가 감탄하자 가오리가 영화 같다며 웃었다. 그래도 4차원은 좀 아니야. 언덕길을 다 올라가 오른쪽으로 꺾었다. 정사각형 창문으로 구역이 나뉜 거대한 쥐색 빌딩이 보였다. 언덕 위는 해가 잘 들어 훨씬 따뜻하다.

"그래도 귀여우니까 더 자세히 보고 싶은 마음도 이해돼."

"진심으로 그렇게 생각해?"

"생각하는데."

"좀 우주인 같지 않아?"

말이 심하다, 라고 하며 이즈미가 미간을 찌푸렸다. 가오리가 한숨 돌리고 말했다.

"초음파 사진으로 귀여운지 알 리가 없잖아."

"하여간 건조하다니까."

"그런가? 나 같은 사람도 제법 많을 것 같은데. 다들 말하지 않을 뿐이지."

"원래 그런 건가."

이즈미와 가오리는 함께 쥐색 빌딩으로 들어갔다. 자동문

백화

이 열리면, 유니폼을 입은 접수 담당 아가씨가 쌍둥이처럼 나란히 앉아 있다. 둘 다 눈앞의 컴퓨터를 바라보며 필요할 때만 고개를 들고 기계적으로 인사한다. 저러느니 로봇이 응대하는 게 낫지, 하고 동료가 종종 투덜댄다. 접수처 옆에는 커다란 영상 패널이 있는데, 마침 이즈미가 지금 담당하는 젊은 힙합 가수의 뮤직비디오가 나왔다. 영상은 잘 만들었는데 가사가 전혀 귀에 들어오지 않는다. 완성했을 때는 느낌이 꽤 좋았는데.

"어머니께는 언제 말씀드려?"

1층 카페 공간을 곁눈질하며 안으로 들어가 엘리베이터를 탔다. 3층과 5층 버튼을 누르자, 가오리가 돌아봤다.

"그러게. 슬슬 안정기니까 말씀드려야지."

"나도 언제까지 할까……."

"뭘?"

"일. 최대한 할 수 있을 때까지 일하고 싶은데. 쉬어도 별로 할 일도 없고."

가오리가 어깨를 움츠렸다. 직속 상사와 인사부에는 이미 임신 사실을 알렸다.

"얼마 전에 한 소리 들었어."

"무슨 소리?"

"나보고 임신하라고."

"왜?"

"가오리가 일을 더 잘하니까 나보고 낳아서 키우래."

너무하다, 라며 가오리가 이즈미의 표정을 살폈다. 충격받았어? 실제로 그녀는 우수한 디렉터여서 사내에서도 인망이 있다. 각 부서에서 와달라고 요청했는데, 지금은 본인이 강렬하게 희망한 클래식 부문으로의 이동이 이루어져 앨범 기획부터 녹음, 소속 아티스트의 콘서트 운영 등으로 바쁘다.

"웃진 못하겠더라. 사내 결혼은 괴로워."

"잘 부탁해요, 신랑."

가오리가 장난스럽게 웃는 것과 동시에 도로롱, 높은 소리가 울리며 엘리베이터가 3층에 멈췄다. 문이 열리고, 엘리베이터에 타며 후배 몇 명이 인사를 건넸다. 가오리는 그들에게 인사하고 서둘러 엘리베이터에서 내렸다.

"제 재능을 돈으로 사주셔서 고마워요."

이즈미가 KOE와 처음 만났을 때, 제일 먼저 들은 말이다.

"저를 상품으로 팔아주세요. 그러지 않으면 밖으로 나온 의미가 없으니까."

KOE의 재능은 인터넷에서 발견했다. 입까지만 보이는데도 감추어진 미모가 상상되는 선정적인 비주얼이 화제를 몰아 직접 제작한 뮤직비디오의 재생 횟수가 전부 100만 회를 넘겼다. 등장하고 1년이 지날 즈음, KOE는 대형 레코드회사도 주목하는 존재로 성장했다.

다섯 회사가 경합한 끝에 그녀는 이즈미의 회사를 선택했다. 일찍부터 KOE의 재능에 주목했던 이즈미는 홍보 담당에 입후보했다. 두 살 어린 가오리는 어시스턴트 디렉터로 불려왔다.

동시에 세 명 이상과는 대화하지 못하니까 앞으로 미팅은 최소 인원으로 부탁드려요. 직사광선이 불편하니까 창문 없는 방으로 가고 싶어요. 카페인을 마시면 몸 상태가 안 좋아지니 물을 주세요. KOE가 뭔가 말할 때마다 스태프들은 아이를 어르는 듯이 웃으며 바쁘게 움직였다.

이거 성가신 물건이 왔네, 하고 모두의 머릿속에 비상 알림이 울리는 걸 똑똑히 알 수 있었다. 그래도 마지막에는 모두 그녀의 아군이 되었다. 앞으로 잘 부탁드립니다. KOE는 깊이 고개를 숙이고 아이처럼 웃으며 눈물을 흘렸다. 긴장했었어요. 입자 고운 목소리로 속삭이며 눈물을 훔쳤다. 그 모습을 본 여성 신입 사원이 코를 훌쩍이는 소리가 등 뒤에서 들렸다.

"그녀의 재능은 무언가를 창조하는 것을 넘어 타인의 애정과 능력을 끌어들이는 면에 있어."

KOE를 발견한 신인 개발 담당 디렉터의 말이 생각났다. 그녀는 인기를 얻을 조건을 갖췄다. 옆을 보자, 가오리도 충분히 이해했다는 표정으로 KOE를 바라보았다.

첫 미팅을 마치고 자리로 돌아왔는데 KOE에게서 메일이 왔다. 명함에서 메일 주소를 봤다고 운을 뗀 후, 자신이 앞으로의 활동에 얼마나 많은 것을 걸었는지를 말했다. 이즈미 씨에게서 심퍼시sympathy를 느꼈어요. 제 음악에 대해 좋은 점이든 나쁜 점이든 뭐든 말해주시면 좋겠어요. 추신에 적힌 말을 읽고, 이즈미는 그녀에게 선택받았다는 흥분감을 느꼈다. 그 후로 곡이 완성될 때마다 감명받은 구절을 골라내 KOE에게 감상 메일을 보냈다.

파격적인 신인 등장. 그녀가 쓴 가사에 반응해 작곡가들이 경쟁하듯이 곡을 썼다. 이즈미는 KOE의 가이드 보컬을 넣은 데모 음원을 텔레비전이나 영화 제작자들에게 들려주러 다녔다. 상사에게 제안해 호화로운 자료집도 제작했다. 대단한 퀄리티에 놀란 여러 프로듀서, 인터넷 시절부터 KOE의 팬이었다는 감독들이 금방 반응을 보여, 영화와 텔레비전 애니메이션 타이업이 동시에 정해졌다. 신인으로는 이례적인 대규모 체제를 갖추고 데뷔 준비에 착수했다.

그런 상황이었는데 녹음 일주일 전, KOE가 돌연 사라졌다.

매니저가 아무리 연락해도 반응이 없고, 그녀의 행방을 아는 자가 아무도 없었다. 초조해진 스태프들이 총출동해 KOE의 행방을 찾아다녔다. 이즈미도 몇 번이나 메일을 보냈으나 그녀에게서 답변은 없었다.

"KOE를 찾았어요. 시부야예요. 지금부터 오실 수 있어요?"

가오리에게 전화가 온 것은 그로부터 닷새 후의 심야 2시였다. 이즈미는 허둥지둥 티셔츠 위에 재킷을 걸치고 집에서 뛰어나와 택시를 잡았다. 좌석에 앉은 후에야 한심한 애니메이션 캐릭터가 그려진 티셔츠 차림인 것을 알고 재킷 앞 단추를 잠갔다. KOE와 만날 때는 늘 그녀가 좋아한다는 무늬 없는 남색 옷을 입었다.

"사실 행방을 감추던 동안에도 KOE에게서 연락이 왔어요." 이즈미가 시부야의 고급 호텔에 도착해보니 가오리가 로비에서 기다리고 있었다. "어떻게든 설득하고 싶었는데, 그 사람들은 무슨 말을 해도 이해해주지 않는다고 해서."

지금 단계에서 부장님과 그녀를 만나게 해도 아마 허둥대기나 할 뿐이지 아무것도 못 할 거라고 판단해서 이즈미 씨께 와주십사 부탁했어요. 가오리는 고층으로 가는 엘리베이터 안에서 설명했다. 이즈미 씨라면 비교적 신용할 수 있다고 KOE도 말했거든요.

KOE가 가오리에게만 연락을 한 사실에 이즈미는 상처를 받았다. 심퍼시를 느꼈어요, 라는 추신을 곧이곧대로 받아들인 자신이 수치스러웠다.

"KOE, 부친이 안 계세요."

고속도로를 달리는 택시 안에서 가오리가 불쑥 연보랏빛으로 밝아지는 거리를 향해 말했다.

새벽녘 도로는 어디나 텅 비어서 택시가 미끄러지듯 달렸다. 흐음, 하고 반응하고 이즈미는 입을 다물었다. 가오리가 한 발언의 의미를 파악할 수 없었다. 4시간에 걸쳐 KOE와 교섭한 후여서 무슨 의미인지 가오리에게 물을 기력도 없었다.

부친이 없다.

그 말만이 침묵하는 두 사람 사이를 떠돌았다.

KOE가 머물던 고층 스위트룸에서는 눈이 부실 만큼 반짝이는 시부야의 야경이 보였다. 그녀에게는 파격적인 계약금 이외에 육성 자금이라는 명목으로 매달 월급을 지급하고 있었다.

"음악을 잊고 말았어요."

KOE는 커다란 소파에 고양이처럼 다리를 구부리고 앉았다.

"가사를 어떻게 썼는지, 어떤 마음으로 노래를 부르면 되는지, 도무지 생각나지 않아요."

이제 음악을 그만두겠어요. KOE가 말을 이었다. 잊고 만 것을 표현할 수는 없다고 반복해서 주장했다. 할 말을 잃은 이즈미 옆에서 가오리가 담담히 질문을 거듭했다. 왜 그렇게 생각했는가? 왜 그렇게 됐는가? 앞으로 어떻게 하고 싶은가?

"음악보다 소중한 사람을 찾았어요."

KOE는 과도하게 빛을 내뿜는 빌딩군을 바라보며, 자신이 사랑에 빠진 연상의 카메라맨에 대해 말하기 시작했다.

"처음 만난 사람에게 어떻게 이 정도로 마음을 허락할 수 있는지 신기했어요. 아니, 허락한 게 아니에요. 이끌려버렸다고 하는 게 맞을지도요."

첫 촬영을 마친 후, KOE는 스튜디오 앞에서 그를 기다렸다. 금요일 밤, 수많은 사람이 그녀 앞을 지나갔다. 그녀의 얼굴이 세상에 발표되는 것은 이제부터였으니 길에서 KOE는 아직 그 누구도 아니었다.

"상대는 어떤 사람이에요?"

가오리가 묻자, "그 사람은 자기 얘기는 전혀 안 해요" 하고 KOE가 무언가를 회상하듯이 미소 지었다. "그저 얼마 전에 이혼했다는 것과 도쿄의 인간관계에 질렸다는 얘기만 해줬어요."

이즈미는 서둘러 대화를 진행하고 싶었으나 지금은 끼어들면 안 된다고 판단했다. 조금이라도 순서를 실수하면 무너질 블록 쌓기 같은 작업이었다. 가오리는 툇마루 아래로 숨은 고양이를 유혹하듯 천천히 질문을 이어갔다. 그다음엔 어떻게 됐어요?

"제가 그 사람한테 호텔에 가자고 했어요. 그런 욕망이 있다니, 지금도 믿기지 않아요. 원래 남자가 불편했거든요. 구역질이 날 정도로 남자들의 성욕을 증오했었는데."

스스로도 놀라울 정도로 이즈미는 KOE의 이야기를 냉정하게 받아들였다. 조만간 이런 일이 생길 것 같았다. 그런 위태로움에 끌렸다.

만나고 사흘 후에 KOE는 카메라맨의 집에서 지내기 시작했다. 매니저와 연락을 끊고, 녹음이나 프로모션을 비롯한 모든 일을 내팽개치고 틀어박혔다. 그러나 카메라맨은 다음 달에 브루클린으로 이주할 예정이라고 그녀에게 고백했다. 너와 만나기 전부터 정해진 일이야. 그의 부친이 유명한 배우여서 든든히 지원해준다고 했다.

"아무것도 필요 없어요. 브루클린에 갈 거예요. 이제 그 사람만 있으면 돼요."

KOE는 소파에 누워 속삭였다. 처음 그녀와 만났을 때 들었던, 고운 입자가 반짝이는 것 같은 목소리는 이미 없었다. 마법이 풀린 것처럼 요염함을 잃어버렸다. 차분한 표정이 그녀의 결의를 보여주었다.

이 이상 그녀의 세계에 들어가는 것은 어렵겠다. 침묵한 가오리는 포기한 것처럼 보였다. 이즈미는 스스로를 채찍질해 제발 지금 만드는 곡만이라도 완성하고 미국에 가라고 계속 설득했다. 그녀와 오래 주고받은 메일에 의미가 있었다고 증명하고 싶었다.

"저는 이제 다른 인간이에요. 몇 달 동안 썼던 곡은 이미 제 단어도 제 음악도 아니에요. 그러니 전부 버릴 수밖에 없어요."

잠에 빠지기 직전처럼 부드럽게 그녀가 거절했다. 이미 눈동자가 꿈속에서 헤매는 것 같았다. 창밖의 하늘이 어렴풋이 밝아지기 시작했다. 세상이 연한 푸른빛으로 바뀌어간다. 다투듯이 눈부시게 반짝였던 시부야의 거리에서 어느새 등불이 대부분 사라졌다.

택시가 쥐색 빌딩 앞에 도착했다. 이즈미와 가오리가 택시
에서 내리자, 새들이 지저귀는 소리가 줄지어 선 나무에서 시
끄러울 정도로 쏟아졌다. 그 소리로부터 도망치는 것처럼 사
무실로 들어가자, 레이블의 대표를 필두로 관계자 대부분이
대기하고 있었다.

다음 달, KOE는 미국으로 건너갔다.

화로에서 연기가 피어오르는 가게 안, 이즈미가 손잡이 달
린 맥주잔을 들자 수고하셨다면서 가오리가 맥주잔을 부딪
쳤다.

회사 바로 근처의 예약 잡기 어려운 인기 가게였다. 그래도
점원의 접객 태도가 별로고 회사에서 너무 가까워서 불편하
다는 이유로 사원들이 멀리하기 때문에 둘이 만나 대화하기
에는 오히려 적합했다.

"한국인 댄서였다고 해요."

가오리가 숙주나물에 젓가락을 뻗으며 말했다. 무슨 얘기
야? 김치를 먹으며 이즈미가 묻는다.

"브루클린에서 KOE가 싸운 연적."

"아, 카메라맨의 바람 상대."

KOE는 반년 후에 귀국해 앨범을 발표했다.

가오리는 그녀가 돌아오리라 예상한 것처럼 담담히 앨범 제작을 진행했다. KOE가 귀국한 직후부터 나카메구로 스튜디오에서 매일 녹음을 진행했고, 앨범은 예정보다 9개월 늦게 발매되었다.

발매를 기념한 첫 라이브를 마친 후, 이즈미는 가오리를 데리고 고깃집에 갔다.

"바람이고 뭐고 그런 남자가 진심이 될 리가 없어요. 그냥 재수 없게 걸린 거죠."

가오리는 벌써 절반으로 줄어든 맥주를 마셨다.

"걸렸다?"

이즈미도 따라잡으려고 잔에 입을 댔다.

"KOE가 원하는 말이나 행동을 알았을 뿐이에요. 그 사람은 사상이나 애정 따위 없이 그냥 그녀가 원하는 사람을 연기했다고 해야 하나."

"그러고 보니 그런 걸 잘하는 남자가 있지."

반년간의 기억이 없어요. KOE는 말했다. 왜 그런 짓을 했는지, 왜 그런 남자를 좋아했는지 기억이 안 나요. 초점이 맞지 않는 눈에서 눈물이 계속 흘러내렸다.

가오리는 그녀의 등을 쓸어주고, 가끔은 안아주며 녹음을 진행했다. '사랑하는 방법을 잊어버렸어.' KOE가 귀국 후에

쓴 이 가사는 브루클린에서 그에게 들은 말을 그대로 쓴 것이라고 그녀는 고백했다.

"왜 우리가 실패했는지 잘 알겠어요."

두툼한 우설이 레몬 담긴 접시와 함께 테이블에 놓였다. 가오리가 잘린 레몬을 한 손에 들고, 눈을 가늘게 뜨고서 작은 접시에 짰다.

"우리가? KOE의 문제잖아."

이즈미는 레몬에는 손을 대지 않고 우설 두 점을 화로 위에 올렸다. 레몬즙을 묻히면 맛이 전부 똑같아지는 것 같다.

"더 할 일이 있었을 거예요."

"뭘 어떻게 해야 좋았을까."

귀국 후 KOE의 퍼포먼스에는 생기가 부족했다. 목소리의 마력을 되찾지도 못했다. 녹음에는 늘 1시간 이상 지각했고, 프로모션을 위한 라디오 녹음에는 항우울제를 과다 섭취해서 말투가 어눌한 상태로 나타났다. 그녀를 응원하는 관계자가 한 명 또 한 명 떠났다.

"아티스트에게는 어머니와 아버지가 필요하다고 생각해요."

"어머니와 아버지?"

"어머니는 뭐든지 받아들이는 사람. 아버지는 무조건 엄격

백화

하게 옳은 길을 제시하는 사람. 어느 하나만 있으면 안 되고, 반드시 양쪽이 다 있어야 해요."

"우리 팀에는 어머니만 있었다는 소리야?"

"제가 아버지 역할을 하려고 했지만, 그녀를 지키지 못했어요. 게다가 KOE에게는 부친도 없죠."

불편함을 느끼며 이즈미는 가게를 둘러보았다. 맥주가 얼마 남지 않아서 한 잔 더 주문하려고 했는데, 점원들은 모두 계산대 앞에서 노닥거리며 웃고 있었다.

앨범 판매량은 초동까지는 괜찮았으나 더 늘지 못하고 인터넷 시절부터의 KOE 팬이 사는 것에 그쳤다. 첫 라이브 앙코르 때, 그녀는 무기한 활동 휴식에 들어간다고 선언했다. KOE에게 마지막까지 음악을 계속하라고 설득한 사람은 가오리였다. 그때는 시부야 호텔에서 설득에 나서지 않았던 그날 밤의 그녀와는 다른 사람처럼 끈기를 보였다.

화로에 두툼한 붉은 고기를 얹는 가오리를 바라보다가 택시에서 창밖을 내다보던 그녀의 옆얼굴이 문득 떠올랐다. 연보랏빛 하늘에 회색 도쿄타워가 우뚝 솟았다.

"친부가 없는 게 그렇게 관계가 있어?"

"네?"

"가오리 씨, 전에도 말했지. KOE에게는 부친이 없다고."

"네, 말했어요."

"그 말은, KOE에게 부친이 있었다면 이렇게 되지 않았다
는 거야? 그런 남자에게 푹 빠져서 모조리 다 망치지 않았을
거라고?"

트집에 가깝다는 걸 알면서도 멈추지 못했다. 가오리는 벌
겋게 불타는 숯불을 물끄러미 바라보며 붉은 고기를 계속 올
렸다.

"관계가 없다고 할 수는 없겠죠. 게다가 KOE의 상대는 아
버지라고 해도 이상하지 않을 나이였으니까."

"하지만 그건 너무 얕은 생각 아니야? 부모가 나쁘거나 아
예 없으면 제대로 된 인간으로 자라지 못한다는 것 같잖아."

금세 타는 냄새가 풍겼다. 이즈미는 집게를 들고 화로 위에
서 연기를 내뿜는 고깃덩어리를 난폭하게 뒤집었다.

"그런 말은 안 했어요. 그저 확실히 영향이 있다고 생각할
뿐이에요."

늦었다. 벌써 고기가 전부 까맣게 탔다.

"나도 아버지가 없어."

이즈미는 연기를 내뿜는 고기를 불판 구석으로 밀었다. 까
만 고깃덩어리에서 기름만 떨어진다.

"태어났을 때부터 없어서 얼굴도 이름도 몰라."

"······죄송해요. 이즈미 씨 기분을 상하게 하려던 건 아니었어요."

"알아."

아버지가 없을 뿐 아니라 이즈미는 할아버지와도 만난 적이 없다. 여러 불운이 겹쳐 유리코는 혼자 아이를 낳기로 했다. "나는 평생 성실하고 순종적인 딸이었으니까 도저히 용서하지 못하셨을 거야." 유리코의 아버지는 마지막까지 병원에 오지 않았고, 어머니가 딱 한 번 찾아왔으나 이즈미가 태어나고 얼마 지나지 않아 소원해졌다.

이즈미가 초등학교를 졸업하던 날 밤, 단둘이 동네 패밀리 레스토랑에서 축하 파티를 열었다. 그때, 유리코가 혼자 아이를 낳아 키우게 된 경위를 말했다. 나는 원래 고집이 센 애였어. 그렇게 말하며 엄마가 작게 웃었다. 참고로 이즈미*라는 이름은 남자애가 태어나든 여자애가 태어나든 기쁨이 샘솟듯이 축복하고 싶은 마음을 담아 입원 중에 지었단다.

기념일마다 유리코는 옛날 기억을 하나, 또 하나 이즈미에게 말해주었다.

침묵의 틈을 메우려는 듯이 가오리가 얇게 썰린 차돌박이

---

* 이즈미泉는 '샘물' 나아가 '원천'이라는 뜻이다.

를 불판 위에 올렸다. 순식간에 불이 거세게 타올라 연기가 자욱하게 났다. 타닥타닥 기름이 숯 위에서 튀는 소리에 겹치듯이 그녀가 말했다.

"부모가 없으면 안 좋다는 생각은 물론 안 해요. 자식은 선택할 수 없으니까요. 또 KOE는 어쨌든 그런 환경에서 자란 덕분에 음악을 만들어낼 수 있었어요."

"KOE에게 부모가 있었어도 멋진 가사를 썼을지도 모르잖아?"

이즈미는 맥주를 다 마시고, 다시 점원을 찾아 시선을 움직였다. 홀에는 아무도 보이지 않았다. 무심코 혀를 찼다. 아까는 사람이 그렇게 잔뜩 있었는데.

"그럴지도 모르죠. 하지만 채워지지 못한 게 있었기에 그녀가 절실함을 안고 가사를 쓴 면도 분명 있다고 봐요."

가오리는 화로 위에서 불에 감싸인 고기를 응시하며 말을 이었다.

"……부모의 존재는 굉장히 영향력이 커요. 부모라는 속박이 얼마나 강한지 아니까 저는 거기에서 벗어나려면 어떻게 해야 할지 평생 고민했어요. 그러다가 어느 날 깨달았어요. 반드시 피가 이어진 사람이 부모 역할을 해야 하는 건 아니라고요. 제 부모님은 이혼은 하지 않았지만, 도저히 부부라고는

백화

할 수 없었어요. 부모 역할도 제대로 안 했죠. 대신에 저는 유치원 때부터 다니던 발레 교실 선생님에게 올바로 살아가는 기술을 배웠어요. 어른이 되어 그 사실을 깨달은 이후로 저는 혈연이나 가족이 절대적이라고 생각하지 않게 되었죠. 피가 이어지지 않은 타인이기에 서로 보완할 수 있는 것도 많아요. 그러니까 부친이 없다면 그 역할을 누군가 맡을 수 있을 테니까, KOE에게 제가 그렇게 해주고 싶었어요."

단숨에 말을 마치고, 가오리는 타기 시작한 고기를 두세 점 집어 잘 먹겠다고 말하고 한입에 넣었다. 힘차게 고기를 씹는 그녀의 샐룩대는 턱을 바라보자, 화를 낸 게 어리석게 느껴졌다.

"이즈미 씨, 왜 그러세요? 갑자기 웃고."

가오리의 말을 듣고 자신이 웃는 것을 알았다.

"아무것도 아니야."

이즈미는 새 고기를 화로 위에 올리고, 갑작스러운 웃음을 얼버무리려는 듯이 물었다. 밥 시킬까? 가오리는 검은자위가 큼지막한 눈동자로 이즈미를 가만히 바라보더니 네, 곱빼기로! 하고 외쳤다.

3장.

전화

현관문이 닫히는 소리에 잠에서 깼다.

이즈미는 침대에서 몸을 일으켰다. 새하얀 리넨이 휘핑크림처럼 동글게 뭉쳤다. 옆자리에는 이미 온기가 없다. 작게 기지개를 켜는데, 시선 끝에 어지러이 놓인 책이나 CD가 보였다.

그림책 같은 것도 놓아야 하니까 책장에 공간을 만들어둬, 라는 가오리의 말에 어젯밤부터 정리를 시작했는데, 일단 손에 잡히면 그리운 마음에 다시 들춰보니까 정리에 전혀 진척이 없다. 스마트폰이나 컴퓨터로 음악을 듣게 되면서 CD 플레이어를 쓸 일이 없다. 사실 여기 CD에 담긴 곡은 대부분 인터넷에도 있다. 이제는 무용지물인 음반들이지만, 음악을 듣던 때의 기억과 진하게 연결되어 좀처럼 버리지 못한다.

진갈색 바닥재가 깔린 복도를 지나 거실로 들어갔다. 아파트는 방이 전체적으로 넓어서 이즈미가 자취하던 집에서 가지고 온 소파나 텔레비전이 묘하게 작아 불균형해 보인다. 이 아파트를 살 때, 이즈미와 가오리는 긴 시간 대화를 나눠 상정된 미래를 고려해 집을 골랐다.

두 달 전, 가오리가 이즈미에게 임신 소식을 전했다. 결혼하고 2년. 자연스러운 흐름이었지만, 막상 그렇게 되자 뜻밖에도 동요했다. 아이가 태어나는 것과 자신이 아빠가 된다는 것이 여전히 잘 연결되지 않는다.

창밖으로 살짝 흐린 하늘이 펼쳐졌고 북풍이 때때로 창을 흔들었으나, 방은 따뜻하다. 가오리가 바닥 난방을 틀어줬겠지. 맨발바닥에 뭉근한 열기가 전해진다.

넓은 식탁 위에 초콜릿 세 상자가 포개져 있었다. 또 아침부터 초콜릿인가. 최근 몇 주 사이 가오리의 입덧은 제법 안정됐다. 그 반동으로 가오리는 대량의 초콜릿을 먹기 시작했다.

"너무 많이 먹는 거 아니야? 아무것도 못 먹는 것보다는 낫지만."

이즈미가 푸념처럼 말하고, 임신 중에 살이 너무 불어서 출산할 때 고생한 선배의 에피소드를 덧붙였다. 배 속의 아기까지 살이 쪘다고 한다.

"나도 아는데."

가오리가 원을 그리듯 왼손으로 배를 쓸었다. 오른손에는 빨간 포장지의 초콜릿을 들고 있다.

"도저히 멈추지 못하겠어. 식욕을 넘어선 불가사의한 욕망이야."

"그것도 초콜릿만 먹다니. 몸에 너무 안 좋을 것 같은데."

"레몬이나 자몽 같은 시큼한 걸 찾는다는 얘기를 예전에 종종 들었는데."

"그거라면 그나마 비타민C라는 느낌이라 긍정적이네."

"하지만 내 주변에는 거의 없더라. 건강한 음식에 빠진 임신부. 친구들도 다 감자튀김이나 콜라나 아이스크림이었대."

"뭐야, 전부 몸에 안 좋은 것들이잖아."

"왜 그럴까? 원래 그런 음식 좋아하지도 않는데 하필이면 아기가 배에 있을 때 먹고 싶어지다니."

그러면서 가오리가 초콜릿을 덥석 베어 물었다. 네모난 조각으로 나뉜 초콜릿의 구획을 파괴하는 것처럼 동그란 잇자국이 생겼다.

"자기가 근원적으로 먹고 싶었던 걸지도 모르겠다."

이즈미가 잠옷 소매를 걷으며 부엌에 들어갔다. 커피 탈 건데 마실래?

"아니. 미안. 이상하게 커피 향을 맡으면 요즘 기분이 나빠."

"초콜릿 중독에 커피 혐오라니 뭔가 모순 같네."

"미안해."

그 후로 가오리 앞에서는 커피를 자제했다. 전기포트로 물을 끓이는 동안, 냉동고에 넣어둔 커피 원두를 전동 그라인더로 득득 갈았다. 후배가 이벤트로 시애틀에 출장을 다녀오면서 사다 준 산미 있는 원두가 좀처럼 줄지 않는다. 아침은 늘 식빵과 달걀 요리, 거기에 채소 샐러드나 과일 주스를 함께 먹는다. 이즈미나 가오리, 둘 중 먼저 일어난 쪽이 만드는 것이 암묵적인 규칙이었다.

유리코와 둘이 살 때, 아침은 늘 쌀밥과 생선, 달걀말이 같은 반찬, 그리고 장아찌였다. 유리코는 바깥일과 집안일에 쫓겼으니까 평일 저녁은 슈퍼마켓의 초밥 세트나 포장 음식일 때도 있었다. 이즈미는 엄마가 가끔 사 오는 '기성품'을 좋아했다. 그런데 엄마는 오랜 세월 그게 미안했다고, 결혼 직후 가오리에게 말했다고 한다. 그러니 최소한 아침이랑 도시락은 반드시 직접 만들려고 했단다.

밥솥 옆에 놓였던 식빵 세 봉지. 언제부턴가 엄마도 빵을 먹는다. 이즈미가 집을 나오고 얼마쯤 지난 후부터 그랬을까. 식

탁 의자에 앉은 이즈미는 그릇 위에서 반숙 달걀프라이의 노른
자를 터뜨려 한 입 먹고, 토스트를 깨작이고 커피를 홀짝였다.

"뉴욕에서 첼리스트가 와서 내일은 취재 때문에 일찍 나갈
거야."

어젯밤 자기 전에 가오리가 했던 말이 생각났다. 오랜만에
카페인 덕을 봐서 머리가 잘 돌아가는지도 모른다. 아기 얘기
어머니께 꼭 말씀드려, 라고 다짐을 받은 것도. 가오리는 곧
임신 4개월에 들어서는데, 어쩌다 보니 아직 말하지 못했다.

밖을 보자 눈이 내렸다. 3월에 들어섰는데 또 눈인가 싶어
기분이 가라앉았다. 3층인 이곳에서는 넓은 공원이 내려다보
인다. 초록빛 울창한 숲에 하얀 꽃이 탐스럽게 피었다.

너무 뜨겁다 싶은 물로 샤워해 몸을 데우고 집에서 나왔다.
입구 앞 가드레일에 눈이 살짝 쌓였다. 두 손으로 퍼서 뭉치
자, 뽀드득 소리와 함께 축축한 눈덩이가 만들어졌다. 예전엔
눈을 좋아했는데, 지금은 손에 느껴지는 차가움이 불쾌하다.

회사에 도착하면 사과 메일을 보내야 한다. 차가움이 손끝
을 지나 뇌에 도착한 것과 동시에 생각났다. 모 드라마의 주
제가. 친한 각본가가 팝송을 쓰고 싶다고 의뢰했는데 교섭이
난항 중이다. 미국의 저작권자에게 몇 번이나 메일을 보냈으

나 답변이 오지 않아 진전 없이 석 달이 지났다. 한숨이 눈앞에서 새하얘졌다. 우울함이 가시화한 것 같다. 힘을 내려고 찬 공기를 한껏 들이마시고 걸음을 옮겼다. 건널목을 건너며 엄마에게 전화했으나, 금방 부재중으로 넘어갔다. 굳이 녹음을 남기지 않고 전화를 끊는다.

어린 시절, 동네 친구와 자주 눈놀이를 했다. 눈이 올 때마다 이즈미는 집에서 뛰어나가 공원으로 달려갔다. 1시간이고 2시간이고 눈싸움을 하고, 결판이 나면 눈사람을 몇 개씩 만들었다. 유리코가 긴 휴가를 내지 못해서 이즈미는 어디 멀리 간 적이 거의 없었기 때문에 눈이 내리면 늘 보는 거리가 다른 세계가 된 것만 같아서 푹 빠졌다.

"아키타에 여행을 간 친구, 아빠가 가마쿠라*를 만들어줘서 안에서 단팥죽을 먹었대."

그렇게 말했을 때 유리코의 표정을 지금도 잊지 못한다. 그저 가마쿠라에 대한 흥분을 말하고 싶었을 뿐인데 '아빠'라는 단어를 굳이 썼다. 엄마가 상처받을 것을 내심 알았으면서 들으라는 듯한 말투였다. 참는 데는 익숙했으면서.

---

* 눈으로 만든 집. 일본의 눈이 많이 내리는 지방에는 가마쿠라 안에 신을 모시고 아이들이 안에 들어오는 사람에게 구운 떡과 따뜻한 감주를 대접하는 풍습이 있다.

백화

다음 날 아침에 눈을 뜨자 마당에 작은 언덕 같은 것이 있었다. 잠옷 차림으로 샌들을 신고 마당으로 나갔다. 멋지다! 이게 뭐야? 엄마가 만들었지! 안에 들어가도 돼? 물론이지. 그래도 살살 들어가! 유리코가 눈을 긁어모아 밤새 만든 가마쿠라. 이즈미 혼자 간신히 들어갈 작은 크기였지만, 동근 찹쌀떡처럼 아름다운 반원을 그렸다.

이즈미가 흥분해서 날뛰자, 유리코가 부엌에 들어가 단팥죽을 만들었다. 냄비로 단팥죽을 끓이며 때때로 작게 기침했다. 괜찮아? 아무리 물어도 괜찮다며 계속 손을 움직였다.

이즈미는 눈으로 만든 차가운 방에서 단팥죽을 먹었다. 되직한 적갈색 팥 사이에 잘 구워진 큼지막한 떡이 들었다. 밖에서는 코가 새빨개진 유리코가 사발을 홀짝였다. 그날 밤, 이즈미와 유리코는 나란히 고열로 드러누웠다. 이부자리를 나란히 깔고 누워 단팥죽이 맛있었다고 웃었다.

"미안해. 나, 아빠는 필요 없어. 엄마가 있으면 돼."

간신히 말했다고 생각했는데 그건 열에 들떠서 꾼 꿈이었고, 잠에서 깨니 유리코가 죽을 쑤려고 혼자 부엌에 서 있었다.

커다란 눈송이가 떨어진다.

이즈미는 걸음을 서둘렀다. 고동 소리에 맞춰 기억이 또 살아났다.

초등학생이 되기 전이었다. 어느 여름날, 유리코가 자전거 뒷좌석에 이즈미를 태우고 야구장에 갔다. 야구에 흥미를 보인 이즈미에게 실제 경기를 보여주고 싶었을 것이다. 몇십 분이나 달려 바다 근처 야구장에 도착했으나, 자전거를 세워둘 곳이 보이지 않아서 엄마는 야구장 주위를 빙글빙글 돌았다. 이즈미는 자전거 페달을 밟는 엄마의 등이 땀에 젖어가는 것을 가만히 바라보았다. 자전거가 야구장 주위를 한 바퀴 반쯤 돌았을 때, 눈부신 조명이 켜지고 시합이 시작됐다. 선두 타자가 안타를 쳤는지, 우레와 같은 환성이 일었다. 이즈미는 고개를 들었다. 목소리가 하늘에서 쏟아지는 것 같았다.

눈발이 점점 거세졌다. 우산을 들고 다니기 귀찮아서 집에 두고 온 것을 후회했다. 지하철역까지 걸어가기 싫어서 간선도로로 나가 택시를 찾았다. 평소에는 빈 차가 몇 대나 다니는 도로인데, 오늘 아침에는 어느 택시나 승객이 있었다.

손바닥에서 눈덩이가 서서히 녹는 것을 느끼며 이즈미는 상상했다. 만약 남자애가 태어나면 아이를 위해 가마쿠라를 만들까. 캐치볼을 하거나 낚시를 가르치거나 캠핑장에서 불을 지필까. 언젠가는 술을 마시며 일에 관한 고민을 듣는 날이 올까.

왠지 남자애일 것 같아. 지난 주말 밤, 불을 끈 침실에서 가

백화

오리가 중얼거렸다. 지금부터 야구 연습이라도 해둘까, 하고 이즈미도 비슷한 음량으로 대답했다. 다음 날, 마음먹은 김에 회사 근처 스포츠용품점에 들어갔으나, 글로브 형태가 생각보다 다양해서 뭘 골라야 할지 몰라 도망치듯이 가게를 나왔다.

"젠장, 귀찮은 곳에 갔다니까."

다니지리가 작은 그릇에 담긴 샐러드를 먹으며 투덜댔다. 까무잡잡하고 커다란 몸에서 잠긴 목소리가 나왔다. 이즈미는 샐러드에 참깨 드레싱을 듬뿍 뿌리며 대답했다.

"그런가요? 다니지리 씨 신인 키워서 히트시키는 거 잘하시고, 재미도 있을 것 같은데."

"멍청이, 이미 시대가 달라졌어."

"하긴. 애초에 우리는 계약 조건이 엄격해서 신인 확보에 뒤처지니까요. 다른 데서 잘 팔리는 아티스트를 데려올 수밖에 없겠죠."

이즈미가 샐러드를 보던 시선을 들어 다니지리를 봤는데, 그는 귀찮다는 듯이 종이 냅킨으로 이마의 땀을 닦고 있었다. 이 가게는 언제나 온도 설정이 과하다. 여름은 너무 춥고 겨울은 너무 덥다.

"지금은 아티스트 스스로 음악을 팔 방법이 얼마든지 있으니까 메이저 레이블과 계약할 의미가 없어."

"다니지리 씨가 그렇게 말씀하시면 끝이에요."

몇 년 전까지 이즈미와 다니지리는 같은 레이블에 있었다. 연속해서 히트곡을 내는 밴드부터 외국에서 평판이 좋은 테크노 유닛까지 폭넓은 아티스트가 소속된 레이블로, 다니지리는 디렉터와 임원을 겸임했다. 그는 제작자로서는 일류였으나 경영자로서의 재능은 부족해서, 회사 전체의 경영이 악화한 타이밍에 좌천되었고 지금은 신인을 발굴하는 관련사에 있다. 말투가 무뚝뚝한 무뢰한이어서 사내에도 적이 많지만, 이즈미는 아티스트를 대하는 방법부터 업계 사람과 어울리는 방법까지 업무 대부분을 다니자리에게 배웠다고 생각한다. 지금 이치가야에 있는데 눈 때문에 미팅이 취소됐으니까 점심이라도 같이할까? 라고 하는 갑자기 걸려온 전화를 받고 회사에서 뛰어나와 근처 양식 레스토랑에 마주 앉았다.

"게다가 신인이면 드라마나 영화 프로듀서가 원하지 않아."

다니지리는 그릇에 남은 샐러드를 포크로 찔렀다. 굵직한 손가락에 낀 포크가 유난히 작아 보였다. 냉장고에 오래 들어 있었는지 양상추에 물기가 없다.

"그 사람들, 음악을 전혀 안 들으니까요. 여전히 90년대에 인기 있던 밴드 이름만 들먹여요."

이즈미가 접시에 수북이 담긴 밥과 함께 나온 된장국 사발을 가장자리로 밀었다.

"가사이…… 여전히 된장국은 안 먹는구나."

알아차린 다니지리가 웃으며 잔에 남은 얼음을 깨물어 으깼다.

"죄송합니다."

"죄송할 건 없다만, 된장국을 싫어하는 놈은 본 적 없어. 특이해."

"……좀 별로여서."

대화를 차단하는 듯이 눈앞에 묵직한 철판이 놓였다. 잘 구워진 햄버그스테이크에서 지글지글 기름이 튄다.

"텔레비전 쪽은 여전히 예능 사무소 관련 업무투성이야?"

"예전보다는 나아도 여전하네요. 억지로 끼워 넣어도 실력이 부족하니까 금방 안 팔리지만요."

하여간 전혀 변하질 않네, 하고 얼굴을 찌푸리며 다니지리가 종이 앞치마를 목에 걸었다. 변할 것 같지도 않아요, 하고 이즈미도 똑같이 했다. 다니지리의 목에 몇 겹이나 되는 깊은 주름이 있다. 고등학생 시절에 럭비로 전국대회에 나갔다던 그의 목은, 한때는 근육질에 통나무처럼 굵었다.

"요즘은 누구를 밀어?"

"온가쿠일까요."

"아, 우리 회사에 온다며. 인디에서도 충분히 팔릴 텐데."

"그들이 좋아하는 아티스트가 우리 회사에 몇 팀인가 있다고 합니다."

"요즘도 메이저에 동경을 품기도 하네."

"이번에 고미야마 씨가 쓰는 드라마의 주제가로 밀려고 해요."

"오호, 너랑 친한 고미야마 선생? 여전히 마작 하냐?"

다니지리가 패를 뒤집는 것처럼 손목을 뒤집고, 나이프가 아니라 포크로 햄버그스테이크를 잘라 먹기 시작했다.

"아니요, 당연히 이제는 안 하죠. 몇 년 전 얘깁니까."

이즈미는 그건 똑같이 하지 않고 나무젓가락을 쪼갰다. 고기 굽는 냄새가 식욕을 자극했다.

"담당은?"

"다나베입니다."

"아, 그 요염한 애."

"다니지리 씨, 아세요?"

"너네 오사와 부장이랑 사귀잖아?"

"네? 진짜요?"

무심코 큰 소리를 냈다가 허둥지둥 주위를 살폈다. 낮인데도 어둑어둑한 가게에 깔끔한 나무 테이블이 놓여 있다. 어느

백화

새 모든 테이블에 손님이 꽉 찼는데, 회사 동료는 없었다.

"몰랐냐? 내가 들은 게 벌써 반년 전이야."

"그래서 오사와 부장님, 다니베한테 물렁하게 구는 거군요."

목소리를 낮추며 햄버그스테이크에 골고루 무즙을 얹었
다. 예전부터 이런 유의 사내 소문에 둔해 늘 끝에 알게 된다.

"그래? 역시 오사와는 솔직한 녀석이군."

다니지리가 걸걸한 목소리로 웃었다.

"보통 그러지 않나요?"

"아니, 반대지. 만약 사내 불륜이라면 나는 오히려 야멸차
게 대하거나 이동시킬 거야. 신경 쓰고 자시고 귀찮으니까."

"다니지리 씨는 정말 여전히 너무하십니다."

"정직하다고 해라. 오, 일 잘하는 부인이 왔네."

돌아보자, 막 문을 열고 들어온 가오리가 이쪽을 향해 손을
흔들었다. 동기인 경리부 여성과 같이 왔다. 유리문 앞에 서
있어서 역광 때문에 표정은 잘 보이지 않지만, 실루엣으로 배
가 조금 부푼 걸 알겠다. 이즈미 맞은편에 앉은 사람이 다니
지리라는 것을 알아본 가오리가 꾸벅 인사했다.

"……너도 곧 아빠가 되는구나."

포크를 쥔 손을 슬쩍 들어 보인 다니지리가 가오리를 보며
말했다. 10년 전에 이혼한 후로 다니지리는 쭉 독신이다. 아

이는 헤어진 전 부인이 키운다. 돈을 제때제때 보내야 하니까 잘리면 안 된다고, 술을 마실 때마다 말한다.

"5개월 후예요. 아직 실감은 나지 않지만요."

"괜찮아. 너는 제대로 해낼 것 같아."

그럴까요, 하고 멍하니 대답하며 이즈미는 생각했다. 자신이 뭘 '제대로 해낼 것' 같을까. 답이 궁금했지만, 의미 없는 질문인 걸 알고 납작한 접시에서 말라가는 밥을 젓가락으로 퍼서 입에 넣었다.

눈이 내린 날 밤은 모든 소리가 사라진다. 마치 거리에서 사람이 사라진 것 같아서 불안해진다. 정적 속에서 혼자 멍하니 서 있다. 다들 비슷하게 느낄까, 아니면 나만의 느낌일까.

식탁 위에 노트북을 펼쳐놓고 쌓인 메일에 답장하다 보니 심야였다. 신혼 시절에는 둘 다 집에서 야근했으나, 임신한 후로 가오리는 날이 바뀌기 전에 침대에 눕는다. 말도 안 되게 졸려. 두 사람분의 잠을 자서 그러나. 그렇게 말하며 웃는 가오리를 보면, 아이를 가진 행복의 일부분을 접한 기분이다.

크게 하품하는데 무기질적인 진동음에 청각이 쏠렸다. 스마트폰 진동이 식탁을 울리며 전해졌다. 급하게 들고 화면을 본다. 가사이 유리코, 라고 이름이 떴다.

"여보세요…… 엄마?"

"……이즈미? 미안, 전화했었니?"

"했는데…… 너무 늦었잖아."

"그래? 지금 몇 시니?"

"1시 반."

수화기 너머도 이쪽과 마찬가지로 소리가 없다. 그랜드 피아노가 놓인 거실에서, 엄마가 익숙하지 않은 스마트폰을 귀에 댄 모습이 눈에 선했다. 미안하다. 유리코의 속삭이는 듯한 목소리만 귀에 들린다. 이즈미, 자고 있었니?

"일하고 있었어."

"너무 무리하면 안 돼."

"엄마야말로 이렇게 시간이 늦었는데."

"가끔 잠에서 깨. 갑자기 이즈미가 전화한 게 생각나서…… 무슨 일 있었니?"

그래도 이런 시간에 전화를 거나? 아침에 해도 되잖아. 불평하는 말이 목까지 차올랐으나 붙들어두고 이즈미가 말했다.

"그게, 엄마한테 할 말이 있어서."

"무슨 일 있니?"

지금 꼭 말해야 하나 잠깐 망설이느라 공백이 생겼다.

"……아이가 생겼어."

"아이?"

"나랑 가오리의. 아이."

"어머…… 축하해! 예정일은?"

유리코의 목소리가 조금 높아졌다.

"8월이려나."

"기쁜 일이네. 가오리 상태는 어떠니?"

"응. 아주 건강해."

"다행이네. 이즈미, 정말 축하한다."

수화기 너머로 유리코의 목소리가 떨린다. 그래서…… 아, 언제랬지? 그러니까 8월이라고. 아, 그랬지, 얼마 안 남았네. 이것저것 준비해야겠어. 엄마의 목소리를 들으며 이즈미는 드디어 보고를 마친 것에 안도했다.

가오리와 결혼하겠다고 보고했을 때, 유리코는 한참이나 입을 다물었다. 상대가 마음에 걸리나 싶어 회사 동료라고 설명했는데, 그래도 여전히 말이 없었다. 어색한 시간을 채우려고 가오리의 성격이나 용모를 이즈미가 일방적으로 말하는데 엄마가 돌연, 그런 말을 갑자기 하면 어떡하니, 하고 갈라진 목소리로 말했다. 어? 왜 그래? 이즈미의 목소리를 뒤덮듯이 유리코가 훌쩍훌쩍 우는 소리가 들렸다.

"이제부터잖니……."

엄마가 코를 훌쩍이며 말했다.

"둘이서 살아오느라 그렇게 고생했잖니. 여행을 가거나 맛있는 걸 먹으러 가거나, 이제부터 드디어 부모 자식다운 일을 할 수 있을 줄 알았는데."

축하하는 말을 기대했다. 어린애처럼 토라진 엄마에 당황해 더는 말을 잇지 못했다. 그래도 몇 주 후, 도쿄의 레스토랑에서 유리코에게 가오리를 소개했을 때는 기분이 아주 좋아져서 이즈미의 어린 시절 부끄러운 이야기를 늘어놓았다. 얘가 기분 나빠 보이면 대부분 배가 고파서 그러는 거야. 뭐든 좋으니까 입에 넣어주렴. 그런 소리를 하며 가오리와 웃었다.

벌써 3년 전 일이다. 그때 이즈미는 사죄하는 마음으로 유리코에게 스위스 손목시계를 선물했다. 엄마는 이즈미가 어렸을 때부터 줄곧 똑같은 손목시계만 쓰고 있었다.

벽시계를 보자 새벽 2시가 지났다. 엄마의 이야기는 산부인과 의사에서 아기 옷, 이유식, 재우는 문제까지 종잡을 수 없이 이어졌다. 그 사이사이 생각났다는 듯이 이즈미, 축하한다, 라고 속삭였다. 흥분한 목소리를 들으며 문득 엄마가 어디 멀리 간 듯한 기분이 들었다. 그때처럼.

4장.

눈물

박수 소리가 짜 맞춤 기법으로 만들어진 천장에 흡수된다.

잔향이 잦아들기를 기다리고 첼리스트가 독주를 시작했다. 바흐의 무반주 첼로 모음곡 제1번. 조명이 턱시도를 입은 덩치 큰 몸을 비췄다. 꽉 찬 객석의 시선이 한 지점에 쏟아지는 것을 느꼈다. 첼리스트는 거대한 파이프 오르간을 등지고, 넓은 무대 중앙에서 눈을 감고 활을 움직인다.

반복되는 어딘지 서글픈 음색. 단단하게 중심이 잡혔으면서도 유연하게 울려 퍼지는 첼로의 음색. 첼로는 남성의 목소리와 같은 음역이고, 음색은 사람의 언어 같은 것이라는 이야기를 들은 적 있다. 확실히 콘서트홀에서 들으니 연주자가 노래하는 것처럼 들렸다.

"첼로는 중후하니까 자칫 어두운 느낌이 되기 쉬워." 오늘 아침 가오리가 식탁에서 초콜릿을 먹으며 첼리스트를 평했다. "그래도 그 사람의 연주는 쾌활하고 느긋해. 워낙 정교하니까 아주 쉽게 연주하는 것처럼 보여. 매우 지적이고 악보를 적확하게 읽어내는데도 말이지."

겨우 세 마디째인데 옆에 앉은 유리코가 손수건을 꺼내는 게 보였다. 안경을 위로 올리고 좌우 눈가를 교대로 누른다. 요즘 툭하면 눈물이 나지 뭐니. 콘서트홀로 가는 택시에서 좋아하는 텔레비전 드라마 이야기를 하면서 유리코가 말했다. 엄마의 눈물은 둘이서 살 적에도 거의 보지 못했다.

초등학교에 입학하자마자 같이 하교하는 친구가 생겼다.

미우라라는 동급생이었다. 겨울방학이 코앞까지 다가온 어느 날 방과 후, 이즈미는 미우라의 집에 놀러 갔다. 미우라의 부모님은 맞벌이여서 낮에는 집에 없었다. 둘 다 '열쇠를 들고 다니는 아이'였던 이즈미와 미우라는 자연히 친해져서 오후에 미우라의 집에서 놀 때가 많았다.

그날도 평소처럼 미우라의 집에 갔다. 텔레비전으로 애니메이션을 보고, 카드 게임을 하며 놀다 보니 석양이 창문으로 드리웠다. 장난감과 빨래로 어지러운 거실에 주황빛이 비쳤다.

백화

"배고프다……."

미우라가 눈을 가늘게 뜨며 창밖을 봤다. 눈부셔서 아무것도 보이지 않았다.

"응…… 그러게."

동의하자, 그럼 과자를 사러 가자며 미우라가 이즈미의 어깨를 안았다.

"하지만 나 돈이 없어."

이즈미의 용돈은 또래보다 적었다.

"괜찮아. 엄마가 돈을 숨기는 곳을 알거든."

미우라가 부엌으로 들어가 식기장 오른쪽 서랍을 난폭하게 열었다. 잔뜩 쌓인 전기 요금이나 가스 요금 영수증 사이에 숨은 것처럼 천 엔 지폐와 5천 엔 지폐가 두 장씩. 동전은 뿔뿔이 흩어져 있었다. 큰돈을 아무렇게나 놓은 것에 놀란 이즈미가 눈을 동그랗게 떴다.

"너도 갖고 싶은 만큼 가져."

미우라가 천 엔 지폐를 한 손으로 움켜쥐며 말했다.

"어, 괜찮아."

"빨리 해."

"괜찮다니까."

그게 죄인 줄 알고 있었다. 도둑이라는 인간이 있다는 걸

들은 적 있다. 도둑질이라는 말도.

"너랑 절교할 거야!"

미우라가 갑자기 외쳤다.

"빨리 가져가라고! 내가 괜찮다고 했으니까 괜찮아!"

서슬 퍼런 태도에 놀라 급하게 서랍에 손을 넣었다. 5백 엔 동전을 하나 쥐어 주머니에 넣었다. 허벅지에 오싹한 금속의 냉기가 전해졌다. 미우라가 현관문을 열자, 찌르는 듯한 빛이 눈으로 파고들었다. 이즈미는 빛에서부터 도망치듯이 계단을 뛰어 내려갔다.

동네 슈퍼마켓에 들어가자 미우라는 망설이지 않고 과자 코너로 갔다. 색색의 과자 봉지에 둘러싸여 돌아다니는 미우라의 등을 쫓아갔다. 그가 입은 짙은 남색 스웨터 옆구리 쪽에 유리구슬 크기의 구멍이 뚫려 있었다.

미우라는 초콜릿 바와 콜라 맛 젤리, 라무네 과자* 등을 바구니에 담았다. 너도 좋아하는 거 골라, 라고 웃으며 말했다. 이즈미는 딸기우유 사탕을 보고 있었다. 하얀 필름에 진한 빨간색으로 그려진 딸기 그림. 좋아하는 사탕이다. 조심조심 그것을 집어 계산대로 갔다.

---

* 소다 맛이 나는 일본의 탄산음료 라무네를 고체화한 과자.

주머니에는 거스름돈인 백 엔 동전과 십 엔 동전 몇 개가 남았다. 결국 미우라의 집에서 사탕을 먹지는 않았다. 그가 사 온 초콜릿 바를 같이 먹었는데 아무 맛도 없고 그저 끈적 끈적한 식감만 입에 오랫동안 남았다. 옆에 앉은 미우라도 텔레비전을 보며 맛없게 먹었다.

이즈미는 딸기우유 사탕을 들고 집에 돌아갔다. 그거 뭐니? 퇴근한 유리코가 캐물었다. 잠자코 있자, 설거지하던 손을 멈추고 전부 털어놓으라고 매섭게 다그쳤다. 울면서 주머니 속의 동전을 꺼내 식탁에 놓고 죄를 고백했다.

유리코에게 이끌려 돈과 사탕을 돌려주러 미우라의 집에 갔다. 이미 해가 저물었는데 미우라는 여전히 혼자 집에 있었다. 유리코가 고개를 숙이고 사탕과 5백 엔 동전을 미우라에게 건넸다. 그는 쓸쓸한 눈빛으로 이즈미를 응시하며 그것을 받고, 내일도 또 놀러 오라며 웃었다.

어둑어둑한 길을 엄마와 나란히 걸었다. 이즈미는 얼른 사과하고 싶었으나 마음을 말로 제대로 표현하기 어려웠다. 유리코도 미우라의 집에서 나온 후로 단 한마디도 안 했다. 아직 화가 났을까? 불안하게 고개를 들었는데, 엄마가 소리를 죽인 채 울고 있었다. 손등으로 눈가를 연신 훔친다.

엄마의 눈물은 그때 처음 봤다. 우는 엄마가 마치 다른 여자처럼 보였다. 이즈미는 두려워졌다. 딱딱한 껍질이 깨져 그 안에서 부드러운 무언가가 흘러나온 것 같았다. 내가 잘못했어. 떨리는 목소리로 이즈미가 잘못을 빌자, 엄마가 하얀 손으로 머리를 가만히 쓰다듬어주었다. 지금도 딸기우유 사탕을 먹으면 달콤한 향기와 함께 그 감촉이 떠오른다.

두 번의 휴식을 거치며 무반주 모음곡은 제6번까지 연주되었다. 마지막 선율을 켜고 일어난 첼리스트는 긴 싸움을 마친 전사처럼 땀에 젖어 안도한 웃음을 지었다. 객석에서 박수가 끊이지 않아 첼리스트는 두세 번이나 무대로 돌아와 깊이 고개를 숙였다. 이즈미는 옆에 앉은 엄마를 봤다. 유리코는 흘러내리는 눈물을 훔치지도 않고 박수를 보냈다.

"어머니, 즐겁게 보셨어요?"

홀에서 나오자, 정장 차림의 가오리가 로비에서 이즈미와 유리코를 반겼다. 엄마가 바흐를 좋아하는 걸 아는 가오리가 일주일 전에 콘서트에 초대해주었다.

"그럼, 실력도 정말 대단하고, 굉장히 자유롭고 여유로웠어." 유리코가 촉촉이 젖은 눈을 손수건으로 닦으며 부끄러운 듯 웃었다. "가오리, 정말 고맙다."

"다행이에요."

"밥을 먹으러 갈 건데, 같이 갈래?"

이즈미가 묻자, 이제부터 사인회를 지켜봐야 한다고 대답하며 가오리가 미안해했다.

"끝나는 대로 합류할게."

"알았어, 기다릴게."

가오리는 유리코에게 인사하고 바쁘게 MD 판매 부스로 돌아갔다. 굽 없는 가죽 구두를 바라보며 가오리의 몸 상태를 걱정했다. 요 며칠간 첼리스트의 일정에 맞춰 아내가 얼마나 고군분투했는지 옆에서도 알 수 있었다. 사흘 전부터 취재가 시작됐고, 콘서트 리허설을 지켜보거나 CD 판매 준비에 쫓겼고, 어젯밤에는 늦게까지 첼리스트의 상태를 확인하는 전화를 매니저에게 걸었다. 몸 잘 살피고. 이즈미가 걱정하자, 좀 힘들긴 하지만 마지막으로 하는 큰일이니까, 라며 가오리는 엄지를 세웠다.

이즈미와 유리코가 밖으로 나오자 고속도로 고가가 하늘을 뒤덮었다. 마침 대로가 나뉘는 지점이어서 활 모양으로 굽은 콘크리트가 거인의 팔처럼 보인다. 고층 빌딩군 사이를 조금 걸어 붐비는 비스트로에 들어갔다. 둘이서 외식할 때면 반드시 양식이다. 뭔가 축하할 일이 있을 때가 많아서인지 꼭 패밀리레스토랑이나 양식점에 들어가곤 했는데, 지금도 그 때의 기억이 남았는지도 모른다.

"피아노 학원, 요즘은 어때?"

테이블에 앉아 이즈미가 맥주와 유리코를 위한 미네랄워 터를 주문했다. 이즈미가 어렸을 때, 학원에 다니는 학생이 많 아서 늘 피아노 소리가 들렸다. 아래층에서 들려오는 멜로디 는 유리코가 이즈미만의 것이 아니라고 말해주는 것 같았다.

"학생…… 줄였어."

유리코는 붐비는 레스토랑이 오랜만이라 어색한지, 진정 하지 못하고 주변을 둘러보며 대답했다.

"왜?"

"금방 지쳐서. 하루에 한 명이나 두 명만 봐도 진이 쭉 빠져."

"그만두면 되잖아. 연금도 나오고, 생활비를 더 보내도 괜 찮아."

"뭐든 안 하면…… 망가질 것 같아."

엄마의 말에 뭐라 할 말이 없었다. 기계나 장난감처럼 인간 도 망가진다. 숨기려는 것처럼 겹친 유리코의 손에 새겨진 주 름이 눈에 들어왔다.

타이밍 좋게 맥주와 미네랄워터가 테이블에 놓여서 이즈 미는 급하게 메뉴를 펼쳤다. 토마토와 치즈 샐러드, 문어 카

르파초, 색색의 채소 라타투이, 소시지 모둠, 눈에 보이는 메뉴를 주문했다. 먹고 싶은 거 있으면 말해. 너한테 맡기마.

"역시 학생은 귀여워. 미쿠도 그렇고."

"미쿠?"

"초등학교 다니는 학생. 지금 트로이메라이를 연습 중이야. 늘 두 번째 마디에서 실수해. 도와 파를 정확하게 눌러야 하는데."

유리코가 고개를 숙여 깅엄체크 테이블보 위에서 손가락을 톡톡 움직였다.

"얼마 전에." 이즈미가 맥주로 입을 적시며 말했다. "밤늦게 전화했었잖아."

유리코가 꿈에서 깬 듯 퍼뜩 놀라며 이즈미를 봤다.

"미안했다, 그런 시간에."

"그건 괜찮아. 나도 일했으니까. 그런데 엄마, 요즘 잠 못 자?"

그때부터 계속 신경이 쓰였다. 잠 하나는 그렇게 잘 잤던 엄마인데.

"응, 가끔. 잠에서 깨. 그래도 잘 땐 잘 자. 오늘도 일어났더니 낮이었어."

유리코가 깔깔 웃으며 얼굴 앞에서 손을 흔들었다. 알았어, 그래도 걱정이네, 건강 챙기고. 그래, 잘 챙길게. 이제 그럴 나이니까. 그렇지. 그래도 괜찮아. 왜?

"요즘 상태가 좋아."

"무슨 일 있어?"

"좋은 걸 마시거든."

유리코가 자신만만한 눈빛으로 이즈미를 지그시 응시했다.

"뭐 수상한 거는 아니지?"

이즈미는 유리코의 눈을 마주 바라보았다. 엄마의 눈동자가 잘게 흔들린다.

"그런 거 아니야. 제대로 된 거야."

덜컹덜컹 차가 달려가는 소리가 들렸다. 비스트로 바로 위의 고속도로가 삐걱거리며 흔들리는 것 같았다. 유리코가 물을 한 모금 마시고, 그날 일을 천천히 말해주었다.

지지난달, 집에 하얀 정장을 입은 중년 여성이 찾아왔다.

"이 주변의 수도 조사를 하러 나왔어요. 괜찮으시면 설문 조사를 해주실 수 있나요?"

하얀 정장의 여자가 문 앞에서 미소 지었다. 그녀 뒤에는 남색 양복을 입은 젊은 남자가 메모지를 한 손에 들고 서 있었다. 연수 중이어서 같이 왔다고 한다. 단정해 보이는 사람들이어서 원하는 대로 집에 들였다.

식탁에 하얀 정장 여자와 젊은 남자가 나란히 앉았고, 유리코도 앉아 설문조사에 응답했다. 식생활이나 수면, 몸 상태, 복용하는 약 등에 관한 간단한 질문에 답을 쓰는데, 여자가 글씨가 아름답다고 말하며 또 웃었다. 얼굴이 하얗고 뺨에 생기가 돌았다.

"수돗물이 더러운 지역이 어디라고 생각하세요?"

유리코가 설문조사를 전부 쓸 때까지 기다린 하얀 정장 여자가 물었다.

"도쿄나 오사카일까요?"

유리코가 대답했다. 젊은 남자는 옆에서 계속 메모를 적었다. 빼빼 말라서 금장 단추가 달린 양복이 헐렁헐렁했다.

"반대로 깨끗하다고 생각하는 곳은요?"

"니가타나…… 홋카이도일까?"

"깨끗한 물이 미용이나 장수와 깊은 관련이 있는 거 아시나요?"

하얀 정장 여자는 답을 알려주지는 않고 두꺼운 파일을 내밀었다. 수소가 몸에 좋다는 사례가 소개된 신문 기사, 유명한 야구 선수가 수소수를 즐겨 마신다는 정보지 칼럼, 여성 배우가 수소수를 마시고 다이어트에 성공했다는 패션지 특집 기사, 제각기 가지런히 잘라 스크랩했다.

"저도 살이 많이 빠졌어요." 하얀 정장 여자가 파일을 넘기며 설명했다. "수소수를 요리에 쓰면 음식이 맛있어지니까 칼로리를 줄일 수 있고 과식도 안 하게 돼요. 몸에 쌓인 지방도 녹여줘서 다이어트에 좋아요."

감기에 잘 걸리지 않는다, 어깨 결림이 사라진다, 주름이 펴진다, 화장도 잘 지워진다. 잇따라 수소수의 효능을 설명한 후, 하얀 정장 여자가 살며시 웃더니 파일을 덮었다.

"죄송해요…… 제가 흥분해서. 좀 수상하죠?"

"아니, 아니에요……."

유리코가 고개를 저었다. 젊은 남자는 여전히 고개를 숙이고 뭔가 계속 적었다. 펜이 종이 위를 달리는 서걱서걱하는 소리만이 오후의 거실에 울렸다.

"시험 삼아 드셔보시겠어요?"

하얀 정장 여자의 말과 동시에 펜 소리가 멎었다. 젊은 남자가 작은 슈트케이스에서 커피 메이커 같은 기계를 꺼냈다. 여자가 가방에서 미네랄워터 페트병을 꺼내 투명한 탱크에 붓고 기계 스위치를 눌렀다. 곧 탱크에서 거품이 일어 물이 뽀얘졌다. 과학 실험 같은 광경을 유리코는 조금 흥분해서 지켜봤다. 3분쯤 기다린 후, 여자가 기계 스위치를 끄고 플라스틱 컵에 만들어진 물을 따랐다.

"자택의 물과 비교하면서 마셔보세요."

여자의 말에 유리코는 정수기 물을 컵에 따라 왔다. 막 만들어진 '수소수'와 비교하며 마셨다. 맛있죠? 질문을 받아 유리코는 고개를 끄덕였다. 확실히 수소수가 부드럽고 조금 달짝지근한 것 같다.

이건 바로 며칠 전 신문 기사인데요, 하며 여자가 새로운 파일을 테이블 위에 펼쳤다. 처음 보는 기사인지, 옆에 앉은 남자도 그것을 들여다보며 메모했다.

"고명한 의학부 교수의 연구를 다룬 기사예요. 수소를 써서 쥐를 연구한 결과, 뇌의 노화를 억제하는 효과를 과학적으로 멋지게 증명해냈어요."

그렇게 설명하며 하얀 정장 여자가 오늘 세 번째인 미소를 지었다.

"수상하잖아." 이즈미가 적포도주를 마시며 타박했다. "용의주도하게 기사까지 스크랩해서 가지고 오다니."

앞에는 먹다 남은 돼지고기 소테가 있었다.

"엄마, 속아 넘어간 거 아니야?"

"아니라니까. 정말로 몸 상태가 좋아."

"음식물의 칼로리를 줄인다니 뭐니, 대체 근거가 뭔데?"

"그래도 조금 살이 빠졌어. 요즘 감기도 안 걸리고……."

"애초에 수도 조사랍시고 집에 들어오는 시점에서 수상해."

"하지만 비교해보니까……."

"진짜 수상하다고!"

유리코의 입을 막을 기세로 언성을 높였다. 엄마가 사기에 당했다고 생각하니 참을 수 없었다. 예전부터 유리코는 사람이 착해서, 아는 사람의 부탁을 거절하지 못해 필요하지 않은 조리도구나 냄비를 강매당하고, 학교에서 손이 많이 가는 학부모회 일을 떠맡곤 했다. 그때마다 이즈미는 엄마가 손해를 본다고 생각했다. 왜 엄마는 그런 역할만 떠맡을까. 좀 능숙하게 살 순 없나. 최소한 불운을 불러들이는 짓은 안 해줬으면 좋겠다.

"다행이잖아, 상태가 좋다고 하시니까."

가오리가 보다 못해 끼어들었다. 마침 유리코가 수소수 이야기를 시작할 때 합류해서 옆에 앉아 엄마의 이야기를 듣고 있었다. 이즈미, 조금 과음했어.

"효과 따위 수상하잖아."

"아마 마음이 편하시니까 그런 면도 있겠지. 플라세보 효과 얘기 자주 듣는걸."

"플라세보고 뭐고 나는 못 믿겠어."

"그래도 효과가 있으면 됐잖니."

어느새 엄마가 또 손수건으로 눈가를 누르고 있었다. 쥐어짜듯이 말했다.

"……미안하다, 괜히 걱정을 끼쳐서. 가오리한테도 미안해. 그래도 정말 몸 상태가 좋아졌어. 감기도 안 걸리고, 무릎 아픈 것도 사라졌고. 그러니까 계속 마셔도 괜찮지?"

눈물이 너무 헤퍼진 엄마에게 뭐라 할 말이 없어서 이즈미는 입을 다물었다. 가오리가 이즈미에게 눈치를 줬다. 빨리 화제를 바꿔봐. 이즈미는 가게에 흐르는 밝은 재즈 음악의 힘을 빌려 밝은 목소리를 꾸며 말했다.

"엄마, 얼마 전에 전화로 말한 거."

"응? 전화?"

"한밤중에 했잖아."

"아아, 했지."

"그래서 아기 말인데."

"응? 무슨 얘기니?"

"뭐야, 그때 말했잖아. 아기가 생겼다고."

유리코가 당혹스러운 미소를 지었다. 잊은 척하는 걸까. 아니면 마음의 준비가 아직 안 된 걸까. 말씀 안 드렸어? 가오리가 책망하는 시선으로 이즈미의 소매를 잡아당겼다. 당연히 말씀드렸지, 하고 가오리를 달래며 다시 유리코를 바라보았다.

"엄마…… 그러지 마."

"그래…… 그러고 보니 그랬지. 가오리, 이즈미, 축하한다!"

유리코는 흐리멍덩했던 표정을 바꾸고 짝짝 손뼉을 쳤다. 가오리가 숨도 못 쉬고 엄마를 빤히 바라보았다. 어딘지 건조한 박수 소리를 들으며, 이즈미는 손바닥에 느껴지는 눈의 차가운 감촉을 떠올렸다.

5장
.
균
열

"잊어버렸다고 하면 다야?"

회의실에서 나오자마자 오사와 부장이 목소리를 높였다. 눈이 몹시 충혈됐다. 오사와는 방송국이나 예능 사무소와의 미팅이 잦아 밤늦게까지 일하느라 오전 회의 때는 항상 심기가 불편하다. 등 뒤에서 다나베가 곧바로 코맹맹이 소리를 냈다.

"그러니까 잊어버린 게 아니에요."

까만 플레어스커트에 에나멜 구두. 구불구불한 밤색 머리를 하나로 묶고, 몸 굴곡이 또렷이 드러나는 터틀넥 스웨터를 입었다. 다른 사원들이 후드티나 청바지 차림이라 여성성이 돋보인다.

"변명하지 마."

오사와가 뒤를 돌아보고 거칠게 말했다.

"하지만 제가 없었던 회의에서 나온 얘긴걸요."

"회의록이 왜 있는데. 읽어뒀어야지."

"죄송합니다, 제가 제대로 전해야 했어요."

이즈미가 끼어들었다. 말려들기 싫지만 이대로는 이야기가 길어질 뿐이다.

"가사이, 부하를 감싼다고 끝날 문제가 아니야. 이 녀석은 자기가 요령 좋게 일한다고 착각하고 있잖아."

더 항변해봤자 역효과인 걸 알고 이즈미는 말을 삼켰다.

이중 계약된 것이 밝혀졌다. 파격적인 계약금을 내고 인디에서 데려온 신인 밴드 '온가쿠'. 기대를 걸고 미는 아티스트여서 관련 팀이 전방위로 온가쿠의 메이저 데뷔곡을 홍보했다. 그런 활동 덕분에 이즈미와 친한 거물 각본가 고미야마가 온가쿠를 좋게 봐 연속 드라마 주제가로 결정되었다. 그런데 이 정보를 모르고 움직인 다나베가 대형 영화사와 교섭한 결과, 설날에 공개될 영화의 주제가 오퍼가 들어왔다. "팝송을 원했지만 온가쿠를 추천했더니 허락해주셨습니다." 회의 마지막에 다나베가 의기양양하게 발표했고, 모두가 얼어붙었다.

"다나베, 얼른 사죄하고 와라."

오사와가 재촉하자, 다나베가 입을 열었다. 눈빛이 자기는 잘못하지 않았다고 여전히 주장한다.

"영화사 측에 메일을 보냈더니 바로 답변이 왔어요……."

"뭐라고 해?"

"부장님과 대화하고 싶대요. 윗사람을 부르라고."

"응석도 정도껏 부려!"

오사와의 호통 소리가 울린 것과 동시에 안쪽 레슨실 문이 열리고, 목에 수건을 두른 키 작은 소녀들이 개미 떼처럼 나왔다. 안녕하세요, 하고 차례차례 인사한다. 땀범벅이 되어 화장기도 없는 소녀들은 도쿄돔을 꽉 채우는 아이돌로는 보이지 않는다.

"양쪽 다 어떻게 안 될까요……."

옆에서 가만히 입을 다물고 있던 신입 나가이가 불쑥 중얼거렸다. 머리에는 스케이트보드 브랜드의 로고가 새겨진 니트 모자를 썼다. 펑퍼짐한 후드티 주머니에서 꺼낸 스마트폰을 만지작거린다.

"오사와 부장님, 제가 고미야마 선생님과 대화해보겠습니다." 생각나는 방법은 그뿐이었다. "방송국 프로듀서와도 상의해보지요."

옆에서 나가이가 '그럼, 그럼' 하고 맞장구치듯이 고개를 끄덕였다. 눈은 스마트폰 화면에 고정했다.

그러고 보니 나가이에게 맡긴 뮤직비디오는 어떻게 진행되고 있을까. 제작사에서 보낸 견적이 예산에 맞지 않는다고 들었는데, 나가이는 그걸 해결할 방안도 의견을 구하지 않았다. 나가이가 섭외한 감독은 작가의 고집이 있어서 좋은 영상을 찍지만 제작비를 늘 초과한다. 촬영이 벌써 다음 주인데 도대체 어떻게 해결할 생각이지? 나가이가 근거 없이 낙천적으로 군다는 생각이 들자 기분이 가라앉았다. 다나베를 노려보던 오사와가 이즈미를 바라보았다.

"그걸로 해결되겠어?"

"말해보지 않으면 모르지만, 영화와 시기를 잘 비껴가면 용인해줄지도요."

"영화와 드라마, 양쪽 다 갈 수 있으면 좋겠군."

"가능성은 있을 거예요."

"그럼 맡기지."

좋은 뉴스만 들려줘, 이것이 오사와의 말버릇이다. 무조건 이로운 이야기만 받아들이고 귀찮은 일은 부하에게 떠넘긴다. 인망은 없으나 딱히 사고를 친 적도 없어 출세는 순조롭다. "우리 회사는 '딱히 하고 싶은 일 없는' 인간이 살아남아." 같은 레이블에 있을 때, 선배 다니지리가 종종 말했었다.

　　　　　　　　　　　　　　백화

"가사이 씨, 죄송해요. 저도 갈게요."

다나베가 고개를 숙였다. 언제가 좋으세요?

"최대한 빠른 게 좋겠지. 그쪽에도 확인하겠지만 내일은 어때? 토요일인데."

"괜찮습니다."

"알았어. 비워둬."

덕분에 살았어요, 라고 웃으며 인사한 다나베는 고급 브랜드 가방을 어깨에 걸치고 엘리베이터에 탔다. 주말에 유리코를 찾아갈 예정이었지만, 나중으로 미뤄야겠다. 갑자기 엄마의 모습이 선명하게 떠올랐다. 추운 하늘 아래, 그네가 흔들린다. 엄마에게 무슨 일이 생긴 걸까.

"미안하다, 이즈미. 요즘 깜박깜박해서. 분명히 들었어." 그날 밤, 레스토랑을 나오면서 유리코가 말했다. "오늘도 남자애인지 여자애인지 물어볼 생각이었어."

유리코의 상태를 자주 살피러 갈 생각이었는데, 눈앞에 닥친 일을 우선시하고 만다.

"아이고…… 저런 건 침대에서 해주면 좋겠어요."

소변을 보는데, 스마트폰을 한 손에 들고 옆에 온 나가이가 말을 걸었다. 일을 보며 한 손으로 빠르게 메시지를 입력한다.

"어, 너도 알아?"

"알다마다요, 반년도 훨씬 전부터요. 오사와 부장님과 다나베 씨."

"나는 얼마 전에 들었는데……."

"이즈미 씨, 너무 느려요." 나가이가 건조한 목소리로 웃으며 스마트폰을 주머니에 넣고, 세면대로 갔다. "거의 전원이 아는걸요."

"다들 민감하네."

"이즈미 씨가 너무 둔한 거예요. 그 두 사람, 같은 날에 유급휴가를 쓰고 술자리도 둘이 같이 빠져나간다니까요. 빤히 보이잖아요. 잘 좀 하지 싶어요."

듣고 보니 그랬던 것 같기도. 이즈미가 세면대에 나란히 서자, 옆의 여자 화장실에서 소녀들의 교성이 들렸다. 아까 예의 바르게 인사한 소녀들과 동일 인물 같지 않게 요염하다.

"그래도 진짜 적당히 하면 좋겠어요."

"뭐가?"

"모르는 척하는 것도 신경을 써야 하잖아요. 오사와 부장님이라면 몰라도 다들 다나베 씨한테도 알랑거려요. 왜 이런 건 당사자들만 들키지 않았다고 착각하는지 모르겠어요. 아까 싸움도 시시덕거리는 걸로만 보여요."

거울을 보며 니트 모자를 고쳐 쓰는 나가이는 말이 많다. 회의할 때는 매번 입을 다물고 있으면서 술집이나 화장실에서는 갑자기 마구 떠들어댄다. 혼잣말 같아서 누구에게 하는 말인지 놓칠 때가 있다.

"다들 다정하네. 알면서 모르는 척해주다니."

이즈미가 펌프를 누르자, 액체비누가 하얀 거품이 되어 나왔다.

"아니요, 그냥 노는 거예요."

"논다고?"

"안전한 곳에서 관찰하며 얘깃거리로 삼는 거죠. 둘을 풀어두고 상태를 지켜보며 즐기는 거예요. 저는 아니지만요."

진지하게 말하는 나가이를 바라보며 동료들의 히죽거리는 얼굴을 떠올렸다. 오사와와 다나베가 사무실에서 대화할 때마다 눈짓한다. 어디선가 본 비웃음이지 싶었다. 그게 그때 엄마에게 향했던 것과 같은 종류임을 지금 깨달았다.

기계가 울부짖는 소리에 현실로 돌아왔다. 나가이가 건조기로 손을 말리고 있었다. 먼저 갈게요. 들고 있는 스마트폰을 들여다보며 나갔다. 혼자 남은 화장실에 다시 소녀들의 목소리가 들렸다. 타일 벽에 반사해서 필요 이상으로 높게 울리는 그 목소리는 비명처럼 들리기도 했다.

긴 커브를 돌자 인공 모래사장이 보였다.

토요일 해변은 쇼핑을 마친 손님으로 붐볐다. 애니메이션 이벤트라도 있는지, 열차 안에 옥색이나 주황색 가발을 쓴 코스튬 플레이어들이 묵묵히 손잡이를 쥐고 섰다. 플라스틱 좌석이 유난히 작아서 이즈미는 공원의 놀이기구에 앉은 기분이었다.

오늘 아침, 일하러 간다고 말하자 가오리가 깊이 한숨을 쉬었다. "자기는 늘 그렇게 뭐든지 나중으로 미루더라." 텔레비전 뉴스를 보며 그녀가 쌀쌀맞게 말했다. "어쩔 수 없잖아, 큰 사고가 터진 거니까." 직전까지 예정이 변경됐다고 말하지 않은 것에 조금 죄책감을 느끼며 반박하자, 가오리가 텔레비전을 끄고 일어났다. "늘 자기 일이 아닌 것처럼 굴어. 어머니가 걱정되지도 않아? 일을 변명으로 삼지 말고 잘 생각해 봐."

우르르 쏘아붙이더니 침실로 들어가 문을 난폭하게 닫았다.

"이즈미 씨, 다정하시네요."

옆에서 애교 어린 목소리가 들렸다. 에메랄드그린색 수첩에 일정을 적고 있었던 다나베가 이쪽을 바라보고 있었다. 색소가 연한 회색 눈동자. 아직 쌀쌀한 계절인데 가슴이 크게 파인 얇은 니트에 짧고 달라붙는 스커트를 입었다. 그녀의 하얀 목에 무심코 시선이 갔다. 가슴에서 가느다란 핑크골드 목걸이가 반짝였다.

"다나베, 여전히 종이 수첩을 쓰네."

아무렇지 않은 척 에메랄드그린색 표지로 시선을 옮겼다.

"맞아요. 그렇지만 이즈미 씨도 그렇죠."

부서 내에서 구글 캘린더를 쓰지 않는 사람은 이즈미와 다나베뿐이다. 동료들은 일정 조정이 귀찮으니 빨리 클라우드로 바꾸라고 하지만, 둘만은 고집스럽게 종이 수첩을 썼다.

"내 기억이나 예정을 기계나 온라인에 입력하는 게 왠지 무서워. 생리적으로."

"그 마음 알아요. 저, 얼마 전에 스마트폰을 잃어버렸을 때 오싹했어요." 에메랄드그린색 수첩을 쥔 다나베의 손가락에 힘이 들어갔다.

"놀라서 공중전화를 찾았는데 도무지 보이지 않았어요. 간신히 찾아서 전화를 걸려고 했는데 부모님이나 동료, 친구까지, 외우고 있는 번호가 하나도 없는 거예요. 무섭더라고요. 쓰기 시작한 지 고작 10년 조금 넘은 것에 기억을 전부 맡기는 게."

셔터 소리가 연속해서 들렸다. 코스튬 플레이어들이 열차 안에서 촬영회를 열었다. 상대에게 카메라를 향하는 것이 아니라 각자의 스마트폰 렌즈를 자신에게 향한다.

"뭐, 그래도 전부 인터넷에 입력하는 게 편하긴 하지. 잃어버릴 위험도 없고. 다 같이 공유할 수 있고."

"공유는 하기도 싫고, 계속 남는 건 더 위험해요. 또 지우고 싶은 기억도 있으니까."

거기까지 말한 다나베가 퍼뜩 놀라며 이즈미를 보았다. 그래도 그렇게 했으면 이번 같은 사고는 생기지 않았겠어요, 하고 시무룩해졌다.

"아니, 말하지 않은 내 책임도 있으니까."

"말려들게 해서 죄송해요."

다나베가 고개를 숙이자 재스민 향기가 났다. 향수나 샴푸일까. 옷차림부터 향수까지, 전부 자신의 무기임을 잘 알고 있겠지.

"영화 쪽은 그 후에 어떻게 됐어?"

"시기가 다르면 괜찮다고 하셨어요."

"고미야마 선생님도 괜찮다고 하셨으니까 이제 방송국만 남았나."

다행이다, 하고 다나베가 속삭이듯이 말했다. 윤기 흐르는 분홍색 입술에 시선을 빼앗긴다. 도착 소리가 울리고, 코스튬 플레이어들이 우르르 플랫폼에 내렸다. 대신 초등학생쯤 되는 아이들과 부모 몇 쌍이 올라탔다. 혼잡한 열차 내에서 다나베의 부드러운 허벅지가 가깝게 붙었다.

"······이즈미 씨, 언제 결혼하셨어요?"

"2년쯤 전에."

당돌한 질문에 앞을 본 채 대답했다. 고가를 달리는 열차는 무인운행이어서 운전석에 아무도 없다.

"어때요? 사내 결혼."

"처음부터 서로를 속속들이 아니까 편해. 하지만 집에서도 일 얘기를 하게 되니까 쉬지 못하는 느낌이야."

"괜찮은데요? 그런 거 동경해요."

가오리 씨는 멋있으니까요, 라고 하는 말에 무심코 다나베는 어떤데, 하고 물어볼 뻔해 입을 다물었다. 응석도 정도껏 부려! 호통치는 오사와의 목소리가 생각났다. 그때 오사와는 어떤 표정으로 다나베를 바라보았을까. 입을 다문 이즈미의 귀 가까이에서 다나베가 속삭였다.

"그래도 사귈 때, 사내에 들키지는 않았어요?"

"들켜?"

"데이트도 했을 거고, 같이 퇴근도 하셨을 거고요."

"별로 조심하지 않았는데 다들 몰랐던 것 같아. 그래서 결혼한다고 보고했을 때 다들 굉장히 놀랐어."

"그래요? 하지만 모른다고 생각하는 거, 사실은 본인들뿐 일지도요."

옆에서 웃는 다나베를 바라보며, 그럴지도 모른다고 대답 하고 쓸쓸하게 웃었다.

결혼 소식을 들은 몇몇 사원에게서 가오리가 이즈미를 고 른 게 의외라는 말을 들었다. 사내에서 그녀의 이미지는 오로 지 '일'이었다. '연애'나 '결혼'에서 동떨어진 인상이었으니 하 필 사내 결혼을 선택하리라고는 아무도 생각하지 않았을 것 이다.

5년 전에 고깃집에서 아버지가 없다고 털어놓았을 때부터 가오리와 결혼할 것 같았다. 그런 고백을 순순히 받아준 가오 리와는 열등감을 느끼지 않고 함께할 수 있겠다고 예감했다. 하지만 가오리가 왜 이즈미를 선택했는지는 아직 들은 바가 없다.

손바닥 안에서 스마트폰이 분주하게 울렸다. 화면을 보자, 낯선 전화번호가 떴다. 불길한 예감이 들어 이즈미는 입을 가 리고 전화를 받았다.

"저, 가사이 이즈미 씨 맞으십니까?"

"네…… 그렇습니다만."

"가사이 유리코 씨의 아드님이시죠."

백화

"맞습니다."

선뜻 용건을 말하지 않는 상대에 초조해졌다. 무슨 일이
죠? 엄마가 왜요?

"유리코 씨는 지금 저희와 함께 계십니다."

"그러니까 누구신데요?"

"경찰입니다."

경찰이라는 말과 함께 소리가 멀어졌다. 열차가 덜컹덜컹
흔들리는 진동음이 귓가에서 불분명하게 들렸다. 경찰의 말
에 모호하게 대꾸하며, 창밖에 보이는 목적지를 바라보았다.
매립지에 세워진 은색 방송국이 거대 우주선처럼 보였다.

현관을 열자, 색이 어지러웠다.

구두부터 운동화, 샌들까지 사방팔방 굴러다녔다. 미안해,
미안하다, 하고 유리코가 쪼그려 앉아 정리했다. 현관이 좁아
서 벗은 신발은 반드시 신발장에 넣는 게 이즈미와 엄마의 규
칙이었다.

"배고프지? 밥 차릴게."

유리코가 부엌에 들어가 냉장고를 열었다. 거실 창문으로
들어온 석양이 낡은 그랜드 피아노에 드리웠다. 피아노 조율
과 청소만은 정성껏 했었는데, 지금은 먼지를 뽀얗게 뒤집어

썼다. 식탁 위 꽃은 시들었고, 꽃병의 물은 탁한 갈색이었다. 빨래만은 깔끔하게 개켜져서 소파 위에 있었다.

"차만 주면 돼. 역 앞에서 대충 먹고 갈 테니까."

오다이바에서 곧장 파출소로 달려간 탓에 점심을 먹지 못했지만, 아무것도 먹고 싶지 않았다.

"그런 소리 말고. 금방 차릴 테니까 기다려."

파출소에 오래 있었던 탓인지 엄마의 얼굴에도 지친 티가 났으나, 그래야만 한다는 집념이 엄마를 부엌에 세우는 것 같다.

뭐 좀 도울게. 이즈미가 부엌에 섰다. 혼자서 가스레인지를 켜는 엄마가 불안해 보였다. 싱크대를 보자, 태워먹은 냄비가 물에 잠겨 있었다. 몇 번을 태웠는지, 냄비 바닥은 물론이고 손잡이까지 까맣다. 음식물 거름망에는 쓰레기가 쌓여서 생선 썩는 냄새가 났다. 밥솥 옆에는 예전과 똑같이 식빵이 세 봉지. 안쪽 것을 들어 보니 꽤 오래됐는지 뒤쪽에 곰팡이가 슬었다. 봉지째 쓰레기통에 넣고 냉장고를 열었다. 케첩과 마요네즈가 두 개씩, 전부 뚜껑이 열린 채로 들어 있었다.

열차에서 급하게 내려 파출소를 찾아가자, 유리코가 소박한 파이프 의자에 등을 구부리고 앉아 있었다. 제복을 갖춰 입은 중년 경찰이 테이블을 사이에 두고 엄마의 얼굴을 차분히 바라보고 있었다. 아드님이세요? 젊은 경찰의 안내를 받아 들어온 이즈미를 확인하고, 그가 유리코 옆의 의자를 권했다.

"엄마, 어떻게 된 거야?"

참지 못하고 나무라는 말투가 됐다. 유리코는 웅크린 채 대답하지 않는다. 옆에는 역 앞 슈퍼마켓의 하얀 비닐봉지가 놓였다.

"음, 그쪽에서도 일을 크게 하지는 않겠다고 하시니까요."

경찰이 상냥하게 이즈미를 달랬다. 이런 일이 자주 있나 보다. 담담하게 조서 공란을 채운다. 볼펜과 시계 초침이 숨 막힐 정도로 좁은 방에 미미한 소리를 주었다.

"돈은 냈나요?" 이즈미가 경찰에게 물었다. 초조해서 말이 빨랐다. "엄마도 가만히 있지 말고 무슨 말 좀 해!"

대답 없는 엄마 대신 경찰이 입을 열었다. 이즈미를 진정시키려는 듯이 낮은 목소리로 차근차근 말했다.

"지갑을 가지고 계셔서 돈은 냈습니다. 어머님, 2시간 정도 슈퍼 안을 배회하셨던 것 같아요. 이상하다고 생각한 종업원이 봤더니, 가방에 달걀이나 토마토, 또 마요네즈 따위를 넣으신 모양입니다. 계산대를 지나지 않고 밖으로 나가려다가 붙잡혔어요. 그래도 나쁜 뜻은 없으셨던 것 같아요. 본인도 왜 이런 일이 생긴 건지 혼란스러워하셨다고 해요. 그래서 저희에게 연락이 왔습니다."

몇 개의 서류에 필요사항을 기재한 뒤, 이즈미와 유리코는 풀려났다. 어머님, 다음에는 조심하세요. 경찰이 웃어 보였으나 유리코는 크게 낙담했는지 끝까지 입을 열지 않고 그저 꾸벅꾸벅 고개를 숙였다.

돌아올 때, 유리코가 파출소 밖으로 먼저 나간 때를 노려 경찰이 이즈미에게 조용히 말했다. "어머님을 병원에 모시고 가는 게 좋겠습니다."

이즈미가 싱크대에서 설거지하는 동안, 유리코는 네모난 프라이팬을 흔들었다. 달걀이 살짝 흐르다가 굳었고, 곧 동글게 말렸다. 오늘은 달걀말이만 해달라고 이즈미가 요청했다.

"이즈미, 다 됐다."

유리코의 말과 함께 달걀말이가 접시에 놓였다. 신선한 노란 덩어리가 김을 내뿜는다.

"맛있겠네."

달짝지근한 냄새에 식욕이 돌아 얼른 식탁에 앉았다. 젓가락을 써서 반으로 나눠 하나를 엄마 접시에 올렸다. 유리코는 주전자로 물을 끓여 녹차를 우렸다.

"왜 이리 난폭하니. 칼로 썰어줄게."

맛은 똑같잖아, 하고 중얼거리며 입에 넣었다. 지금 막 만든 달걀말이가 아직 뜨끈뜨끈해서 입에서 굴려 식혀가며 먹었다. 살짝 되직한 달걀과 설탕의 단맛이 혀 위에서 뒤섞여 녹는다.

운동회나 소풍 도시락에는 반드시 달콤한 달걀말이를 넣어달라고 했다. 밥반찬인데도 디저트처럼 달콤해서 정말 좋아했다. 이즈미가 고등학생일 때, 유리코가 공들여 '맛국물 달걀말이'를 만든 적이 있다. 가쓰오부시로 맛국물을 내서 어른스러운 맛으로 해봤다고 엄마가 자신만만하게 말했는데, 역시 늘 먹던 달콤한 달걀말이가 그리워서 금방 원래 걸로 만들어달라고 했다. 그 후로 지금까지 맛이 달라지지 않았다.

맛있네. 순식간에 먹어치운 이즈미가 말하자 엄마가 다행이라며 웃었다. 유리코의 달걀말이는 평소처럼 달고 부드러웠다.

"엄마, 다음 주에 병원 가보자."

괜한 걱정이라고 생각하면서도 유리코에게 말을 꺼낼 수 있었다.

"그래. 가보자."

유리코가 승낙하고, 자기 접시의 달걀말이를 잘라 큰 쪽을 이즈미의 접시에 놓아주었다.

6장.

인생

연세가 어떻게 되세요? 예순여덟이요. 오늘은 몇 월 며칠, 무슨 요일이죠? 4월…… 8일, 토요일이요. 여기가 어디죠? 병원이요. 지금부터 말씀드리는 세 단어를 말해보세요. 나중에 또 여쭤볼 테니까 기억해두세요. 벚꽃, 고양이, 전철.

은테 안경을 쓴 젊은 의사가 낮은 목소리로 질문을 이었다. 골프나 테니스가 취미일까. 얼굴이 제법 까무잡잡하고, 백의를 걷어붙인 팔뚝에 듬직한 근육이 잡혔다. 벚꽃…… 고양이…… 전철. 더듬더듬 의사의 말을 따라 하는 유리코의 표정은 처음으로 병원에 온 애처럼 겁에 질렸다.

"백에서 칠을 빼면?"

"구십…… 삼이요."

"거기에서 칠을 빼면?"

"팔십…… 어어……."

"팔십 맞아요."

"팔십…… 육."

엄마, 맞았어, 하고 반사적으로 말이 나오려 했다. 유리코가 바로 앞에서 분투하고 있다. 종합병원 진찰실은 새하얀 벽으로 둘러싸여서 왠지 답답하다. 움켜쥔 이즈미의 손이 땀으로 축축하다. 의사는 안경을 고쳐 쓰며 곧바로 질문을 던졌다.

"그럼 지금부터 말씀드리는 숫자를 거꾸로 말해보세요. 육, 팔, 이."

"이…… 팔…… 육?"

"삼, 오, 이, 구."

"어…… 구…… 이…… 오…… 죄송해요."

"아니에요. 괜찮습니다. 그럼 아까 기억해두시라고 한 세 단어, 다시 말씀해보세요."

"고양이…… 전철…… 그리고…… 죄송해요……."

유리코가 도와달라는 듯이 이즈미를 보았다. 유리코 등 뒤의 창문에 만개한 벚나무들이 보인다. 이제 그만하시죠. 이 말이 목 끝까지 차올랐다. 의사는 지그시 유리코를 지켜보기만 했다.

백화

"어때요? 가사이 씨? 하나 남았어요."

"고양이…… 전철…… 고양이…… 역시 모르겠어요."

입을 꾹 다문 이즈미를 보고, 유리코는 의사에게 힘없는 웃음을 지어 보였다.

"선생님…… 너무 괴롭히지 마셔요."

멋쩍음을 농담으로 바꿔 넘기려 했다.

유리코가 MRI로 뇌 사진을 촬영하는 동안, 이즈미는 진찰실로 불려갔다.

"조금 전에 어머님께 간단한 테스트를 진행했습니다."

"어떤가요?"

"병원에 오시기 전의 깜박하던 증상 등을 고려하면, 치매가 어느 정도 진행된 상태로 볼 수 있겠습니다."

감기 진단을 내리는 것처럼 의사가 담담하게 말했다. 상상하기 싫었던 것이 언어화되자, 이즈미는 망연자실해 창밖으로 시선을 주었다. 꽃이 한창인 벚나무가 왠지 무사태평해 보였다. 머지않아 떨어질 운명을 모르는 양 화사하게 피었다.

"상세히 검사를 해봐야 알겠지만, 아마도 알츠하이머 치매로 보입니다. 이외에 루이소체 치매, 뇌혈관성 치매 등 몇 가지 종류가 있는데, 치매의 절반 이상이 알츠하이머입니다."

알츠하이머라는 단어와 엄마가 연결되지 않는다. 마치 저 먼 우화 속 세계에 만연한 병처럼 현실감 없게 들렸다.

"알츠하이머로 진단되면, 우리 병원에서는 아리셉트나 레미닐이라는 약을 처방합니다. 효과가 있다면 진행을 늦출 수 있으나, 그래도 몇 개월에서 5년이 한계예요. 뇌의 신경세포가 조금씩 죽어가는 병인데, 그런 일이 생기는 원인을 아직 모릅니다. 특정한 단백질이 발병과 관계가 있다는 설은 있습니다만."

진료받으러 온 사람들을 각각의 의사가 호출하는 방송이 울렸다. 이렇게 많은 병이 이 건물 안에 있다. 말문이 막힌 이즈미를 바라보며 의사가 천천히 설명했다.

"가사이 씨, 어머님을 든든히 잘 도와주세요. 치매는 이미 드문 병이 아니에요. 일본에만 현재 환자가 5백만 명 이상입니다. 8년 후에는 7백만 명, 고령자 다섯 명 중 한 명이 치매인 시대가 올 겁니다."

"그럼 언젠가 암처럼 특효약이 나와서 치료할 수 있는 병이 될까요?"

"그럴지도 모르죠. 하지만 얄궂게도 인간이란 존재는 균형을 잡으려고 합니다."

균형, 이즈미는 되새기듯이 그 말을 반복했다. 유리코가

있고 이즈미가 있다. 둘이서 살아온 균형이 또다시 무너지려

한다.

"애초에 50년도 살지 못했던 인간이 장수하게 되면서 암

환자가 생겼죠. 암을 치료하게 되어 더 오래 살게 되자, 이번

에는 알츠하이머가 늘었어요. 아무리 발전해도 인간은 무언

가와 싸워야만 합니다."

의사가 자리에서 일어나더니 곧 MRI 촬영을 마친 엄마가

돌아온다고 알려주었다.

"치매라고 해서 전부 다 잊어버리거나 모르게 되는 건 아

닙니다. 가사이 유리코 씨는 당연히 가사이 씨의 어머님이에

요. 경의와 애정을 담아 대하면 됩니다."

문을 가볍게 두드리는 소리가 들렸다. 저 너머에 있는 유리

코가 어떤 표정으로 기다리고 있을지 생각만 해도 괴로웠다.

이즈미가 아무 말도 못 하고 있자, 지금까지 조용히 말하던

의사가 "들어오세요!" 하고 목소리를 높여 외쳤다.

MRI로 촬영한 사진을 유리코에게 보여주며 의사는 알츠

하이머 초기 증상이 보인다고 담담히 설명했다. 엄마는 딱히

놀라지도 않고 그저 알겠다고 고개를 끄덕였다. 동글게 잘린

저 뇌가 자기 두개골 안에 들어 있는 것이라고 받아들이지 못

하는 것 같았다.

병원에서 택시를 타고 집에 돌아오는 동안, 유리코는 전혀 입을 열지 않았다. 이즈미도 뭐라 할 말이 없어서 그저 둘 다 각자의 좌우 창밖을 바라보았다. 완만하게 꺾인 언덕길 양쪽에는 만개한 벚나무가 봄바람에 휘날려 꽃잎을 떨어뜨렸다.

유리코가 내준 호지차를 마시며 앞으로 어떻게 할지 상의했다. 이즈미는 간병 서비스나 동거 가능성을 제안했다. 엄마는 한동안 혼자 해보고 싶다고 대답했다. 그러나 뭘 어떻게 하면 좋을지도 모르고 무작정 말하는 것처럼 보였다. 근처에 도와줄 만한 사람이 있는지 이즈미가 물었으나 엄마는 고개를 저었다.

유리코에게는 친척은 물론이고 친구라고 부를 사람이 거의 없다. 나이를 먹을수록 점차 혼자가 된다. 죽음에 다가가는 것이란 원래 그런 것인지도 모르겠다.

"레슨은 그만두는 게 좋을까?"

그랜드 피아노 앞에 앉아 엄마가 확인하는 것처럼 건반을 두드렸다. 쇼팽의 강아지 왈츠. 처음에는 두, 세 음쯤 미스 터치가 이어졌으나 곧 페이스를 되찾았다. 피아노의 경쾌한 소리가 좁은 거실에 울렸다.

"잘 칠 수 있는데."

화사한 멜로디를 들으면, 엄마의 뇌가 더럽혀졌다는 걸 믿
지 못하겠다.

"걱정되면 잠깐 쉬지? 상태가 나아지면 재개하는 걸로."

엄마가 다시 피아노를 가르칠 날이 올까. 가능성이 낮은 줄
알면서 자그마한 등에 말을 걸었다.

지금 피아노를 가르치는 학생은 모퉁이 단독주택에 사는
미쿠라는 초등학생 여자아이뿐이라고 유리코가 말했다. "나
이가 나이라 학생을 줄였어. 이즈미가 생활비를 보내주니까
무리하지 않아도 되고." 자기 자신을 설득하는 것처럼 반복
해서 말했다.

얼굴을 마주하자마자 상대가 이즈미의 이름을 불렀다.

"역시…… 모르겠지?"

이즈미가 당황하자, 까맣고 긴 머리카락을 손으로 모아 뒤
로 올렸다. 기름한 눈이 드러나자 기억이 되살아났다. 얼굴은
통통해졌지만 눈동자는 중학생 시절과 변함없다.

"아, 미요시!"

"응, 맞아. 결혼해서 지금은 하세가와지만."

"어? 미쿠 어머니가 미요시야?"

그렇다는 말씀이지. 그녀가 만면에 미소를 지으며 문을 활

짝 열어 이즈미를 집으로 들였다.

"몇 년 만이지?"

하얀 소파에 앉아 이즈미는 구석구석이 깔끔한 거실을 둘러보았다. 같은 블록인데 앞이 단지에 막힌 유리코의 집보다 햇빛이 많이 들어온다.

"중학교 졸업하고 못 봤으니까 20년은 지났겠다."

미요시가 슬리퍼 뒷굽 소리를 턱턱 내며 꽃무늬 찻잔에 담긴 홍차를 이즈미 앞에 놓았다. 향이 있는 찻잎인지 달짝지근한 캐러멜 향이 감돈다.

"이렇게 가까이 사는데 왜 몰랐지?"

"근처 단기대학을 졸업하고 바로 결혼했어. 남편이 요 근처 은행에서 일하니까 그이 부모님이 살던 이 집을 물려받았고. 그다음에 미쿠가 태어나고 8년."

어린이 방에서 피아노 소리가 들렸다. 모차르트의 터키 행진곡. 연습 중인지 같은 곳에서 틀린다. 멈출 때마다 처음부터 다시 친다.

"……이제 완전히 애 엄마답네. 그래도 변한 게 없다."

"무슨 소리야. 뚱뚱하게 쪄서 최악이야. 이즈미는?"

"8월에 아이가 태어나."

"첫째?"

"응. 뭘 어떻게 하면 좋을지 몰라서 악전고투 중이야."

아내도 요즘 기분이 안 좋아서, 하고 쓴웃음을 지으며 홍차를 마셨다. 그래도 이즈미라면 잘할 것 같아. 그런 말 자주 듣는데 왜일까.

"너야말로 전혀 안 변했네. 예전부터 좀 어른스러웠어."

"그야 모자 가정이었으니까. 그나저나 말해주지 그랬어. 엄마한테 피아노 배우는 거."

"네 연락처도 몰랐는걸. 놀랐어?"

"그야 놀랐지."

사실 나, 중학생 때부터 이즈미네 어머니를 동경했어. 그렇게 말하더니 미요시가 딸의 피아노 소리에 귀를 기울였다. 역시 같은 곳에서 더듬거린다. 학창 시절과 똑같은 낮은 목소리로 그녀가 말을 이었다.

"……가사이 선생님, 미인이고 세련되고 피아노도 잘 치시잖아. 언젠가 배워보고 싶었어. 나는 늦었으니까 지금은 딸이 연습 중이야."

"전혀 알아차리지 못한 나는 역시 둔감한가."

"갑자기 왜?"

"자주 듣는 말이라."

이즈미가 자조적으로 웃었다. 잘할 것 같지만 둔감하다.

이즈미가 이 동네에 이사 온 것은 중학교 3학년 때였다. 유리코는 그랜드 피아노가 간신히 들어갈 작은 집을 구했다. 제일 가까운 역에서 도보 20분이나 걸리는 언덕 위 중고 주택이어서 유리코도 대출을 받아 살 수 있었다. 이곳에서 새로 학생을 모아 피아노를 가르칠 계획이었다.

전학 첫날. HR 시간에 담임 선생님이 이즈미를 소개했고, 낯선 교실 분위기에 긴장한 상태로 자리에 앉았는데 옆에서 목소리가 들렸다.

"가사이 이즈미."

머리숱이 많고 눈썹이 진한 소녀. 하얗고 동그스름한 얼굴에 선으로 그린 듯이 기름한 눈이 있었다.

"네, 맞습니다."

동급생에게 무심코 존댓말로 대답하고 말았다. 이즈미는 쑥스러움을 얼버무리려고 교복 소매를 쓸었다.

"어디에서 왔어?"

"미나미구에서."

"나도 유치원 때 그쪽에 살았어."

미요시가 기름한 눈을 더 가늘게 뜨며 낮은 목소리로 웃었다. 여자가 먼저 말을 걸어서 부끄러운 마음과 상대해줘서 기쁜 마음이 뒤섞여 체온이 조금 올라간 것 같았다.

최근 뉴타운에 생긴 중학교라 교풍이 비교적 자유로운지, 반 여학생들 대부분 치마를 짧게 해 무릎을 드러냈다. 눈썹을 뽑아 가늘게 정리하거나 머리를 갈색으로 염색한 여학생이 많은데, 미요시의 짧은 머리는 전통 인형처럼 새까맸다. 정강이까지 덮은 치마 때문에 유난히 더 촌스러운 인상이었다. 그래도 소박해 보여서 이즈미는 마음이 놓였다.

미요시가 다른 사람처럼 바뀐 것은 여름방학이 끝날 무렵이었다. 새 학기 첫날 교실에 나타난 그녀를 보고 반 학생 모두 놀랐다. 꼼꼼히 빗은 머리카락은 색이 밝아졌고, 치마가 무릎 위로 올라왔다. 하얀 허벅지가 드러나고, 착 달라붙은 블라우스 아래 가슴이 풍만했다. 자세히 보니 입술에 연한 립스틱을 발랐고, 목에서 달콤한 향수 냄새가 났다.

미요시, 사코다 선생님이랑 그렇고 그런 사이래. 점심시간, 도시락을 먹는데 옆에 앉은 축구부 야마우치가 목소리를 낮춰 말했다. 방과 후에 교실에서 키스하더라. 일요일에 둘이서 패밀리레스토랑에 있더라. 러브호텔에서 나오는 걸 본 놈이 있어. 소문이 순식간에 반에 퍼졌고, 다들 촌티를 벗은 미요시를 호기심 어린 시선으로 지켜보았다. 목소리가 웅얼거려서 학생 대부분 졸았던 사코다의 수업 풍경이 일변했다. 그가 교단에 서는 수학 시간, 학생들은 마른침을 삼키며 사코다와 미요시의 모습을 살폈다.

어느 날, 이즈미는 자전거를 타고 혼자 교문을 나섰다. 나 좀 태워줘! 그때 미요시가 말을 걸며 뛰어왔다. 여름방학 이후로 미요시와 대화하는 건 처음이었다. 같은 방향이잖아, 하고 다짜고짜 짧은 치마를 누르며 자전거 짐칸에 탔다.

동아리 활동이 시작할 시간이어서 다행히 동급생은 없었다. 이런 모습을 보였다간 무슨 소리를 들을까. 들키기 전에 학교에서 멀어지려고 다리에 힘을 주어 페달을 밟았다. 자전거에 속도가 붙자 미요시가 이즈미의 허리에 팔을 둘렀다. 부드러운 가슴이 등에 닿았다.

"……이즈미, 누구를 좋아해본 적 있어?"

"뭐야, 갑자기."

동요한 걸 들키지 않으려고 관심 없는 척했다. 더위가 한풀 꺾였어도 여름의 강한 햇볕을 받은 아스팔트에서 찌는 듯한 열기가 피어올랐다. 두 사람의 중량을 받은 자전거 페달은 무거워서 금방 숨이 찼다.

"없어?"

귓가에서 속삭이는 미요시의 낮은 목소리가 묘하게 생생했다.

"초등학생 때 좋아했던 애는 있는데……."

"어떤 애였어?"

"키가 크고 달리기를 되게 잘했었나."

"뭐야. 여자애들이 좋아할 취향인데? 귀여웠어?"

아마, 하고 대답했다. 키가 크고 달리기가 빨랐던 첫사랑의 얼굴은 어렴풋했다. 그저 그 애가 달리는 모습, 그 실루엣이 아름다웠던 것만 기억한다.

"미요시는 있어? 좋아하는 사람 같은 거."

언덕에 접어들어 이즈미는 안장에서 허리를 띄웠다. 서서 자전거 바퀴를 굴리면서 기세를 몰아 물었다.

"있어!"

속 보이는 질문에 시원시원한 대답이 돌아왔다. 그것도 엄청나게 연상! 하고 미요시가 큰 소리로 덧붙였다. 자기도 모르게 당황해서 이즈미의 목소리가 뒤집혔다.

"왜?"

"글쎄……. 차분하니까?" 자기 스스로 묻는 것처럼 미요시가 대답했다. "별로 이상형도 아니었거든. 얼굴도 잘생기지 않았고 나이도 두 배 이상 많고. 집요하게 달라붙어서 사귀기 시작했는데."

"헤어졌어?"

"아니. 왠지 정신 차리고 보니 내가 더 좋아하게 됐더라."

"그럼 안 돼?"

"좀 분하잖아. 맨날 연락도 내가 하고 편지도 쓰는걸. 그런
데도 요즘 쌀쌀맞아. 이제 날 안 좋아하나 봐."

피곤해 보이는 모스그린색 카디건에 뿌연 뿔테 안경. 칠판
에 필기하며 소곤소곤 수식의 답을 말하는 사코다는 그녀에
게 어떤 말을 해줬을까. 좋아한다거나 사랑한다고 귓가에 속
삭였을까. 동정이나 연민이라고는 할 수 없는, 신기한 친근감
이 솟구쳤다.

"아마…… 바쁜 거겠지."

"너 정말 누굴 좋아해 본 적 없구나." 경사가 가팔라져서
핸들이 흔들렸다. 허리에 둘린 미요시의 손에 힘이 들어갔다.
"좋아하면 바쁘니 뭐니, 배려하느니 뭐니, 그런 거 전혀 상관
없어."

"그런 거야?"

"응. 그 사람 생각만 하게 되거든. 누군가를 좋아하는 건 진
짜 바보 같아."

언덕 꼭대기에 도착하자, 미요시가 짐칸에서 뛰어내렸다.

백화

"그럼 나는 이쪽이니까." 치맛자락이 펄럭였다. 그 사람, 사코다 선생님이야? 숨을 헐떡이는 이즈미가 묻기 전에 미요시가 건널목을 향해 뛰어갔다. 사람 모양을 본뜬 건널목의 파란불이 바쁘게 점멸한다.

"이즈미!"

건널목을 건넌 미요시가 불러서 돌아보았다. 빛이 비스듬히 비쳐 가로수가 두 사람 사이에 긴 그림자를 드리웠다.

"이 얘기, 비밀이야!"

미요시가 펑 터지는 듯한 미소를 지으며 손을 흔들었다. 길쭉한 눈이 하얀 얼굴에 가는 선을 그린다. 모습은 완전히 변했으나 낮은 목소리는 만났을 때의 그녀 그대로였다. 이즈미는 무심코 웃으며 손을 마주 흔들었다.

이것이 미요시와 대화한 마지막 기억이다.

사코다의 퇴직은 갑작스러웠다. 미요시와의 관계가 교직원 사이에도 알려져 교장에게 추궁당한 끝에 자백했다는 소문이 퍼졌다. 미요시의 아버지가 격노해 교무실에 쳐들어온 걸 봤다며 동급생들이 야단이었다.

사코다가 퇴직하는 날, 반 전원이 롤링 페이퍼를 썼다. 선생님 고맙습니다. 건강하세요. 다들 전형적인 글을 쓴 와중에 유난히 시선을 끄는 글이 있었다.

선생님을 잊고 싶어요. 하지만 분명히 기억하겠죠.

종이 한쪽 구석에 가느다란 글씨체로 적혀 있었다. 다른 여학생들이 컬러 펜으로 그림을 그려 넣은 것과 대조적으로, 까만 볼펜으로 그 말과 이름만 적어 놓았다.

"누군가를 좋아하는 건 진짜 바보 같아."

미요시의 낮은 목소리가 귓가에 들린 것 같았다.

"어젯밤에 가사이 선생님께서 전화하셨어. 피아노 학원, 당분간 쉬신다면서."

부엌에서 홍차를 새로 우린 미요시가 거실로 돌아왔다. 대접할 게 이런 거밖에 없네. 찻잔 옆에 각종 동물 모양의 비스킷을 수북이 담은 접시가 놓였다.

"선생님 어디 안 좋으셔? 갑작스러워서 놀랐어."

"조금. 갑자기 미안해."

코끼리, 하마, 소, 토끼. 연갈색으로 구워진 동물의 실루엣을 멍하니 바라보았다. 각각의 몸 중앙에 낙인처럼 영어로 이름이 새겨졌다.

"미쿠도 매주 재미있어했는데 아쉽다. 가사이 선생님, 건강해 보이셨는데."

"아니…… 그거에 관해서 좀 물어보고 싶은데."

백화

"뭘?"

"엄마, 요즘 어때 보였나 싶어서."

여기에 온 건 유리코에게 말하지 않았다. 엄마의 증상이 어느 정도 진행되었고 앞으로 어떻게 진행될 것인가. 어젯밤, 침대에 누워 스마트폰으로 치매에 관해 검색하다가 정신을 차리니 새벽이었다.

정오를 지나 잠에서 깨 거실에 내려오자 엄마는 또 피아노 앞에 앉아 창밖을 힘없이 바라보고 있었다. 앞마당에 부드러운 봄 햇살이 내리쬔다. 미쿠에게 미안하네. 변함없이 피아노 레슨을 걱정한다. 문득 미쿠와 미쿠의 엄마라면 유리코의 증상에 관해 뭔가 아는 게 있지 않을까 싶어 찾아가보기로 했다.

"어떠셨나…… 나는 자주 보지 않으니까."

이즈미는 곤혹스러워하는 미요시에게 적극적으로 물었다.

"사소한 거라도 좋아. 신경 쓰이는 게 있었다면 말해줘."

"…… 갑자기 체중이 줄었나, 체구가 작아진 느낌이었는데…… 미쿠에게 좀 물어볼까?"

미요시가 딸의 이름을 부르자, 터키 행진곡 멜로디가 멎었다. 가벼운 발소리와 함께 미요시를 그대로 절반 크기로 줄인 듯한 소녀가 나타났다. 클론처럼 제 엄마와 똑같았다. 테이블 위에 놓인 비스킷을 보자 먹어도 되냐고 엄마에게 확인하고 펭귄에 손을 뻗었다.

"선생님, 맨날 똑같은 부분을 틀렸어요."

미쿠가 펭귄에 이어 낙타를 입에 넣으며 이즈미의 질문에 대답했다.

"똑같은 부분?"

"터키 행진곡. 내가 매번 틀리는 데랑 같은 부분을 못 쳤어요."

왜 그랬을까? 하고 이즈미는 웃으며 미쿠에게 맞춰주는 것처럼 'BEAR'라고 인쇄된 비스킷을 먹었다. 버터의 풍부한 향과 은은한 단맛이 입에 퍼졌다. 선생님인데 이상하네.

"그러니까요. 선생님도 틀렸네, 미안해, 하고 다시 쳤는데 똑같은 데서 또 멈췄어요."

미쿠는 동물을 차례차례 입에 넣었다. 유리코를 걱정하는 걸까, 아니면 아무래도 좋은 걸까. 표정에서는 읽어낼 수 없었다. 어느새 감색 접시에는 비스킷이 딱 하나 남았다. 마지막까지 남은 연갈색 박쥐가 빤히 이쪽을 보는 것 같았다.

문 위의 둥근 창문에서 주황색 햇빛이 현관으로 쏟아져 들어왔다. 이즈미가 신발을 신는데, 현관 앞에 선 미요시가 말을 꺼냈다. 지금 생각난 건데.

"……미쿠를 데려다주러 갔을 때, 가사이 선생님이 집에서 갑자기 나오신 적이 있어."

"레슨 있는 날에?"

신발이 제대로 들어가지 않아 발부리를 바닥에 치며 물었다. 사이즈가 한 치수쯤 작다. 인터넷으로 샀는데 실패했다.

"응. 선생님, 어디 가세요? 하고 물어봤더니 마중을 가야 한다고 하셨어. 누굴 마중 가시냐고 또 물었더니 대답이 없어서 오늘 레슨이 있다고 하니까 갑자기 정신을 차리신 것처럼 그렇구나, 미쿠, 미안하다, 이렇게 말씀하시는 거야. 건망증 같기도 하고 이상한 느낌이었어."

"……그거 언제야?"

"석 달쯤 전인가? 미안. 좀 이상하다고 생각했는데 그러고 나서는 평범하게 대화했고 레슨도 전처럼 똑같이 해주셨으니까……."

"아니야, 네가 사과할 거 없어. 나도 엄마 상태가 안 좋은 걸 전혀 몰랐는걸."

오른쪽 발꿈치가 신발에 들어가지 않아 몇 번이나 쳐야 했다. 자갈을 깎는 듯한 소리와 함께 신발 앞코에 붙은 고무가 벗겨졌다. 반사적으로 한숨이 나왔다. 벗겨진 고무 틈으로 보이는 갈색 접착제가 지저분했다.

"이즈미……." 신발을 내려다보고 선 이즈미에게 미요시가 말을 걸었다. "가사이 선생님께 걱정하지 않으셔도 된다고 말씀드려. 또 미쿠에게 피아노를 가르쳐주시면 좋겠다는 말씀도 드려줘."

역 앞 드러그스토어에 들어가자, 과하게 밝은 형광등에 현기증이 날 것 같았다. 할인을 알리는 시끌벅적한 방송이 흐르고, 점원이 바쁘게 진열장을 정리했다. 미요시의 집에서 나온 뒤 곧장 유리코의 집으로 갈 마음이 들지 않아 15분을 걸어 역까지 왔다.

뭐 필요한 거 있으면 사 갈게. 전화로 말하자, 유리코는 섬유유연제와 설거지 세제를 사다 달라고 부탁했다. 그걸 바구니에 넣고 입구로 돌아와 쌓여 있는 화장실 휴지를 들었다. 집 화장실에는 두루마리 휴지가 아니라 티슈 상자가 놓여 있었다. 같이 살았을 적에 유리코는 세제나 휴지가 떨어지는 게 싫어서 미리 사두곤 했는데.

어른용 종이 기저귀와 소변 패드, 쓰고 버리는 방수 시트, 구강 케어 젤, 고열량 영양 보조 식품에 삼키기 쉬운 죽 같은 레토르트 식품. 계산대로 가는 도중에 고령자용 상품이 유난

백화

히 눈에 들어왔다. 드러그스토어에서 이 정도의 간병 용품을 파는 줄은 이때껏 몰랐다. 이 드러그스토어도 역 앞 버스 정류장도 편의점도 고령자로 가득하다. 한때 뉴타운이었던 이곳은 늙은 거리로 모습을 바꾸었다. 다섯 명 중 한 명이 치매인 시대가 온다. 어제 들었던 의사의 예언이 눈앞에 닥친 기분이었다.

슈퍼에서 산 초밥 세트를 먹은 후, 유리코는 아무 말 없이 침실로 들어갔다. 마치 졸음을 이기지 못하는 어린애 같다. 아직 21시여서 이즈미는 싱크대에 쌓인 식기를 설거지하고, 끓어 넘친 국물로 지저분한 가스레인지를 닦았다.

냉장고에 다 들어가지 못할 정도로 가득한 식품은 대부분 유통기한이 지났고, 수소수 생성 탱크는 안에 곰팡이가 생겼다. 그걸 모조리 쓰레기봉투에 넣었다.

욕조와 세면대의 막힌 배수구도 청소했다. 가느다란 흰 머리가 몇 겹으로 뒤엉켜 있었다. 어린 시절, 저녁을 먹고 이즈미가 일찌감치 잠든 후에 엄마는 이런 일을 했으리라.

거실에 있는 식기장의 서랍에서 넘칠 지경인 전단과 광열비 영수증을 정리하는데, 치매 환자의 수기나 치료법에 관한 책이 겹겹이 쌓여 있었다. 언제 샀을까. 불안한 마음에 집어 들었는데, 책 한 권에 봉투가 끼워져 있었다.

"모시고 사는 게 좋을까?"

앞자리에 앉은 가오리가 토트백 끄트머리를 붙잡았다. 가방 손잡이에 달린 임산부 배지가 흔들린다.

"그렇게 간단한 문제가 아니야. 애도 태어날 테고 지금 집은 너무 좁아."

손잡이를 쥐고 이즈미가 가오리를 내려다보았다. 아침 지하철은 혼잡해서 둘 다 목소리가 작다.

"나는 이사해도 괜찮아."

"잘 생각해 보자. 대출도 아직 남았으니까." 신주쿠에 마련한 아파트의 대출을 앞으로 30년은 갚아야 한다. "육아도 해야 하고, 자기도 일에 복귀하고 싶잖아?"

"어머니는 어떻게 하고 싶으시대?"

"당분간은 혼자 해보겠대. 익숙한 동네도 떠나기 싫을 테고."

내 걱정은 말아라. 어젯밤, 현관에 서서 유리코가 말했다. 아직은 괜찮으니까. 기운을 북돋는 것처럼 두어 번 고개를 끄덕였다. 다음 주에 또 올게, 무슨 일 있으면 언제든 연락해. 마주 웃어주지 못하고 미닫이문을 열고 집을 나섰다. 불안해 보이는 엄마의 얼굴을 남기고 문을 닫았다.

"그럼 돌봐줄 사람을 쓰는 거야?"

"지금은 아직 필요 없을 것 같은데 조만간 그럴지도. 처음에는 가사도우미나 주간 보호 센터를 이용할 수밖에 없을 거야."

어제 구청 지원 센터에서 소개받은 케어매니저*와 통화했다. 중년 여성인 듯한 담당자는 치매 환자가 받을 수 있는 서비스를 유난히 밝은 목소리로 설명했다.

"그거 간병 서비스지?"

"가사도우미는 집에 와서 밥을 해주거나 목욕을 도와주거나 하나 봐. 주간 보호 센터는 시설에서 식사와 입욕, 재활 같은 걸 당일에 제공하는 서비스 같아."

"그걸로 잘 되면 좋겠는데……."

가오리가 중얼거리는 것과 동시에 전철이 지상으로 나왔다. 아래로 대학 교정이 펼쳐졌다. 하얀 유니폼을 입은 학생들이 끝에 바구니 같은 것이 달린 스틱을 흔들며 달린다.

"게다가 생각보다 저렴하게 이용할 수 있더라. 간병 보험도 있으니까."

저건 라크로스라는 하키 비슷한 경기라고 예전에 가오리가 알려줬다. 보기와 달리 격렬한 스포츠라고 들었는데, 봄의 온화한 빛 덕분에 그들이 묘하게 태평스러워 보였다.

---

* 요양보호사의 활동을 지원하고 스케줄 등을 조정해 간병 및 요양 서비스를 체계적으로 관리하는 전문가.

"혼자 사실 수 없게 되면 어떡하지? 어머니, 지난번처럼 밖에서 깜박하는 일도 생길 테고……."

"심해지면 시설에 갈 수밖에 없겠지."

"그런데 지금은 어디나 붐벼서 간단히 못 들어가잖아? 계속 자리가 나길 기다리는 친척이 있었던 것 같아."

가오리가 아이의 미래를 걱정하는 것처럼 부푼 배를 쓰다듬었다. 요즘 자주 걷어차. 오늘 아침에 가오리의 말을 듣고 배를 만져보았다. 퍽퍽, 상상했던 것보다 훨씬 강한 진동이 손바닥에 전해졌다.

치매는 걸리고 끝이 아니라 오히려 걸린 후부터가 승부예요. 전화 너머로 케어매니저가 말했다. 간병의 질이나 돌봄의 양으로 진행을 억누를 수 있는 건 아니지만, 할 수 있을 만큼은 직접 하는 수밖에 없어요. 이즈미를 격려하는 것처럼 말한 뒤, 간병 인정 시스템과 간병 보험 이용법의 설명을 시작했다. 어려운 이야기가 아니었는데도 전부 귀에서 흘러나갔다.

아티스트 재킷 촬영이 오후에 끝나서 회사에 돌아가지 않고 단골 미용실에 들렀다. 유리코의 통원이나 업무상 문제를 처리하느라 쫓겨 최근 두 달쯤 머리를 자르지 못했다.

"덥수룩하네요."

이즈미가 자리에 앉자, 친숙한 미용사가 머리를 빗겨주며 말했다. 마른 몸에 달라붙을 듯한 표범 무늬 셔츠. 새빨간 스키니 바지에 통굽 부츠를 신었다. 미용사가 아니라 펑크 로커 같은 차림이다.

"이제는 아침에 손질하기 힘들어요."

"신경 써서 멋있게 꾸미지 않으면 점점 아저씨가 될 거예요."

미용사가 웃자 입가에 드리운 피어싱이 흔들렸다. 외모는 다가가기 어려워 보이는데, 늘 기분 좋게 대해준다.

"흰머리가 늘었네요."

미용사가 검지와 중지로 머리카락을 집고 들어 올려 가위질을 시작했다.

"역시 그런가요?"

거울을 보며 말하면 되는데 무심코 뒤를 돌아보게 된다.

"뒤통수 쪽은 제법 눈에 띄어요."

이즈미의 머리를 가볍게 눌러 정면을 보게 하고, 거침없이 가위질해 머리카락을 잘랐다. 이 미용실에서도 알아주는 실력이어서 내년에는 점장이 될 예정이라고 샴푸를 담당한 신입 미용사에게 들은 적이 있다.

"신경 쓰이면 염색하실래요? 지금 이대로도 분위기 있어 보이는데."

미용사의 말이 귀에 도착하는 것과 동시에 알싸한 흰머리 염색약의 냄새가 코를 찔렀다. 옆을 보니 중년 여성의 긴 머리카락에 하얀 약을 바르는 중이었다. 지금까지 냄새를 신경쓴 적은 없었건만.

대학교에 올라갔을 무렵, 유리코가 처음으로 염색약을 사왔다. 부끄러운지 이즈미의 눈에 닿지 않게 세면대 아래의 수납 장소에 넣어두었다. 세탁용 세제와 넉넉하게 사둔 샴푸 뒤에 감추듯 놓인 그것을 봤을 때, 처음으로 엄마의 노화를 느꼈다.

지난 주말, 유리코의 집에서 발견한 하얀 봉투.

치매에 관한 책에 끼워진 봉투에 이웃 마을의 종합병원 이름이 적혀 있었다. 소리 내지 않고 의자를 끌어 식탁에 앉았다. 빈 꽃병이 세 개, 창가에 나란히 놓였다. 머리 위에서 초침 소리가 들려 고개를 들자, 엄마가 자러 들어간 지 벌써 2시간이 지났다. 봉투를 가만히 바라본 후, 세 번 접힌 종이를 꺼냈다.

전두엽, 두정엽에 혈류 분포가 불균형한 부분이 있다. 특히 측두엽, 후두엽에 혈류 저하가 보인다.

뇌 부위를 세밀하게 나눠 진단한 검사 보고서. 알츠하이머 치매 의심, 경과 관찰이라는 문자가 보였다. 보고서 날짜를 보자 반년이나 전이었다.

백화

지금 생각해보니 엄마는 당시에 빈번히 전화를 걸었다. 용건을 물으면 불분명한 대답이 돌아오기도 했다. 그때마다 미안, 지금 바빠서, 하고 강제로 전화를 끊었다. 전철로 1시간 반 떨어진 거리에 살면서 만나러 가지도 않았다.

거울 너머로 짙은 갈색 약제를 섞는 미용사의 모습을 바라보며 기억을 더듬었다. 아마 그 무렵부터 증상이 나타났겠지. 엄마는 정확하게 말하지는 않았으나 분명 도움을 요청했다. 그런데 놓치고 말았다. 어쩌면 놓친 게 아니라 깨닫지 못한 척했을지도 모른다. 혼자서 검사를 받는 엄마의 모습을 상상하자 숨이 막힐 것 같았다.

뒤섞인 진갈색 약제가 점차 하얗게 바뀌었다. 플라스틱 컵 안에서 탈색되는 그것을 바라보며 자신도 이제 곧 늙는다고 생각했다.

앞으로 다섯 달이면 아이가 태어난다.

인생은 그렇게 밀려난다.

7장.

배
회

왼손 검지로 초인종 버튼을 두 번, 세 번 눌렀다.

시끄러운 소리가 누른 숫자만큼 반복된다. 발소리가 다가와 문 앞에서 멈췄다. 문 앞에서 숨을 죽이고 구멍으로 이쪽을 살피고 있다. 후드득후드득 빗줄기가 지붕을 세차게 때렸다. 문은 여전히 닫힌 채다. 주먹을 쥐고 두드렸다. 쿵쿵쿵. 물방울이 손등을 적셨다. *이즈미! 거기 있니?* 잠금장치가 돌아가는 소리가 들리고, 진갈색 문이 천천히 열렸다. *무슨…… 용건이세요?* 얼굴은 아직 보이지 않는다. *우리 이즈미가 여기 안 왔나요? 이즈미……요? 돌아오질 않아요. 비가 내려서 너무 추운데. 혹시 미아가 되었을까 봐 걱정이어서. 이제 초등학생이니까 그럴 일은 없다고 생각해요. 하지만 걱정되니까 그냥 있*

을 수 없잖아요. 혹시 미우라네에 놀러 갔을까 싶어서요. 네, 이즈미랑 미우라, 사이가 좋잖아요. 둘이서 자주 같이 놀았으니까. 미우라의 어머니가 문 사이로 고개를 내밀었다. 아무 말 없이 이쪽을 빤히 바라보았다. 왜 대답을 안 해주세요? 무심코 언성을 높일 뻔했지만 간신히 참았다. 2층에서 누가 걷는 기척이 났다. 역시 여기 있잖아요? 미우라의 어머니가 시선을 피했다. 역시 이 여자는 거짓말을 하는 거다. 이즈미가 2층에 있는 거죠! 문을 밀어젖히고 들어갔다. 저기! 이러지 마세요! 미우라의 어머니가 팔을 붙잡았다. 그 얼굴이 두루뭉술했다. 이거 놔요! 손을 뿌리치고 신발을 신은 채 계단을 올라갔다. 이즈미…… 이즈미…… 이즈미. 엄마가 지금 구해줄게. 아…… 가사도우미인 니카이도 씨도 있네. 맨날 멋대로 집에 들어온다니까. 통장이나 돈을 감춰둬야겠어. 아이고, 배가 고프네. 밥쯤은 먹고 싶을 때 먹게 해줘! 목욕도 혼자 할 수 있어요! 애가 아니니까! 계단을 올라가 바로 눈앞의 문을 열었다. 미우라가 책상에 앉아 빵을 먹고 있었다. 미우라, 이즈미 어디 있는지 모르니? 눈을 동그랗게 뜨고 겁먹은 표정으로 이쪽을 본다. 이 애도 분명 뭔가 감추고 있다. 이즈미는 어디 있어! 외침과 동시에 책상 위의 빵 부스러기가 움직였다. 개미처럼 사방팔방으로 움직인다. 그만 하세요! 미우라의 어머니가 등 뒤에서 어깨

백화

를 붙잡았다. 왜 숨겨? 어째서? 대체 왜? 고오오오옹. 괴수의 소리 같은 외침이 밖에서 들렸다. 집이 삐걱거리고 크게 흔들렸다. 2층 창 너머를 거대한 그림자가 지나갔다. 반사적으로 달려가 밖을 보았다. 전선이 채찍처럼 늘어져서 흔들린다. 아사바 씨는 괜찮을까? 2층의 방에서 나와 계단을 뛰어 내려갔다. 문을 열자 억수처럼 쏟아지는 빗속에서 집들이 연달아 언덕길을 미끄러졌다. 얼른 언덕을 내려가려고 하는데, 좀처럼 앞으로 가지 못한다. 어머니는 아직 재혼 안 하시나 보구나. 이즈미, 밥은 제대로 먹고 있니? 아버지가 안 계시니까 여러모로 불편하지? 흘러 내려온 단지의 네모난 창 안에 크고 작은 다양한 인영이 보인다. 유리코 씨, 그런 짓을 하고 잘도 돌아왔네. 이즈미가 얼마나 쓸쓸했을까. 눈앞을 지나가는 그림자 하나하나가 속삭인다. 아니에요! 나는…… 이즈미도…… 이즈미도 분명! 아무도 없는 차도를 혼자 걷고 있었다. 아무리 걸어도 사람도 차도 없다. 새 지저귀는 소리도 들리지 않는다. 아사바 씨는 어디 있지? 고개를 들자 일직선 도로 너머에 바다가 보였다. 하얀 배가 떠 있다. 비가 그쳤다. 아니, 그친 게 아니라 우산이다. 아사바 씨가 곁에 있다. 미안, 유리코 씨, 기다렸어? 우산을 한손에 들고 웃는다. 아니야, 걱정하지 마. 여기에서 배를 보는 거 좋아하니까. 아사바 씨가 말없이 고개를 끄덕이고 어깨를 안았다. 이즈미에게는 이건 비밀이야. 그래도 나는 지금 이 제일 행복해. 눈물이 흐른다. 제일 행복해. 또 괴수의 포효가 들렸다. 고오오오옹. 밀어닥친 파도에 휩쓸려 배가 기울었다. 이즈미! 어디 있니? 혼자 돌아갔을까? 미아가 되었을지도 몰라. 터지는 소리가 들려 고개를 들었다. 잿빛 하늘에 반원의 불꽃이 올라가 터졌다. 하나…… 둘…… 셋. 아랫부분이 지우개로 지운 것처럼 보이지 않는다. 아아…… 빨리 그 애를 찾아야 해. 미안해, 아사바 씨. 나는 이즈미에게 가야 해. 유리코 씨, 기다려. 아사바 씨의 쓸쓸한 목소리를 뿌리치고 배 위로 뛰어올랐다. 선실로 이어지는 계단을 한 단씩 내려갔다. 이즈미는 분명 배가 고플 거야. 달콤한 달걀말이를 만들어줘야 해. 이즈미가 좋아하는 하이라이스도. 아아, 배가 고프다. 통장을 어디에 숨기는 게 좋을까. 미쿠, 도랑 파를 정확하게 눌러야지. 그러니까 목욕은 혼자 하겠다고 했잖아요! 그나저나 여긴 어디지? 눈앞의 문을 연다. 작은 책상과 작은 의자. 커다란 칠판. 이즈미가 손을 들었다. 손끝까지 똑바로 편 손. 메로스는 격노했다. 반드시 그 간사하고 포악한 왕을 제거하지 않으면 안 되겠다고 결심했다. 메로스는 정치를 모른다. 메로스는 마을의 목동이다. 피리를 불고 양과 놀며 살아왔다.

돌풍이 불어 우산이 뒤집혔다.

맥없이 뼈대가 구부러지는 감촉이 손에 전해지더니 모양이 일그러졌다. 일몰이 가까워지면서 빗발과 함께 바람이 거칠어졌다. 벌써 2시간은 돌아다녔는데 유리코가 보이지 않는다. 빗물이 언덕 위에서 강물처럼 흘러와 신발을 적셨다. 엄마! 라고 수없이 외쳐도 세찬 빗소리에 지워진다.

태풍이 오늘 밤늦게 간토* 지방에 상륙한다고 오늘 아침 뉴스 방송에서 기상 캐스터가 말했다. 오늘은 일찍 퇴근해야겠다고 중얼거리자, 그럼 집에서 뭐라도 만들겠다며 가오리가 잡지에서 고개를 들었다. 뭐 먹고 싶어? 만두. 오랜만에 같이 빚을까? 좋다.

오후에 회사에서 나와 슈퍼마켓에서 다진 고기와 만두피를 바구니에 담는데, 스마트폰이 울렸다. '가사도우미 니카이도 씨'. 순간 받지 말까 망설이며 밖을 봤는데, 가로수가 격렬하게 흔들렸다. 유리코 씨, 목욕을 안 하려고 하세요. 요즘 좀 식사량이 과한 것 같아요. 자꾸 돈이 줄어든다고 하시는데…… 니카이도가 전화를 걸 때는 엄마에게 무슨 일이 생긴 때다. 그때마다 마음이 동요하는데, 그녀는 태연하게 웃으며

---

* 도쿄, 요코하마, 가나가와 등이 있는 일본 혼슈 남동부 지역.

괜찮다는 말을 반복했다.

"가사이 씨, 유리코 씨가 안 계세요!"

이즈미가 스마트폰을 귀에 대자, 전화 너머에서 평소와 다르게 절박한 니카이도의 목소리가 들렸다.

"제가 집에 도착했을 때는 이미 안 계셔서…… 근처를 잠깐 찾아봤는데 보이지 않아요……. 지금 경찰에 연락했어요."

"또요……."

저절로 한숨이 나왔다.

"죄송해요……."

니카이도의 기어드는 목소리가 들렸다. 니카이도 역시 필사적으로 찾았을 것이다. 엄한 데에 하는 화풀이라는 건 안다. 니카이도는 일주일에 세 번쯤 엄마 집에 방문해 일상적인 생활을 도와주는데, 아무리 니카이도라도 24시간 내내 유리코만 지키고 있을 수는 없다.

이즈미는 서둘러 식품을 진열장에 돌려놓고, 텅 빈 바구니를 제자리에 던지고 출구로 가려 했다. 그러나 바구니가 비뚤어져서 제대로 들어가지 않았다. 그냥 가려다가 역시 마음에 걸려 되돌아와 다급하게 바구니를 정리했다.

전철 안내방송이 폭우의 영향으로 운행이 늦어진다는 것

백화

을 알렸다. 저녁 퇴근 때보다 조금 이른 시간의 전철은 다른 때보다 텅 비었다. 비가 바람에 펄럭이는 커튼처럼 흔들리며 줄기차게 쏟아졌다.

요 두 달 사이 가오리의 몸 상태가 좋지 않아 이즈미가 집안일을 도맡았다. 출산을 대비해 방을 정리하고 아기 침대나 이불 따위도 샀다. 회사에서는 방송국 프로듀서에게 불평을 들으며 타이업 진행 문제를 해결하느라 애먹었다. 여전히 오사와 부장에게는 주인 의식이 없어서 이즈미가 총알받이다. 동시에 걱정했던 뮤직비디오는 예산을 초과했고, 계약 실수에 아티스트의 스캔들 등 문제가 연달아 발생해 주말에도 회사에 가는 날이 많아 유리코와는 일주일에 반나절 정도밖에 만나지 못했다.

"니카이도 씨, 인사도 없이 멋대로 집에 들어와."

이즈미가 집에 가면 유리코는 기다렸다는 듯이 니카이도에 대한 불만을 쏟아냈다.

"돈도 좀 부족한 것 같아. 혹시 훔쳐 가는 게 아닐까."

"그런 짓을 왜 하겠어."

"……목욕도 직접 하겠다고 하는데 당최 내 말을 안 들어. 내가 애도 아니고."

둘이서 살았을 때의 엄마는 불평불만이 있어도 말하지 않

왔다. 전부 삼키고 묵묵히 살아가는 것을 미덕으로 여기는 듯
했다. 지금은 전혀 달라져서, 흘러넘치는 걸 전부 막지 못하
는 것처럼 보였다.

"밥도 늦게 줘. 배가 고파. 결국 내가 편의점에서 사 오니까
대체 왜 오는 건지 모르겠어."

유리코는 떠들어대며 슈크림을 먹었다. 네 개쯤 사 왔는데
순식간에 전부 먹어치웠다. 소식하던 엄마의 변모가 놀랍다.
기분 탓인지 뺨이 통통해진 것처럼 보인다. 본래의 욕망이 드
러난 걸까. 조금 전에 점심을 먹었으면서.

"아아…… 배고프네. 이즈미, 점심은 어떻게 할래? 하이라
이스 만들까?"

엄마, 괜찮아. 있는 힘껏 미소를 지었다. 지난달에 가스를 계
속 켜놨다고 가스회사에서 전화가 왔다. 아마도 뭔가 요리를
만들려다가 잊었을 것이다. 그 후로 가스 밸브를 잠가두었다.

유리코의 집 근처 역에 내리자, 니카이도가 개찰구 밖에서
기다리고 있었다. 동글고 자그마한 몸이 우비에 폭 감싸였다.
정말 죄송합니다. 고개를 푹 숙였다. 평소에는 이쪽이 걱정될
정도로 낙천가인 니카이도가 바들바들 떠는 모습을 보자 핏
기가 가셨다. 계속 찾아다녔는데 보이지 않아서. 이즈미 씨

혹시 짐작 가는 데 없어요? 질문을 받고 머리를 굴렸으나 딱히 떠오르는 곳이 없었다. 이 호우 속에 무작정 돌아다녀봤자 의미가 없다는 건 알지만, 가만히 있을 수 없어서 이즈미는 우산을 쓰고 집까지 가는 언덕길을 뛰었다.

지지난 주 밤, 유리코는 걸어서 15분쯤 떨어진 어느 집의 현관문을 정신없이 두드렸다. 다행히 집주인이 너그럽게 이해해주어서 큰일이 생기진 않았으나, 달려온 이즈미를 보고 널 찾고 있었다고 반복해서 말하는 엄마에게 그만 좀 하라고 화를 내고 말았다.

엄마와 손을 잡고 한밤중의 거리를 걸었다. 이즈미, 이쪽이야. 앞장서서 걷는 엄마의 뒷모습은 무성영화처럼 성급해 보였다. 기세등등하게 앞장섰지만, 곧 어느 골목으로 꺾어야 하는지 알 수 없어진다. 창피하지 않은 척 이즈미, 요즘 일은 어떠니? 아기 이름은 정했니? 하고 말을 건다. 유리코의 큰 목소리가 심야 골목에 울려 퍼졌다. 조용히 좀 해, 하고 나무라는 자신이 엄마를 부끄러워한다는 것을 깨달았다.

본인은 배회하려는 생각은 없고요, 무언가 목적이 있거나 가만히 있을 수 없는 이유가 있어서 걷는 겁니다. 고향에 가려는 사람도 있고, 자기 집에서 도망치려는 사람도 있어요. 그러니 이상한 행동이라고 여기지는 마세요. 진단을 받을 때

의사에게 충고를 들었으나, 말투가 험해지는 걸 제어하지 못하겠다. 패밀리레스토랑에서, 주간 보호 센터에 보낼 때, 역 구내에서. 시끄럽게 말하는 엄마에게 애가 아니니까 조용히 좀 하라고 거칠게 말하게 된다. 내 엄마는 이런 사람이 아니었다.

엄마! 현관에서 수없이 불러도 반응이 없다. 집 안은 새까맸다. 여전히 신발이 어수선하다. 바람에 구부러진 우산을 놓고 거실로 가 불을 켰다. 인기척이 없다. 지난 주말에 유리코와 함께 산 수국의 보랏빛만 생생했다.

혹시 집에 왔을지도 모른다는 덧없는 기대가 산산이 조각나 이즈미는 소파에 주저앉았다. 젖은 머리카락 끝에서 물방울이 뚝뚝 마룻바닥에 떨어졌다. 강풍이 목조 집을 흔들었다. 이런 폭풍 속에서 유리코는 대체 어딜 갔을까. 기억을 더듬어 엄마의 말을 떠올렸다.

이즈미가 오지 못하는 동안, 엄마는 점점 더 기억을 잃어간 듯했다. 증상 진행은 정말이지 그때그때 달랐다. 갑자기 진행되나 싶다가도 갑자기 완화되기도 합니다. 이렇게 빨리 진행되는 것이냐고 상담하러 갔을 때, 의사가 담담하게 말했다. 특히 어머님은 아직 젊으셔서 그럴 수도 있겠습니다.

지난달부터는 퇴근길에 들러 최대한 엄마 집에 머물려고 했다. 밤이면 종종 혼자 배회하는데, 집으로 데려와 잠옷을 입히면 여긴 우리 집이 아니니까 얼른 집에 가고 싶다고 울면서 외출용 원피스로 갈아입으려 한다. 간신히 진정시키고 침실에 들여보내면 이번에는 밤중에 일어나 무언가 정리하기 시작한다.

이즈미가 소리를 듣고 깨 화장실에 가자, 유리코가 변기 옆에 쪼그리고 있었다. 발끝에 차가운 게 닿아 바닥을 보니, 노란 액체가 흥건했다. 빙수 시럽처럼 선명한 색이어서 그게 오줌인 걸 알기까지 조금 시간이 걸렸다.

흠뻑 젖은 잠옷을 벗기고 욕실로 데려가 샤워기로 몸을 씻겼다. 엄마의 나체에서 시선을 피하고 싶었다. 오도카니 서서 움직이지 않는 유리코를 보자, 몸 정도는 직접 씻으라고 무심코 퉁명스러운 말이 나왔다. 엄마는 천천히 비누를 손에 쥐고는 그대로 멍하니 있었다. 기력 없는 등을 샤워기의 더운물이 때린다. 엄마, 미안해. 이즈미는 유리코의 손에서 비누를 받아 고개를 숙이고서 몸을 씻겼다.

욕실에서 나와 수건으로 몸을 닦고, 간병용 기저귀와 잠옷을 주고 입으라고 했다. 그러나 입는 순서를 모르겠는지 몇 번이나 입었다 벗었다가를 반복했다. 부끄러워서일까 아니면 잠에 취해서일까. 이즈미, 밥은 잘 챙겨 먹었니? 하고 연신 물었다.

그 후에는 조금 증상이 진정된 듯 보였다. 요 며칠은 니카이도에게서 오는 연락도 없어서 오랜만에 가오리와 집에서 저녁을 먹으려고 했는데.

주저앉아 있을 때가 아니니 집에 있던 비닐 우비를 머리부터 뒤집어쓰고 밖으로 뛰어나왔다. 바람이 더욱 강해졌다. 건너편 단지의 마당에 심은 꽃이 거세게 흔들려 금방이라도 뽑힐 것 같다. 발밑으로는 강처럼 흐르는 탁류에 양말까지 순식간에 축축하게 젖었다.

12월 31일 밤에 혼자 그네를 타고 있던 유리코. 그때 이미 징후는 있었다. 왜 바로 병원에 데려가지 않았을까. 답 없는 질문을 반복하며 공원에 도착했으나, 사람 없는 그네가 바람을 받아 흔들릴 뿐이었다. 그렇지, 발걸음을 돌려 미요시의 집으로 달려갔다.

문을 연 미쿠가 흠뻑 젖은 이즈미를 보고 얼른 자기 엄마를 불렀다. 미요시가 정오를 조금 지난 시각에 언덕을 내려가는 유리코를 봤다고 알려주었다. 이즈미를 마중하러 간다고 말했다고 한다. 이즈미가 고맙다고 하고 뛰어나갔다. 같이 찾을까? 등 뒤에서 미요시의 외침이 들렸다.

역, 슈퍼마켓, 꽃집에 다시 한번 가볼까. 그러나 언덕을 내려간 게 정오를 넘긴 시각이라면 벌써 5시간 넘게 지났다. 불길한 예감에 헛구역질이 나왔다. 넘어지지 않게 조심하며 언덕을 달렸다. 몸무게가 전부 발뒤꿈치에 실렸고, 위장이 뒤흔들렸다. 부딪치는 빗소리와 헉헉거리는 숨소리만이 우비 안에서 앙상블처럼 울렸다. 엄마, 어디 있어? 엄마를 찾아 달리다가 문득 불안해졌다.

어린 시절, 툭하면 미아가 되곤 했다.

"어린이집에 다닐 적에 이즈미는 툭하면 사라졌어."

가오리를 유리코에게 처음 소개했을 때, 엄마가 재미있어하며 말했다.

"그랬나? 그런 기억은 없는데."

이즈미가 반박하자 유리코가 정말 기억이 안 나느냐며 어깨를 움츠렸다.

"어린이집에서 돌아오는 길에 어디로 막 달려갔었잖니. 슈퍼마켓에서 장을 보면 눈을 뗀 사이에 이미 행방불명이고."

"의외네요." 가오리가 눈썹이 휠 정도로 웃었다. "이즈미 씨, 우등생이라고 생각했는데 생각보다 문제아였어요."

"철들기 전의 이야기를 하는 건 반칙이지. 어쩔 수도 없는 거고…….”

쓸쓸하게 웃는 이즈미의 말을 막고 엄마가 말을 이었다.

“그렇지. 처음 유원지에 데려갔을 때도 들어가자마자 미아가 되는 바람에 찾아다니다가 저녁이 되었지 뭐니. 사탕만 사서 돌아왔었지.”

폭우 속을 달리는데, 유원지 입구에서 눈물을 매달고 두 팔을 벌린 유리코가 뇌리를 스쳤다. 그때는 엄마가 왜 우는지 몰랐다. 그래도 미아가 된 엄마를 찾으며 이즈미는 기억해냈다.

그때 나는 일부러 미아가 되었다.

엄마가 언제나 자기를 찾아주길 바랐다.

손에 쥔 스마트폰이 울렸다. 비에 젖은 손으로 매달리듯이 액정을 눌렀다.

“유리코 씨, 초등학교 교실에서 찾았다고 해요.”

지금 경찰에게서 전화가 왔다고 전화 너머의 니카이도가 덧붙여 설명했다.

“다행이다…….”

힘이 빠져 다리가 멈췄다.

“그런데 왜 그런 곳에?”

무심코 물었다. 이런 때에도 어떤 이유를 찾는다.

"일단 얼른 와주세요. 저도 지금부터 갈 거예요!"

이즈미의 대답을 기다리지 않고 니카이도가 전화를 끊었다. 평소의 서글서글한 목소리와 다른 단호한 어조에 등이 저절로 펴졌다. 니카이도 쪽이 엄마에게 지금 중요한 게 뭔지를 알고 있다.

교문에서 기다리는 직원의 안내를 받아 불이 다 꺼진 학교 안을 걸었다. 태풍의 접근 때문인지 아이들이나 선생님은 한 명도 없었다. 신발을 벗고 반질반질한 리놀륨 복도를 걷자 젖은 양말이 찰박찰박 발자국을 남겼다.

3층까지 올라가 가장 안쪽 미닫이문을 열었다. 어두운 교실 구석에 유리코가 작은 초등학생 의자에 앉아 있었다. 니카이도와 경찰 세 명에게 둘러싸여 등을 구부린 채 앉아 있었다. 왼발에 까만 펌프스, 오른발에 연녹색 샌들. 짝짝이 신발을 신고 일면이 바다처럼 변한 운동장을 내다본다.

"엄마!"

교실로 뛰어 들어가 흥분한 그대로 외쳤다. 엄마에게 화를 낼 뻔했으나 옆에서 엄마의 어깨를 안고 눈시울을 붉힌 니카이도의 얼굴을 보고 꾹 참았다.

"……걱정했잖아."

목소리가 갈라졌다. 엄마를 찾은 기쁨일까, 아니면 다른 사람 같은 모습에 겁이 난 걸까. 엄마는 오랜 시간 빗속을 돌아다녔나 보다. 얇은 원피스의 색이 달라졌고 머리카락에서도 여전히 물이 떨어진다. 니카이도가 입었던 우비를 어깨에 걸치고, 새파래진 얼굴로 이쪽을 보았다.

"이즈미…… 어디 있었니? 계속 찾았어."

"엄마……."

"미안하다, 이즈미. 엄마가 똑바로 못 해서."

"……아니야."

"그래도 다행이야…… 간신히 찾았어……. 얼마나 걱정했는데."

유리코가 안심한 듯이 웃었다. 순간 그녀의 눈에서 눈물이 흘렀다. 그 얼굴은 유원지에서 두 팔을 벌렸던 엄마와 똑같았다.

"유리코 씨, 다행이네요."

모자의 만남을 지켜본 니카이도가 유리코의 어깨를 흔들었다. 추워서 니카이도의 입술이 새하얘졌으나 안도의 미소를 짓고 있었다.

"네…… 덕분에요. 고맙습니다."

유리코가 니카이도와 경찰에게 깊이 고개 숙여 인사했다.

"아들이 미아가 되었어요. 벌써 어둡고 비도 내리는데. 이즈미는 우산을 가지고 나가지 않았어요. 어디에서 흠뻑 젖어서 덜덜 떠는 건 아닌가 걱정이어서, 너무 걱정이어서."

"이제 괜찮아요, 유리코 씨! 이즈미 씨, 여기 있어요!"

고요해진 교실에 평소의 니카이도다운 밝은 목소리가 울렸다. 유리코는 연거푸 고개를 끄덕이고 눈가에 매단 눈물을 손등으로 훔치며 이즈미를 바라보았다. 그 손에는 우산을 두 개, 단단히 움켜쥐고 있었다.

"이즈미는 손을 예쁘게 들어요. 손끝까지 똑바로 펴서. 선생님도 그러면 시키고 싶어지죠. 낭독을 정말 잘했어요.《달려라 메로스》를 수업 참관 때 큰 소리로 읽었죠. 옆에 있던 다른 아이 엄마가 말했다니까요. 이즈미는 잘하네요. 고맙다고 인사하는데 기쁘고 자랑스러워서 가슴이 터질 것 같았어요. 이즈미는 대체 언제부터 저렇게 글을 잘 읽었을까. 나는 맨날 일만 하느라 읽고 쓰는 걸 제대로 가르쳐주지도 못했는데."

학부모 수업 참관일, 자꾸만 뒤를 돌아봤다. 엄마가 있는 게 기뻐서 미칠 것 같았다. 일을 쉬고 와준 엄마를 기쁘게 하려고, 방과 후에 혼자 책 읽는 연습을 반복했다. 다 읽고 자리에 앉아 또다시 후다닥 뒤를 돌아보았다. 교실이 박수 소리에 감싸이고, 엄마가 촉촉하게 젖은 눈으로 작게 손을 흔들었다. 지금 눈앞의 유리코는 그때와 똑같이 이즈미를 바라보았다.

8장.

준비

하얀 스위치를 누르자 둔탁한 모터 소리가 들렸다. 잠시 후, 대나무 모양을 본뜬 플라스틱 통에서 졸졸졸 물이 흘렀다.

"와, 나온다, 나온다."

가오리가 마치 실험을 즐기는 것처럼 물줄기를 눈으로 따라갔다. 얕은 초록색 경사를 타고 물이 미끄러진다.

"다로, 아직이야?"

거실에서 가오리 옆에 앉아 있던 마키가 개방형 주방에서 냄비와 격투하는 다로를 불렀다. 미안, 곧 돼! 하는 목소리는 들리는데 얼굴이 수증기에 가려져서 보이지 않는다.

"미안해, 늦어지네. 배고프죠?"

마키가 부푼 배를 쓰다듬으며 이즈미를 보았다. 가오리와 비슷한 크기일까. 출산 예정일이 2주쯤 차이 날 것이다. 산달이 가까운 임신부 둘이 나란히 앉자 동화에 나오는 쌍둥이처럼 보인다. 이즈미가 입을 열기 전에 가오리가 대답했다.

"정말 괜찮아. 우리야말로 미안해. 갑자기 소면을 먹자고 해서."

"가오리, 처음이야?"

"응. 이 나가시소멘* 기계, 한번 해보고 싶었어."

쿠당! 스테인리스가 뒤집히는 소리가 났다. 앗 뜨거워, 하는 다로의 목소리가 겹쳤다. 모락모락 피어나는 수증기 너머에서 다로가 냄비에 담긴 물을 싱크대에 버렸다.

"다로, 도와줄게!"

이즈미가 급하게 주방으로 들어가 냄비를 받쳤다. 소쿠리에 받은 소면을 흐르는 물에 빠르게 씻어 식혔다.

"이즈미 씨, 익숙하시네요."

이즈미의 손놀림에 다로가 감탄했다.

"예전부터 소면은 내 담당이었거든."

이즈미는 소쿠리를 들어 식힌 면의 물기를 뺐다.

---

* 대나무를 반으로 잘라 길게 늘어뜨려 만든 경사에서 물과 함께 조금씩 흘려보내는 소면을 건져 먹는 일본의 전통 여름 음식.

가오리와 마키는 입사 동기였다. 가오리가 신인 아티스트 홍보 담당으로 분주히 돌아다닐 때, 외국에서 살다 와 영어가 뛰어난 마키는 팝송 부문 담당이 되어 대형 록 페스티벌 등을 진행했다.

마키는 외국에서 온 사람답게 말투가 직설적이어서 사내에서 붕 뜬 존재였다. 가오리도 "솔직히 좀 불편했어"라고 했는데, 클래식을 담당하게 된 후 같이 외국 출장을 갈 기회가 몇 번쯤 생겨 함께 술을 마시다가 의기투합했다고 한다. 둘 다 수제 맥주와 포도주를 좋아했다.

"와, 맛있겠다."

소쿠리에 담겨 빛나는 소면을 보고 가오리가 손뼉을 쳤다.

"얼른 시작하자."

옆에 앉은 마키가 간장을 종지에 따랐다. 자, 그쪽도 얼른 흘려보내봐.

"어? 이거 어떻게 하는 거야?"

이즈미가 당황하자, 옆에 앉은 다로가 소면을 젓가락으로 덥석 집어 경사면 위쪽에 떨어뜨렸다. 면이 풀리며 워터슬라이드처럼 구부러진 경사를 타고 내려갔다. 온다, 온다! 마키가 젓가락을 경사 하류에 집어넣고 멋지게 젓가락에 말린 면을 간장에 찍어 먹었다. 이즈미 씨랑 가오리도 얼른!

"가오리, 간다!"

재촉을 받은 이즈미가 소쿠리 위의 면을 젓가락으로 집어 상류에서 흘려보냈다.

"으아아."

가오리가 눈동냥으로 따라서 젓가락을 넣었으나 가느다란 면이 틈새로 빠져나와 통으로 떨어졌다. 생각보다 어렵네! 하고 눈을 동그랗게 뜬다.

"집으려고 하면 안 돼. 건져내는 느낌."

마키가 귓가에 대고 조언하자, 가오리가 해보겠다며 젓가락을 들었다. 다시 흘려보낸 소면을 아래에서부터 건지자 하얀 면이 젓가락 사이에 끼었다.

가오리가 면을 흔들며 환성을 질렀다. 먹어봐, 먹어봐, 하는 마키의 재촉을 받으며 먹었다.

"맛있어?"

마키가 표정을 살피자, "이상하게 그냥 먹는 것보다 맛있는 것 같아!" 하고 가오리가 소면을 가득 물고 웃었다.

마키에게서 결혼 소식을 들은 것은 작년 말이었다. 헤드헌팅 된 외국계 레코드회사에서 만난 애니메이션 레이블 홍보 담당이 상대라고 한 후, 아이가 생겼다는 말도 했다. 마치 정

백화

식 요리에 디저트도 나온다고 말하는 것처럼 무심한 말투가 참 마키다웠다.

결혼 상대인 다로는 말하자면 애니메이션 오타쿠로, 언제나 거칠거칠한 셔츠에 낡은 청바지를 입고 스포츠 브랜드의 가방을 멨다. 몸 선이 잘 드러나고 원색 계열의 옷을 입은 마키와 나란히 서면 부부로는 보이지 않는데, 신기하게도 마음이 잘 맞는 모양이다. 같이 있으면 마음이 편하다며 웃는 마키는 참 행복해 보였다.

"지금 몇 킬로그램 늘었어?"

마키가 간장에 다진 양하*를 넣으며 물었다. 옆에서 다로가 부지런히 면을 흘려보냈다.

"9킬로그램. 슬슬 위험해. 더 찌면 안 된다고 선생님이 화냈어."

말은 그러면서 가오리는 소면을 먹었다. 알고는 있는데 멈추지 못하겠다니까.

"나는 매일 아침 집 근처 강변을 산책해. 출산하려면 체력이 있어야 하니까."

---

* 생강과의 여러해살이풀.

"큰일이네…… 운동 거의 안 하는데. 일 때문에 바빠서."

"가오리, 진짜 대단하다. 나는 반드시 칼퇴근하고 유급휴가도 심심하면 쓰는데."

마키는 안정기에 들어선 후로 업무 대부분을 후배에게 인수인계했다고 한다. 임신부 생활을 즐기고 싶다는 이유였다. 그녀는 예전부터 경험 못 한 일을 즐기는 타입이어서 레스토랑이나 여행지도 똑같은 곳은 거의 안 갔다.

"가오리, 유아차 샀어?"

"아니, 아직. 좋은 거 있어?"

"국산이 역시 좋겠지? 외국 거는 너무 커서 개찰구를 지나가지 못할 수도 있대."

"그렇구나. 꼼꼼히 조사해야겠다."

"바운서는?"

"그거 역시 필요한가?"

"머스트 해브 아이템. 바운서에 눕히기만 해도 울음을 그치는 애도 있다더라. 또 아기 침대는 울타리가 내려가는 게 절대로 편하대."

"아기는 생각보다 무겁다고 하니까."

"우리는 지나식을 할 거라 아기를 가만히 내려놓고 싶어서."

지나? 그게 뭐야? 가오리의 젓가락이 드디어 멈췄다. 소쿠

백화

리 위의 소면이 어느새 사라졌다. 다로가 주방으로 들어가 추가로 면을 삶기 시작했고, 이즈미는 할 일이 없어서 통 안에 떠다니는 소면을 젓가락으로 건졌다. 영국의 육아 전문가가 쓰는 육아법이래.

"괜찮겠다, 이즈미."

"그러게, 우리도 해볼까?"

그래, 우리는 평범한 아빠와 엄마가 되는 거다. 당당하게 가슴을 펴고. 그러나 지금 부부 사이의 대화에서는 연기하는 듯한 위화감을 느꼈다.

출산 예정일이 가까운 걸 알고 부부 네 명이서 자주 식사를 함께했다. 만나면 마키는 출산과 육아 노하우를 선보였다. 그때마다 이즈미와 가오리는 자신들의 준비 부족을 통감했다. 그러나 일과 간병에 쫓기느라 대처하기 어려워 지식만 쌓여갔다.

"가오리는 일할 때 진짜 무서웠어요."

묵묵히 듣기만 하는 이즈미가 마음 쓰였는지 마키가 말을 걸었다.

"무서웠다고? 그럴 리 없어. 그렇지, 이즈미?"

가오리가 미간을 찌푸렸다.

"그러게…… 같이 일할 때 무섭다는 인상은 없었는데."

적당히 대답하며 가오리 등 뒤의 창을 보았다. 번화가의 타워 아파트 고층에서는 한여름 햇볕을 받아 아지랑이처럼 흔들리는 도심 빌딩군이 보였다. 신기하다니까, 하고 마키의 집에 오면서 가오리가 말했다. 임신부끼리는 서로 얼마든지 대화가 통할 수 있어.

"완벽주의라고 해야 하나? 부하한테도 그걸 요구해서 다들 고생하는 것 같았어요."

마키의 고발에는 이즈미도 동의했다.

"하긴, 남에게 일을 못 맡기는 타입이라는 소리는 들었어."

"그건 부정 못 하겠다." 가오리가 웃으며 물방울 맺힌 잔을 들고 보리차를 단숨에 마셨다. "그래서 지금도 일을 끌어안고 있나 봐."

"가오리는 대단해. 나는 예전처럼 일하지 못할 것 같아……."

쿠당! 또 싱크대에서 스테인리스가 뒤집히는 소리가 나며 소면이 다 삶아졌다는 것을 알렸다. 이즈미가 일어나기 전에 괜찮아요, 이번에는 혼자 할 수 있어요, 하는 다로의 연약한 목소리가 수증기 사이로 들렸다.

"말은 그렇게 하면서 마키는 금방 복직할 거잖아?"

"모르겠어. 나는 그냥 영어만 잘할 뿐이지 일을 잘한 건 아니니까. 상사도 전부 꿰뚫어 봤을 거야. 그러니까 이직한 거고, 출산도 일에 대해 다시 생각해볼 좋은 기회일 것 같아. 예전처럼 일에 열정을 기울일 자신도 없고."

마키가 천천히 방을 둘러보았다. 하얀 거실 한쪽에 기저귀나 엉덩이용 물티슈, 장난감 상자 따위가 쌓였다.

"가오리는 육아도 일처럼 집착할 것 같아."

마키가 기분을 전환하려는 듯이 웃었다. 분위기를 바꾸려고 이즈미도 동조했다.

"확실히 대충하지는 못할 느낌이지."

"이즈미도 생각보다 집착할 것 같은걸."

가오리가 장난스럽게 이즈미를 노려보는데, 다로가 소쿠리 가득 소면을 담아 들고 왔다. 자세히 보니 하얀 면 사이에 몇 가닥인가 분홍색과 연녹색 면이 섞였다.

어린 시절, 여름이면 소면을 자주 먹었다. 이즈미가 면을 삶고 엄마가 고구마를 튀겼다. 식탁에 앉아서는 소쿠리에 담긴 소면 중 색이 있는 면을 골라 먹었다. 엄마는 남은 하얀 면을 먹었다.

"예전에는 색깔 있는 면을 좋아했어요."

면을 가만히 바라보는데, 옆에 앉은 다로가 말을 걸었다. 생각을 들킨 것 같아 순간 말문이 막혔다.

"그래도 언제부턴가 평범한 하얀 소면이 좋더라고요."

"……다로, 그거 언제부터 그랬는지 기억해?"

"언제부터지……. 전혀 기억이 안 나네요."

다로가 웃으며 가다랑어 그림이 그려진 간장병의 뚜껑을 열고 종지에 추가로 부었다.

남자애? 여자애! 이름은 정했어? 아직 전혀. 이름 획수 같은 거 봤어? 역시 그거 신경 쓰이나? 얼마 전에 다로랑 육아교실에 갔었어. 와, 어땠어? 왠지 부끄럽고 쪽팔리더라. 그럼 클래식 들으면서 태교도 해? 모차르트를 듣긴 듣는데, 뭐가 좋은지 모르겠더라.

재잘거리는 가오리와 마키를 멍하니 바라보며 계속 엄마가 마음에 걸렸다. 그날부터 엄마는 지극히 평범하게 살아가려고 결심한 것처럼 보였다. 유리코는 분명 아들을 인생 중심에 놓겠다고 마음먹고 살아왔다. 그러나 치매에 걸린 지금은 다시 엄마에게 거절당한 기분이었다.

가오리와 마키, 옆에 앉은 다로가 소면을 먹었다. 이제는 아무도 면을 흘려보내지 않고 소쿠리에서 직접 집어 먹는다. 식탁에는 나가시소멘 기계의 모터 소리만 울렸고, 통 속에는 남겨진 분홍색 면이 계속 헤엄쳤다.

선명한 노란빛이 역 앞 꽃집을 수놓았다.

백화

"벌써 해바라기가 나왔네."

가오리가 세 송이를 쥐었다.

"우리 집은 한 송이가 규칙이야."

이즈미가 두 송이를 통에 다시 넣었다.

유리코는 꽃 한 송이를 꽂는 걸 좋아했다. 꽃 하나로 계절을 알 수 있으니까 멋지지. 이즈미와 꽃을 살 때마다 유리코는 그렇게 말했다. 지인 결혼식에서 꽃다발을 받았을 때도 한 송이만 뽑아 꽃병에 꽂았다.

해바라기를 손에 들고 언덕을 올랐다. 옆에서 걷는 가오리의 배는 제법 부풀었다. 이마에서 흐르는 땀을 연신 손수건으로 훔친다. 역 앞에서 택시를 타자고 했으나, 의사가 많이 걸으라고 했다면서 가오리는 걸어서 가겠다고 했다.

초등학교 교실에서 발견된 그 날 심야부터 유리코는 고열에 시달렸다. 다음 날에도 열이 내리지 않고 기침을 심하게 해서 구급차로 병원에 실려 갔다. 폐렴 진단을 받고 한때 의식을 잃을 정도로 상태가 심각해졌다. 이즈미는 조금 일찍 여름휴가를 받아 병원에 머무르며 계속 간병했다. 입원하고 일주일쯤 지나서야 회복한 엄마는 퇴원 허가를 받았다. 어머님은 분명 아드님이 곁에 있으니까 힘내신 거예요. 퇴원할 때, 계속 엄마를 담당한 베테랑 간호사가 어깨를 두드려주었다.

의사의 판단으로, 유리코는 지금까지처럼 가사도우미와 주간 보호 센터를 병용하며 자택에서 지내기로 했다. 엄마가 배회하기 시작한 후로 가오리는 줄곧 엄마의 상태를 걱정했으나, 증상에 대해 자세하게 알리진 않았다. 출산을 앞둔 아내에게 정신적인 부담을 주고 싶지 않았지만, 퇴원 소식을 들은 가오리가 엄마와 만나고 싶다고 해서 셋이서 쾌유를 축하하기로 했다.

"나 왔어……."

이즈미가 문을 열자, 유리코가 안에서 고개를 내밀었다. 안색이 전보다 좋다. 시선도 이쪽을 똑바로 향해서 가슴을 쓸어내렸다.

"어서 오렴. 멀리서 일부러 와줘서 고맙다. 얼른 들어와." 가오리를 보고는 손짓한다. "어머, 배가 아주 커다래졌네."

"이제 몸이 무거워서 힘들어요."

가오리가 거실로 들어가 부푼 배를 두 손으로 안았다.

"그렇지. 나도 이즈미를 가졌을 때, 몸무게가 너무 늘어서 고생이었어. 콜라만 마신다고 의사한테 야단맞았어."

"저는 자꾸 초콜릿을 먹었어요."

"어머, 미쿠도 그러니?"

"초콜릿이 좀 물린다 싶더니 이번에는 치킨만 자꾸 먹어요.”

“괜찮아, 좋아하는 걸 먹으면 돼.” 유리코가 손을 저으며 웃었다. “자자, 미쿠, 소파에 앉으렴.”

“엄마.”

“이즈미, 왜 그러니?”

“미쿠가 아니야……. 가오리야.”

“어머, 내가 틀렸니?”

“응…….”

“어머니, 케이크 사 왔는데 드실래요?”

가오리가 쇼핑백을 들어 보이며 화제를 바꿨다.

“그래, 같이 먹자꾸나. 홍차를 우려야지. 아니면 커피 마실래? 인스턴트 밖에 없지만…… 어머나, 꽃이 시들었네. 사러 가야겠어!”

유리코가 앞치마를 벗고 나갈 준비를 했다.

“괜찮아, 엄마. 역 앞에서 사 왔어.”

이즈미가 식탁 위에 올려놓은 꽃을 가리켰다.

“세상에, 고맙다. 해바라기가 예쁘구나. 니카이도 씨, 툭하면 감기에 걸린다니까.”

“감기?”

“아이고…… 미안하다. 의사 선생이 조금 더 운동하라지 뭐니. 그런데 금방 지쳐!"

하하하하하. 유리코가 입에 손을 대고 몸을 굽혔다. 어깨를 가늘게 떨며 계속 웃었다. 하하하하하.

"엄마, 뭐야. 정신 차려."

엄마를 따라 미소를 지었으나 식은땀이 멈추지 않았다. 옆에서 가오리도 웃으면서 손으로 부푼 배를 단단히 눌렀다.

"나는…… 머리가 그렇게까지 이상해졌을까?"

갑자기 표정이 심각해진 유리코가 식기장을 열었다. 안에 든 밥공기를 꺼내려는데 잘 잡히지 않는지 식기가 서로 부딪치는 소리가 달각달각 울렸다.

"그렇지…… 않아."

보다 못한 이즈미가 옆에서 밥공기에 손을 뻗는데 엄마가 외쳤다.

"날 무시하지 마!"

유리코는 손에 잡히는 대로 공기와 접시를 쥐고는 두 팔로 안아 비틀비틀 걸었다. 다 끌어안지 못한 접시가 하나둘 손에서 떨어져 둔탁한 소리를 내며 바닥을 굴렀다.

"나, 가고 싶지 않아."

"엄마…… 진정해."

"너를 버렸으니까 나도 버리는 거니?"

제정신이 아닌 유리코를 목격한 가오리는 말을 잃고 매달리듯이 이즈미의 팔을 붙잡았다.

　"미안하다…… 이즈미. 엄마가 제대로 할게. 어디에도 안 갈 거야. 빨래랑 청소도 할 거고 요리도 열심히 할 테니까." 두 팔로 식기를 끌어안고 유리코가 부엌으로 들어갔다.

　"네가 좋아하는 순무 된장국…… 아까 많이 만들어뒀단다."

　된장국? 이즈미는 고개를 갸웃거렸다. 엄마가 혼자 있을 때는 가스를 잠가두었다. 어떻게 만들었을까? 엄마를 쫓아 부엌으로 들어가 가스레인지 위의 냄비 뚜껑을 열었다.

　아파트 분양, 폐품 회수, 특매 198엔, 신형 머신 도입, 아르바이트 모집. 다양한 색의 문자 파편이 눈에 들어왔다. 투명한 물 안에 잘게 찢은 광고지가 잠겼다. 숨이 막힐 것 같아 다급하게 뚜껑을 덮었다. 거실 소파에 털썩 앉은 가오리와 눈이 마주쳤다. 가오리도 안에 뭐가 들었는지 알아차린 듯했다.

　"된장국, 따뜻할 때 먹어야지……."

　소리 없이 다가온 엄마가 냉동실을 열어 안에서 성에 낀 젓가락을 덜그럭덜그럭 꺼냈다. 가스레인지 앞으로 와서 냄비 뚜껑을 열고 된장국을 빤히 바라보았다.

　"이즈미…… 두고 가서 미안하다……. 쓸쓸했지."

　"엄마…… 그 얘기는 이제 괜찮아."

"앞으로는 매일 있을게. 너랑 영원히 같이 있을 거니까. 부탁이야…… 엄마를 용서해주렴."

유리코는 국자를 들고 냄비를 저었다. 젖은 광고지가 물에 녹아 물고기처럼 빙글빙글 헤엄쳤다.

된장국 냄새가 났다.

날 리도 없는 냄새가 코로 들어와 위장을 뒤흔들었다. 갑자기 토할 것 같아 두 손으로 입을 틀어막았다. 이즈미, 괜찮아? 가오리의 목소리가 뒤에서 들렸다. 눈앞의 엄마는 말없이 냄비를 계속 휘저었다. 그때처럼. 엄마, 제발 그만해. 구역질이 멈추지 않아 손으로 입을 틀어막은 채 화장실로 뛰어가 구토했다. 배 속에 계속 고였던 무언가가 터진 듯이 입에서 쏟아져 나와 새하얀 변기로 흘러 내려갔다.

9장 ·

책임

매미 소리를 헤치는 것처럼 황급하게 자동문 안으로 들어
갔다.

지하철역에서 고작 5분 걸었는데 땀에 젖은 등에 셔츠가
찐득찐득 달라붙었다. 교대하듯이 보컬로이드*의 균일화된
노랫소리와 펑크 밴드가 울리는 기타 소리가 뒤섞여 들렸다.
눈앞의 커다란 텔레비전 모니터 세 대에서 레이블이 지금 미
는 아티스트의 뮤직비디오가 계속 나온다.

모니터 옆의 카운터에 세쌍둥이처럼 앉은 여성들과 눈이

---

* 일본 야마하 기업에서 컴퓨터 음악 제작용으로 만든 음성 합성 엔진. 또한 이
  엔진을 써서 만드는 제품에 설정된 이미지 캐릭터를 가리킨다.

마주쳤다. 세 사람이 나란히 미소를 짓고 고개를 숙였다. 컴퓨터 화면에 시선을 고정한 채 인사도 안 하는 접수 담당 여성들에게 익숙하다 보니 당황해서 무심코 시선을 피했다. 같은 레코드회사인데 이렇게 응대가 다르다니 우리 회사의 이미지가 걱정이다.

레이블 합동 보컬 유닛 기획 때문에 오늘은 상대측 회사에서 타이업 미팅을 하기로 했다. 약속 시각이 다 됐는데 나가이는 아직 오지 않는다. 상대측도 앞선 미팅이 늦어진다고 해서 접수처 여성의 안내를 받아 2층 카페 공간에 들어갔다.

넓은 창 너머로 짙푸른 숲이 보였다. 저곳에서 북적이는 무수한 매미들이 여기까지 울음소리를 전달하고 있을 테지. 마음대로 고르시라며 점원이 내민 메뉴 제일 위에 트로피컬 과일 주스의 사진이 있다. 보아하니 매달 바뀌는 '추천 음료'인가 보다. 도대체 누가 이런 화려한 음료를 마실까. 마셔볼까 고민하며 사진을 보는데, 주문하겠느냐고 묻는 점원의 목소리에 허를 찔려 무난한 것을 부탁하고 말았다.

빨대를 물고 아이스커피를 마셨다. 플라스틱 컵에 든 진한 갈색 액체를 단숨에 절반가량 줄어들도록 마신 뒤, 깊게 숨을 내쉬었다. 드디어 땀이 멎었다. 오후의 카페 공간에는 목에 카드를 걸고 노트북을 두드리는 사원과 상담 중인 손님으로 북적였다. 문득 입구로 시선을 돌리는데, 이즈미를 찾아 헤매는 나가이를 발견했다. 이즈미가 손을 들자 나가이가 늦어서 죄송하다면서 비는 것처럼 한 손을 얼굴 앞에 세웠다.

"시부야 전광판에서 나오던데, 역시 눈에 띄더라."

남은 아이스커피를 쭉쭉 마셨다.

"뭐가요?"

자리에 앉은 나가이 앞에 점원이 머그잔을 가만히 놓았다. 찰랑찰랑 담긴 커피가 금방이라도 넘칠 것 같다.

"그거, 온가쿠 뮤직비디오 말이야."

"돈을 그렇게 들였으면 나쁜 쪽으로도 눈에 띄죠."

"네가 할 소리냐."

쓴웃음을 지으며 나가이의 모자를 때리자, 챙이 내려가 눈이 가려졌다. 죄송했습니다, 하고 웃음을 띤 입술이 움직인다.

온가쿠의 뮤직비디오 제작비가 예상 비용의 두 배 가까운 금액으로 늘어났다는 것이 발각된 것은 촬영 이틀 전이었다. 처음부터 안 좋은 예감이 들어서 이즈미는 거듭 진척 상황을 나가이에게 확인했다. 지금 제작사와 조정 중이에요. 감독도 예산 안에서 하겠다고 해요. 나가이는 그때마다 이런 소리를 반복했는데, 제작사에서 이즈미에게 예산만으로는 전혀 해결이 안 된다고 울며불며 전화를 걸어와 사태가 밝혀졌다.

전대미문의 예산 초과에 오사와 부장이 격노해 당장 비디오 제작을 멈추라고 이즈미에게 명령했다. 책임을 누가 질 거야! 라며 호통치는 오사와에게는 주인 의식이 없어 보였다. 엄마가 배회를 막 시작했을 무렵이었기에 당장 멈춰서 편해지고 싶었지만, 이즈미는 나가이의 기획을 밀어붙이기로 했다. 그가 가지고 온 콘티에는 근래 본 적 없는 박력이 있었다. 이 회사에 들어와 이즈미가 배운 것은 엉망진창인 것에서만 히트작이 탄생한다는 것이다.

제작비를 3할 줄이는 것을 조건으로 오사와를 설득하고, 제작사와 흥정해 빈틈없이 비용을 줄였다. 관리가 미치지 못했다는 이유로 이즈미와 나가이는 나란히 경위서를 써야 했으나 완성된 뮤직비디오는 귀재라고 불리는 감독의 진가를 발휘한, 온가쿠의 세계관을 승화해낸 환상적인 걸작이었다. 세트로 만든 시부야 스크램블교차점에서 연주하는 온가쿠. 그들의 악기에서 멜로디가 연주되자 광풍과 번개, 높은 파도가 차례차례 시부야를 덮친다. 기발한 영상이 인터넷에서 화제를 모아 공개 사흘 만에 백만 번 이상의 재생수를 기록하며 온가쿠의 이름을 세계에 널리 알렸다.

"유튜브, 지금 얼마까지 갔어?"

"오늘 아침에 봤더니 5백만을 넘었어요."

"대단한데."

"그런데 다나베 씨가 화를 냈어요. 결과만 좋으면 그만이냐고, 오늘 아침에도 오사와 부장님한테 따졌어요. 곤란했어요."

나가이는 입가를 비틀어 올리며 후드티 주머니에서 스마트폰을 꺼냈다. 파랗게 번쩍이는 화면을 들여다보는 모습은 전혀 곤란해 보이지 않았다.

"오사와 부장님은 뭐래?"

"좋으면 다 잘 된 거래요."

"부장님답네."

"그렇죠. 그런데 다나베 씨가 완전 뚜껑이 열려서 사무실에서 한참이나 싸웠어요. 하여간 시시덕댄다니까요. 정말 사이가 좋아."

시건방진 말투지만 이즈미는 그의 단어 선택이 싫지 않았다. 자신이 못 하는 말을 대신 해주는 것 같은 기분도 든다.

"여전히 잘 사귀는군."

"헤어져도 귀찮으니까 잘 사귀면 좋겠네요."

"그러게. 그나저나 다음 비디오는 어떻게 할 거야? 또 그 감독으로 가?"

"아니요, 이제 귀재 씨랑은 그만할래요. 너무 지쳐서……완전히 질렸어요. 그런데 이즈미 씨도 좀 지쳐 보이네요."

절반 이상은 너 때문이라고 비꼴까 싶었는데, 그러기도 전에 나가이의 표정이 심각해졌다. 이즈미의 안색을 살핀다. 모자의 챙 아래에서 속쌍꺼풀 진 눈이 이쪽을 바라본다.

"……어머니, 괜찮으세요?"

동료들에게는 유리코의 병을 설명해뒀다. 상황에 따라 며칠 쉬거나 조퇴할지 모르므로. 유리코가 폐렴에 걸려 입원했을 때도 솔직히 사정을 말해 휴가를 받았다. 안타까워하며 위로하는 다나베와는 대조적으로 나가이는 흥미 없는 표정으로 말이 없었는데, 이즈미는 오히려 그런 태도가 더 편했다.

"나가이, 갑자기 뭐야."

엄마를 걱정해주는 상대에게 할 말로는 적절하지 않다. 그러나 갑자기 진지한 표정으로 묻는 나가이를 평소처럼 받아넘길 수 없었다.

"사실은…… 저희 할머니도 치매라 큰일이었거든요. 어렸을 때 되게 귀여워해 주셨는데 취직하고서는 소원해졌어요. 뵈러 갔을 때는 제법 진행된 후였어요."

"알츠하이머?"

"전두측두엽 치매였어요. 가사도우미를 자꾸만 싫다고 했고 폭언이나 과식도 심했고 배회할 때도 많았어요. 이즈미 씨는 맞벌이니까 괜찮을까 걱정이어서요."

백화

다시 매미 소리가 들려 주위를 둘러보았다. 만석이었던 카페에 어느새 사람이 거의 사라졌다.

"사실은 엄마가 집에 없었던 때가 있었어."

유리코의 집에 갔던 날 밤, 침대에 누워 이즈미는 가오리에게 고백했다.

"내가 중학생 때, 1년 정도."

잠들었을 가오리에게 계속 말했다. 암막 커튼 틈으로 들어오는 가로등 빛이 침실 천장에 파르스름한 선을 그었다.

"……그런 일이 있지 않았나 생각하긴 했어."

옆에서 가오리의 목소리가 들렸다.

"이즈미랑 어머니, 모자 관계가 좀 특이했거든."

"특이한가."

"응, 많이. 사이가 가까운 건지 먼 건지 잘 모르겠어."

"그러게, 어느 쪽일까."

가오리가 알고 있었던 것에 놀라면서 안도했다. 매번 마지막에 사실을 알아차리는 자신은 역시 둔감한 걸까.

"어머니 마음, 이해할 것 같아. 평생 아들과 단둘이었으니까 도망치고 싶어질 때도 있었을 거야. 나도 앞으로 어떻게 될지 종종 불안하거든."

가오리의 목소리는 천장에 그어진 파르스름한 선에 대고 말하는 것 같았다. 문득 창밖에서 오토바이 소리가 들리더니 유백색 빛이 선 위를 타고 지나갔다.

"어머니, 어떻게 하실 거예요?"

나가이의 조금 높은 목소리에 현실로 돌아왔다. 그러게, 하고 한숨을 섞어 대답했다.

"나도 자주 일을 쉴 순 없고 이제 곧 애도 태어나니까."

이즈미는 플라스틱 컵 안의 얼음이 녹은 물을 빨았다. 커피와 섞여 다갈색이 된 액체에서 석회 맛이 났다.

"요즘은 좋은 시설을 찾는 것도 힘들대요. 우리 할머니도 오래 기다렸어요. 간신히 들어갔더니 금방 폐렴 때문에 돌아가셨지만요. 선배는 어떻게 하시려고요?"

"그게 말이지. 사실 어제 정해졌어."

진짜요? 얼빠진 소리를 내며 나가이가 넘칠 듯한 커피에 슬쩍 입을 댔다. 그나저나 어떻게요?

"뭐, 운이 좋았다고 해야지."

어제 낮, 입소 대기 중이던 시설의 소장에게서 전화가 왔다. 가사이 씨, 자리가 생겼어요. 놀라서 말을 잇지 못한 이즈미가 입을 열기 전에 그녀가 말했다. 언제쯤 들어오실 수 있 나요?

가오리와 함께 엄마를 보고 온 뒤, 시설에 들여보내기로 정 했다. 가오리는 마지막까지 동거 가능성을 염두에 둔 것 같 은데, 유리코의 상태를 직접 보고 이즈미에게 동의했다. 간병 경험이 있는 친구에게 상담한 결과, 앞으로 태어날 아이 육아 와 시어머니 간병을 양립하기란 도저히 어렵다는 걸 깨달았 나 보다.

주말에 이즈미는 유리코 집 근처의 간병 시설을 돌아보았 다. 전부 다 엄마를 들여보내고 싶은 곳이 아니었다. 니카이 도에게 상담하자, 좋은 곳이 있다면서 해변의 작은 시설을 소 개해주었다. 유쾌한 여성 소장과 딸이 운영하는 소규모 치매 시설인데, 조금 독특한 방침으로 경영해서 평판이 좋아요. 바 다 근처라 경치도 아름다우니까 추천해요.

전철로 20분쯤 걸려 근처 역에 도착했다. 그곳에서 택시를 타고 10분. 넓은 오래된 민가를 개조한 그룹홈*이 보였다. 자 그마하고 동안인 중년 여성, 어머니와 얼굴은 똑같은데 머리

---

* 노숙자, 장애인, 가출 청소년 등을 가족 같은 분위기에서 공동체 생활을 할 수 있게 만든 시설.

하나는 키가 큰 딸이 이즈미를 반겼다. 나기사 홈의 소장인 미즈키입니다, 어서 오세요. 어려 보이는 얼굴로 웃으며 이즈미를 안으로 들였다.

엄마가 치매에 걸려 배회하기 시작한 것. 도쿄에서 하는 일이 바쁘고 아내가 곧 출산한다는 것. 몇 군데 시설을 돌아봤지만 엄마를 맡길 마음이 들지 않는다는 것. 이즈미가 사정을 빠르게 설명하자, 맞은편 소파에 앉은 미즈키와 딸이 천천히 고개를 끄덕이며 귀를 기울였다. 드문 이야기는 아닐 것이다. 괜찮다고 눈동자가 말을 건네는 것 같았다. 때때로 지팡이를 짚은 남성이 이즈미 앞을 막으며 지나가고 미즈키와 딸 사이에 허리 굽은 여성이 앉기도 했으나, 미즈키는 개의치 않고 말했다.

"가사이 씨는 맥도날드나 도토루커피에 가시나요?"

네…… 가지요. 질문의 의도를 몰라 조용히 대답했다.

"그럼 그곳에 7시간이나 8시간쯤 머물 수 있으세요?"

"그렇게 오래는 못 있겠는데요."

"그렇죠. 건강한 사람도 같은 곳에 계속 있는 건 힘들어요."

창 너머 보이는 마당에서 뒹굴던 치와와가 따뜻한 햇볕을 받으며 하품을 했다. 작년에 입소한 고령자가 데리고 와서 키우게 되었다고 한다. 할아버지와 할머니 모두 함께 돌봐요.

그런데 먹이를 너무 많이 줘서 아주 포동포동해요, 하고 미즈키가 어깨를 움츠렸다.

"리놀륨 바닥과 하얀 콘크리트 벽에 둘러싸여 작은 텔레비전을 다 같이 보고 플라스틱 그릇으로 식사하는 곳."

"그렇죠."

"가사이 씨 보고 거기 살라고 하면 며칠 있을 수 있을까요?"

"글쎄요…… 어떨까요."

"시설마다 생각은 있을 거예요. 비용이나 효율도 고려해야 하고요. 하지만 저는 그런 환경에서는 반나절도 견디지 못할 것 같아요. 분명 도망치고 싶을 거예요. 만나러 온 가족도 돌아가고 싶은 그런 곳에 치매 환자분들이 살고 싶을 리 없죠. 그러니까 밖으로 나가려고 해요. 그걸 가두기 위해서 문을 몇 겹으로 만들죠. 더 도망치고 싶어져요. 말투도 거칠어지고 폭력을 쓰기도 해요. 그걸 당연하게 여기죠."

"여기 계신 분은 모두 치매인가요?"

식탁에 둘러앉아 저녁에 뭘 만들지 대화하며 강낭콩 줄기를 자르는 입소자들은 뇌에 병이 있는 것처럼 보이지 않았다. 창가의 낡은 흔들의자에 앉은 여성은 능숙하게 바늘을 움직여 레이스를 짜는 중이다.

"모두 그러세요. 의미나 사건의 기억은 사라졌어도 절차 기억*은 남죠. 그래서 이름은 잊어버려도 요리나 수예는 할 수 있어요. 여기에서는 손이나 발에 닿는 것이나 보이는 것 대부분을 목재나 천 같은 자연 소재로 만들어요. 최대한 차가운 정보가 몸에 전해지지 않도록요. 창문이나 문을 잠그지 않았지만 도망치는 분은 거의 없어요. 배회나 폭력은 증상이에요. 치매 자체를 치료하기는 어려워도 스트레스 요인을 줄임으로써 증상을 억누를 수 있다는 게 저희 생각이에요."

거실 구석에 놓인 까만 업라이트 피아노에 시선이 멎었다. 낡아 보이지만 잘 관리한 걸 알겠다. 이즈미가 물끄러미 바라보자, 옆에서 계속 조용히 있던 미즈키의 딸이 입을 열었다.

"입소자가 가지고 오셨어요. 지금은 돌아가셨지만 그대로 쓰고 있죠."

하얀 햇빛을 받아 빛나는 피아노를 보자, 처음으로 엄마가 살 곳을 찾았다고 생각했다. 엄마의 마지막 거처에는 음악이 있어야 한다. 동시에 이런 환경이라면 누구나 다 원하겠다고 생각했다. 얼마나 기다려야 들어갈 수 있을까? 마음이 급해져서 물었다.

---

* 자전거를 타거나 피아노를 치는 등의 행동을 수행하는 데 필요한 지식이나 기능에 대한 무의식적인 기억.

"지금 계신 분들은 모두 오래 머무신 분들이라 10년을 넘기신 입소자도 계세요. 기다리시는 분들도 많은데, 오래 기다리신 분은 5년을 넘었어요."

미즈키의 말에 실망했으나 당연한 일이다. 하지만 5년이나 기다릴 수는 없다. 다른 곳을 찾을 수밖에 없다. 복권을 사는 기분으로 길고 긴 목록 마지막에 이름을 올려달라고 부탁했다.

"슬프게도 입소자 세 분이 동시에 돌아가셨어요."

전화를 건 미즈키에게 도대체 무슨 기적이 일어났느냐고 묻자, 그녀가 대답했다. 나기사 홈에 오래 머문 입소자도 떠날 때는 갑작스러워서 한 달 사이에 연달아 공석이 생겼다고 말이다. 서둘러 대기 중인 사람들에게 연락했는데, 모두 이미 세상을 떠났거나 다른 시설에 들어갔다고 한다.

이즈미는 다음 달 초부터 유리코를 입소시키겠다고 말하고, 곧바로 니카이도에게 전화를 걸었다. 단번에 순서가 돌아왔다.

"이즈미 씨, 다행이네요."

나가이가 스마트폰을 만지작거리며 중얼거렸다. 메일에 답변이라도 쓰는지 바쁘게 엄지를 움직인다.

"너, 전혀 그렇게 생각 안 하지."

생각합니다요, 하고 대답하지만 시선은 스마트폰에 꽂혔다. 나가이가 진심을 말할 때는 스마트폰이나 노트북 화면을 들여다보면서 말한다는 것을 반년쯤 전에 알아차렸다.

"아니 진짜로요, 이즈미 씨 몫만큼 열심히 할게요."

그래, 부탁해, 라고 이즈미가 웃는 것과 동시에 접수 담당 여성이 와서 이즈미와 나가이를 불렀다. 약속 시각에서 벌써 20분이 지났다. 드디어, 하고 이즈미가 한숨을 쉬며 일어났다.

"이즈미 씨."

이름이 불려 돌아보자, 나가이가 모자를 손에 들고 이쪽을 바라보고 있었다.

"……계속 말씀드리려고 했는데요."

"뭐를?"

"온가쿠의 비디오로 고생하시게 해서 죄송합니다. 제작비…… 처음부터 넘을 걸 알고 잘릴 각오로 진행했어요."

나가이가 고개를 깊이 숙였다. 손 가까이 놓인 커피에서는 여전히 희미하게 김이 올라왔다.

"하지만 이대로 시키는 일이나 하며 무난한 걸 만들면 저 같은 인간은 인정받지 못한다고 생각했어요. 말도 제대로 못 하고 사교적이지도 않고 절차도 잘 못 지키고요. 그러니까 작품으로 보여줄 수밖에 없어서…… 고집을 부렸어요."

어떻게 대답하면 좋을지 몰라 입을 다문 이즈미 앞을 빨간
색에서 주황색으로 선명하게 그러데이션 그리는 유리잔이
가로질렀다. 네 명의 여성 사원이 제각기 트로피컬 과일 주스
를 들고 있었다. 커다랗게 잘린 파인애플과 새빨간 체리가 저
녁놀 진 하늘빛 위에 올라갔다.

"이즈미 씨, 만들게 해주셔서 정말 고맙습니다. 저, 폐 끼치
지 않을게요. 이즈미 씨의 부담을 줄일 수 있게 노력하겠습니
다. 저는 할머니 일을 후회해요. 모르는 사이에 치매에 걸려
서 저를 잊었어요. 할머니가 어떤 사람이었는지 알지도 못한
사이에 돌아가신 기분이에요. 그러니까 어머님을 위해 시간
을 쓰세요."

10장.

기억

강렬한 한여름 햇빛이 수면을 비춰 빛의 길을 만들었다.

　저기 봐, 바다. 유리코에게 말을 걸며 택시 창문을 내리자,
바다 냄새가 났다. 유리코가 느긋하게 창밖을 본다. 예쁘구
나, 하고 살며시 웃으며 말했다.

　"바다를 볼 때마다 그 커다란 물고기가 생각나."

　불어오는 바닷바람을 얼굴로 받으며 이즈미가 말했다.

　"커다란 물고기?"

　유리코가 바다에서 이즈미에게로 시선을 옮겼다.

　"초등학생 때 처음 낚시하러 갔었잖아."

　"아, 이즈미. 아주 커다란 물고기를 낚았지."

　"맞아. 깜짝 놀랐어. 바늘에 미끼를 달아 바다에 던졌더니

갑자기 물고기가 무니까 릴을 필사적으로 감았었는데."

이즈미가 오른손을 빙글빙글 돌렸다.

"30센티미터나 되는 대물이었지."

유리코가 두 팔을 벌렸다.

"그 후에 몇 번인가 더 갔는데 그게 최고 기록이었어."

"너는 초보자의 행운이 꼭 따르더라. 처음 제비뽑기를 해서 자전거를 받았고, 첫 운동회 때 달리기에서 1등을 했었지. 그런데 이즈미, 아니야."

"뭐가?"

"네가 물고기를 낚은 거, 바다가 아니라 호수야."

이즈미와 시선을 맞추고 유리코가 말했다. 오늘 엄마는 드물게 상태가 좋아 말씨가 또렷하다. 아주 평범한 부모와 자식의 대화. 택시 운전사도 목적지를 모른다면 유리코가 치매라고 생각하지 않겠지.

"엄마, 바다였어. 내가 정확히 기억하는데?"

"나는 호수 이름까지 말할 수 있어. 묵었던 민박집 이름도. 잡은 물고기는 무지개송어였고, 민박집에서 소금구이를 해줬지. 이즈미, 맛있다고 연신 감탄하면서 먹었잖니. 기억 안 나니?"

듣고 보니 호수였던 것 같기도 하다. 그날, 분명 노로 젓는

백화

보트 위에서 물고기를 낚았다. 보트가 크게 흔들린 감각과 구운 생선에 묻은 소금의 짭조름한 맛만은 묘하게 생생히 떠올랐다. 아마 엄마의 기억이 옳을 것이다.

유리코가 알츠하이머 진단을 받은 후, 이즈미는 예전 이야기를 자주 꺼냈다. 조금 철이 들었을 무렵부터 유리코와 함께했던 일을 하나씩 떠올리며 말했다. 증상이 진행되는 지금, 왠지 그것이 엄마의 기억을 붙들어둘 비책 같았다.

매일 밤 읽어달라고 졸랐던 괴수와 소년이 등장하는 그림책, 버터와 설탕으로 달콤하게 볶은 당근, 한쪽 거울이 떨어져 나간 파란색 자동차 장난감, 마당에서 키웠으나 진딧물이 생겨서 말라버린 방울토마토, 그림을 잘 그려서 매일 만화를 그리던 동급생, 초등학교를 졸업할 때까지 버리지 못한 판다 인형. 기억 속에서 호수와 바다를 오인했던 것처럼 엄마의 기억이 대부분 정확해서 이즈미의 기억이 자주 수정되었다. 달콤하게 볶은 건 당근이 아니라 호박이었고, 자동차 장난감은 빨간색이었다.

많은 것을 잊어가는 엄마가 기억하는 것. 유리코의 기억이 어찌나 생생한지 매번 놀란다. 엄마가 정정해줄 때마다 자신의 기억이 얼마나 어중간하고 제 입맛대로 덧씌워놨는지 알았다.

문득 엄마의 손을 보니, 꽃무늬 파우치를 쥐고 있었다.

아마도 중학교 2학년 때일 것이다. 그해 설날에 이즈미가 유리코에게 준 생일 선물이다. 엄마는 몹시 기뻐하며 매일 가방에 넣어 들고 다녔다. 벌써 20년이 넘었으니 색은 많이 바랬으나 얼룩 없이 깨끗했다.

"엄마, 아직도 쓰네."

이즈미가 바라보자, "내 보물이니까" 하고 유리코가 파우치를 하얀 손으로 쓸었다.

이즈미가 고등학교에 막 입학했을 무렵, 유리코가 파우치를 잃어버렸다. 어디에 떨어뜨렸지? 엄마는 창백해져서 온 집 안을 뒤졌다. 그로부터 닷새간 유리코는 매일 같이 파출소에 들르고, 역까지 가는 길을 왕복했으나 파우치를 찾지 못했다. 미안해, 이즈미. 마음 써서 고른 걸 텐데. 괜찮아, 엄마. 어차피 저렴한 건데.

이즈미는 아무렇지 않았으나 유리코는 낙담해 몸져눕기까지 했다. 이즈미가 어쩌면 좋을지 곤란해하는데, 파출소에서 전화가 왔다. 찾으시던 파우치, 버스 정류장 근처에서 발견했어요. 저희가 보관하고 있겠습니다.

황급히 파출소로 갔다. 경찰에게 파우치를 받은 엄마는 하얗고 가느다란 손으로 파우치를 꼭 움켜쥐었다. 두 번 다시

백화

잃어버리지 않을게. 저 꽃무늬 안에 무엇이 들었을까. 그러고 보면 한 번도 안을 본 적 없다. 지금, 살짝 열어보고 싶은 유혹을 느꼈다.

택시가 해안도로에서 곁길로 들어가자, 앞 유리창 너머로 기와를 얹은 오래된 민가가 보였다. 저기가 이제부터 엄마의 집이다. 옆에 앉은 유리코는 그저 물끄러미 앞을 바라보았다. 긴장했나 보다. 파우치를 쥔 손이 잘게 떨리는 것을 보자, 갑자기 엄마를 버리는 듯한 기분이 들었다. 주말에 놀러 올게. 묻지도 않았는데 변명 같은 말을 늘어놓았다. 괜찮아. 일도 바쁘고 아이도 태어날 거 아니니. 이즈미의 마음을 짐작했는지 유리코가 다정하게 웃었다.

나기사 홈 앞에는 미즈키와 딸이 나란히 기다리고 있었다.

택시 트렁크에서 짐을 내리고, 미닫이문을 열어 안으로 옮겼다. 여기가 화장실이고 여기가 욕실이에요. 저쪽은 직원이 있는 방이고, 건너편 식탁에서 다 같이 밥을 먹어요. 미즈키의 딸이 널빤지 깐 바닥을 천천히 걸으며 안내했다. 여기가 화장실이고 여기가 욕실……. 손가락으로 가리켜 확인하면서 유리코가 뒤를 쫓아갔다. 자그마한 등이 오른쪽으로 왼쪽으로 움직인다.

끽끽 소리 나는 목조 계단을 올라가 입주자들의 방으로 안내했다. 처음 뵙겠습니다, 가사이 유리코입니다. 앞으로 잘 부탁드려요. 대답을 못 하는 입주자도 있었으나, 모두를 찾아가 정중하게 인사하고 가지고 온 쿠키를 건넸다.

"여기가 가사이 씨 방이에요."

미즈키의 딸이 안내해준 방은 2층 모퉁이였다. 커튼을 젖히자, 무밭 너머로 짙은 남색의 바다가 보였다.

"가사이 씨, 운이 좋으세요. 바다가 보이는 방은 이 방 하나거든요."

뒤따라온 미즈키가 웃자, 이 방 하나…… 하고 되새긴 유리코는 마음이 놓인 듯 환하게 웃었다.

보스턴백에 담은 몇 개 안 되는 옷가지와 한 송이를 꽂을 수 있는 작은 꽃병. 화장품과 칫솔. 포켓 라디오, 드라이어 같은 전자제품. 소지품들을 꺼내 다다미 여섯 장 크기의 방에 정리하자 입주 준비가 금세 끝났다. 순식간에 끝난 이사 후, 이즈미는 유리코와 나란히 침대에 앉아 멀리 보이는 한여름 바다를 묵묵히 바라보았다. 인간의 소지품은 기억과 비례하는지도 모른다. 죽음을 향해 가면서 필요한 물건이 조금씩 줄어든다.

미즈키에게 나기사 홈의 생활에 관해 들은 후 홈을 나서자,

　　　　　　　　　　　　　　　　　　백화

석양이 바다에 드리웠다. 현관 앞에서 유리코, 미즈키와 함께 택시가 오기를 기다렸다.

"앞으로 모쪼록 잘 부탁드립니다."

길 저 너머에 택시가 보이자, 유리코가 의연하게 말하고 미즈키와 이즈미에게 깊이 고개를 숙였다. 하얀 머리카락에 덮인 목덜미가 보였다.

"저희야말로 잘 부탁드려요, 가사이 씨." 미즈키가 웃으며 유리코의 팔을 붙잡았다. "이즈미 씨도 언제든 오시고요!"

"네······. 또 올게요."

접근하는 노란 차량을 바라본 채, 이즈미가 조용히 대답했다. 엄마 쪽을 볼 수 없었다.

서둘러 택시에 올라타 운전사에게 역까지 가달라고 말했다. 문을 닫는 것과 동시에 유리코의 입술이 움직인 것처럼 보였다. 뭔가 하고 싶은 말이 있나 본데, 듣지 못한 채 택시가 출발했다. 백미러로 작아지는 유리코를 바라보는데, 유리코의 말이 귓가에 들리는 것 같았다.

꽃, 사다 주렴.

타버린 냄비가 쌓여 있는 가스레인지 아래, 짝이 안 맞는 채로 겹쳐진 식기, 종이봉투에 가득 담긴 과자. 주인이 사라진 작은 집에 돌아와 유리코의 물건을 정리했다. 용기에 담겨 냉동실에 방치된 무말랭이와 돼지고기 장조림을 버리며, 지금까지 엄마가 만든 요리를 몇 번이나 먹어왔는지 생각했다. 왠지 서운한 마음이 들어 쓰레기 봉지에서 녹는 음식들을 물끄러미 바라보았다.

부엌 정리를 마치고 세면실로 들어가 대량으로 사둔 샴푸와 세제, 비누 등을 긁어모았다. 가지고 갈까 생각했는데 아이가 새로 태어날 집에 어울리지 않는 것 같아 처분하기로 했다. 황폐한 마당, 어질러진 신발장, 물건이 넘치는 붙박이장. 유리코의 생활에 함부로 발을 들이는 것 같아 거북했으나 그렇다고 남에게 맡길 마음도 들지 않았다. 오래된 앨범이나 어린 시절 사진이 보이지 않았는데, 그러고 보니 다 버렸던 것이 떠올랐다. 그날, 이즈미는 무언가를 포기한 것처럼 집에 있는 사진 전부를 쓰레기통에 쑤셔 넣었다.

어느새 밖이 어두워졌다. 나란히 선 단지의 창문에 들어오는 빛을 곁눈질로 보며, 건드리지 못했던 책장 정리에 돌입했다. 유리코가 즐겨 읽던 애거사 크리스티나 엘러리 퀸, 아서 코난 도일 등의 추리소설 문고본 안쪽에 뉴욕과 런던, 인도, 터키의 오래된 여행 가이드북이 있었다. 엄마는 외국 여행을 간 적이 거의 없는데. 책장 속에서 엄마의 낯선 욕망과 접촉

백화

했다.

패션이나 음악 잡지, 팝송 CD와 저예산영화 DVD 같은 자신의 물건은 대부분 처분했으나, 엄마의 책은 한 권도 버릴 수 없었다. 유리코가 추리소설이나 가이드북을 다시 읽을 날이 오지는 않겠지만, 지금 버리면 엄마가 더 멀리 가버릴 것 같았다.

책장 위에 가전제품 설명서와 보증서, 연하장과 편지 따위가 어수선하게 쌓였다. 하나하나 내려서 정리하려는데, 뜯어진 쪽지들이 떨어졌다.

익숙한 엄마의 가느다란 글씨로 수많은 말이 적혀 있었다.

가사이 유리코.
1월 1일생.

아들 이름은 이즈미. 달콤한 달걀말이와 하이라이스를 좋아한다. 레코드회사에서 일한다. 가사도우미 니카이도 씨는 10시에 온다. 식빵을 사지 말 것. 미쿠의 레슨은 이제 안 한다. 이즈미의 아내는 가오리. 꽃을 계속 사야 해. 화장실은 침실 옆. 저녁은 이미 먹었다. 이즈미에게 부담을 주면 안 돼. 혼자서 제대로 살아가야지. 아기 옷을 선물한다. 전구와 건전지와 치약을 산다.

도대체 왜 이렇게 된 걸까.

이즈미, 미안하다.

유리코가 붙들어두려고 한 기억의 파편이 가득했다. 여기가 화장실이고 여기가 욕실. 나기사 홈에서 반복해서 복창하던 엄마의 목소리. 백미러 속에서 작아지던 모습이 뇌리에 떠올랐다. 나기사 홈의 현관에 서서 불안한 표정으로 이쪽을 바라본다.

바닥에 떨어진 쪽지 위로 눈물이 뚝뚝 떨어졌다. 속상한 걸까, 슬픈 걸까, 정체 모를 감정에 휩쓸려 흐느껴 울었다. 떨어지는 눈물을 훔치지도 않고, 떨리는 손으로 한 장 한 장 쪽지를 모았다.

마지막으로 붙박이장 아랫단 제일 깊숙이 놓인 상자를 열었다.

처음 보는 한 알짜리 진주 목걸이와 함께 일기장이 두 권 있었다.

1994와 1995.

까만 표지에 연도만 적혔다. 중년 남성이 쓰는 수첩 같은 투박한 디자인이어서 일부러 튀지 않는 것을 고른 느낌이다.

페이지를 넘기자, 1994년은 거의 매일 적은 것과 대조적으로 1995년은 처음 며칠만 쓰고 나머지는 백지였다.

된장국 냄새가 다시 나는 것 같아서 무심코 코와 입을 틀어막았다.

유리코는 돌연 사라졌다.

이즈미가 중학교 2학년을 앞둔 4월*의, 눈 내리는 날이었다. 아침에 평소처럼 아침밥을 차리고, 잠깐 나갔다 오겠다는 말을 남기고 행방을 감췄다.

그날, 이즈미는 엄마에게 버림받았다.

일기를 넘기자 기억이 되살아났다. 잊으려 했던 기억. 이즈미와 유리코 사이에서 사라진 것으로 삼았던 그 1년간이.

---

* 일본의 학기는 4월에 시작한다.

4월 3일

사모님, 이 짐은 그쪽에 놓으면 될까요?

그 질문에 나도 모르게 멈칫했다. 대답하기 전에 덩치 큰 이삿짐센터 직원이 뒤축을 구겨 신은 운동화를 벗고 귀틀을 넘었다. 장갑을 낀 곰 같은 손으로 상자를 두 개나 겹쳐 들었다. 어깨까지 말아 올린 하얀 티셔츠 소매에서 튼튼한 근육이 보인다.

이쪽이요. 쉰 목소리로 침실을 가리켰다. 블록처럼 상자가 쌓인다. 세 번 왕복하자 모든 짐이 들어왔다.

작업 종료 확인용 서류에 사인해달라고 해서 볼펜으로 '아사바'라는 익숙하지 않은 성씨를 썼다. 아사바 씨는 거실에서 텔레비전 배선 때문에 애쓰고 있었다.

이삿짐센터 직원이 돌아가자 아사바 씨가 이런 건 잘 못 하겠다니까, 하고 중얼거렸다. 이공계면서 말이지, 하고 맞장구를 치자 쑥스러운 듯이 웃는다. 그의 미소가 좋다. 어린아이처럼 얼굴 전체에 주름이 생기게 웃는다.

선로 쪽에 면한 작은 침실, 부엌을 겸한 거실. 방이 두 개뿐이어서 청소기를 돌리고 금방 끝났다. 평생 단독주택에 살아서 그런지, 아파트 청소는 이렇게 간단하구나 싶어 놀랐다.

켜졌어! 아사바 씨가 나를 불렀다.

침실 모퉁이에 놓은 텔레비전에 저녁 뉴스가 나왔다. 처음 보는 지방 방송국 아나운서가 미국 남동부를 덮친 허리케인 뉴스를 전했다. 회색빛 회오리가 농가의 함석지붕을 벗겨 하늘 높이 날려버렸다.

아사바 씨와 역 앞 슈퍼마켓에 갔다.

저녁에 뭘 먹을까. 돼지고기 생강구이, 고기 감자볶음, 고등어 된장조림. 카레라이스라도 만들까?

오늘 저녁에는 아사바 씨를 위해 처음으로 요리를 만든다. 둘이 상의하며 채소부터 고기, 생선까지 두서없는 재료를 바구니에 담았다. 조금 앞서 걷는 아사바 씨의 바구니에는 간장 큰 병, 쌀과 된장, 소금과 버터가 담겼다.

그때 깨달았다. 앞으로 매일 그를 위해 요리하고 함께 자고 일어난다. 꿈만 같아서 현실감이 없었다. 요리 재료가 잔뜩 든 바구니의 무게만이 이것이 현실이라고 내게 알려주었다.

두 손 가득 비닐봉지를 들고 나란히 선로를 따라 걸었다. 하늘이 완연히 어두워졌고, 내쉬는 숨이 하얬다. 아직 밤은 쌀쌀하다.

유리코 씨, 잠깐 들러도 될까?

그가 멈추더니 크게 부푼 비닐봉지 든 손으로 앞을 가리켰다.

작은 서점이 있었다. 철교 아래에 오도카니, 서점이 갑작스럽게 나타났다. 오래된 빨간 비닐 차양 아래로 전구의 빛이 새어 나온다.

유리문을 열고 살그머니 안으로 들어갔다. 좁지만 서점 안은 청결했고, 헌책방에서 흔히 나는 곰팡내도 없었다. 서가는 자그마했는데, 소설도 잡지도 꼭 읽어야 할 것을 엄선해서 놓은 듯했다.

잘 정돈된 서가 너머 계산대에 할머니가 한 분 앉아 있었다. 라디오 소리가 희미하게 들렸다. 주인일까. 등을 말고 장식품처럼 꼼짝하지 않는다. 손님이 들어온 줄 알긴 하는지 모르겠다. 하지만 저 할머니가 있기에 이곳이 서점으로 제 역할을 한다. 그런 생각이 절로 드는 분위기였다.

아사바 씨는 서가를 천천히 두 바퀴쯤 돌아본 후, 문고본을 세 권 골랐다. 전부 역사소설이었다. 내게 보여주며 아저씨 같은가, 하고 자조했다.

얇은 입술 사이로 하얀 치아가 보였다. 그는 모든 게 하얗다. 얼굴은 하얗고 매끈매끈하고 손도 손등부터 손끝까지 혈관이 보일 정도로 투명하다.

등이 굽었지만 나보다 머리 하나쯤 키가 크고, 팔다리가 늘씬하니 길게 뻗었다. 늘 회색 양복을 입는데, 쉬는 날에도 하얀 셔츠 위에 재킷을 걸친다.

센스가 워낙 없거든. 예전에 그가 이렇게 말했다. 옷 때문에 고민하기 싫어서 교복의 연장선 같은 옷만 입는다고 했다.

확실히 그는 '아저씨 같은' 면이 있다. 그 덕분에 마음 편하게 함께 있을 수 있는지도 모른다.

유리코 씨도 좋아하는 책 사. 아사바 씨가 말했지만 별로 읽고 싶은 책이 없어서 계산대 앞에 있는 일기장을 집었다.

까만 합성피혁 표지에 연도만 적힌 일기장.

'아저씨 같은' 그 일기장을 사기로 했다. 이거라면 튀지 않는다. 드디어 시작한 우리의 생활. 그 누구에게도 들켜선 안 된다.

4월 4일

아사바 씨가 일하러 갔다.

입학식을 마치고, 대학 교수들과 신년도 커리큘럼에 관해 상의한다고 했다.

보스턴백을 열어 속옷과 블라우스와 원피스 몇 벌, 얇은 코트 등을 붙박이장 안의 옷 상자에 옮겼다. 내 짐 정리는 싱겁게 끝났다. 책이나 악보, 장신구나 화장품도 가지고 오지 않았다. 피아노도, 학생들도, 소중한 것도 전부 그 집에 두고 왔다.

쌓여 있는 상자에서 아사바 씨의 양복을 하나씩 꺼냈다. 왠지 달짝지근한 냄새가 났다. 그의 냄새다. 나도 모르게 끌어안고 싶어진다. 집에서 나간 지 아직 1시간도 안 지났는데 벌써 보고 싶다. 그는 이런 나를 알면 기분 나빠할까.

제일 아래에 깔린 상자에는 선박 관련 논문과 전문서가 잔뜩 들었다. 벽에 설치한 책장에 키를 맞춰 꽂았다.

책 사이에서 CD를 한 장 발견했다. 슈만의 피아노곡이 수록된 블라디미르 호로비츠의 앨범. 처음 만났을 때 내가 추천한 앨범이다. 언제 샀을까, 자연히 기분이 좋아졌다.

백화

노래하듯 연주하는 호로비츠의 피아노를 좋아한다. 악보대로 치는 것이 아니라 자유롭게 박자를 바꾼다. 그러면서도 강인함과 덧없음이 공존하는 연주는 오래 기억에 남는다. 성실하고 단정한 연주 이외에는 못 하는 내가 오랫동안 동경한 존재였다.

생각해 보니 일기를 쓰는 것은 고등학교 마지막 여름방학 이후 처음이다.

그때는 정말 작심삼일이었다. 일기인데도 남이 읽을지도 모른다고 걱정하면서 써서, 금방 지쳐서 그만뒀다.

그 이후로 일기를 쓰겠다고 생각한 적이 없다. 사는 것만으로도 힘들었다. 소중한 것을 많이 잊어버린 기분도 들지만, 기억하지 못하는 것이라면 어차피 대단치 않을 테지.

그래도 지금은 무조건 써야 한다는 생각이 든다.

내가 무엇을 보고 어떻게 느꼈는지를 어딘가에 붙들어두고 싶다. 아사바 씨의 기름한 눈, 나직하고 부드러운 목소리, 긴 손가락으로 귀를 만지는 습관. 전부 여기에 적어둬야지.

4월 5일

좁은 베란다에 나가 빨래를 너는데, 비가 내리기 시작했다.

달리 널 곳도 없어서 방에 돌아와 빨래집게로 달아 놓은 양말을 바라보았다.

내 것과 아사바 씨 것이 교대로 걸렸다. 발 크기가 이렇게나 다르다니, 생각지도 못한 발견이었다.

5층 창문에서는 고가를 달리는 전철이 보인다. 크림색과 주황색 투톤 컬러 차량이 왠지 모르게 그립고 귀엽다. 역 앞의 차고에는 출발을 기다리는 전철이 두 열. 씩씩하게 차례를 기다리며 비를 맞는다.

아사바 씨와 만난 날에도 비가 내렸다.

토요일 오후. 유코의 레슨을 마치고 혼자 창을 때리는 빗줄기를 바라보았다. 저녁 재료를 사러 가야 하지만 빗줄기가 거세 밖에 나갈 마음이 들지 않았다.

그때 그가 찾아왔다. 피아노를 배우고 싶습니다. 비에 젖은 회색 양복을 입고 그가 수줍은 듯이 말을 꺼냈다. 친구 결혼식에서 뭔가 연주하고 싶어서요.

그는 이웃 역에 있는 대학에서 일한다. 언덕 위 단지에 살아

백화

서 우리 집 앞을 지날 때마다 간판을 보며 피아노 소리를 들었다고 한다.

"어떤 곡을 연주하고 싶으세요?"

내가 묻자 그는 슈만을 좋아한다고 했다. 쇼팽이나 모차르트라는 대답은 자주 듣는데 슈만은 드물다. 나도 드문 인간 중 한 명이었다. 취향이 같은 사람을 만나 기뻐서 물었다.

"그거 아세요? 슈만은 사랑하는 사람을 위해서 계속 곡을 썼어요."

"피아니스트인 클라라죠." 아사바 씨가 곧바로 말을 받았다. "슈만은 그녀에게 러브레터를 보내고 곡을 썼어요."

"멋진 이야기죠. 마지막에는 결혼에도 성공하고요. 그런데 무슨 곡을 가장 좋아하세요?"

"트로이메라이요."

아사마 씨가 또 즉시 대답해준 것이 기뻐서 나는 웃으며 동의했다. 목소리가 조금 들떴을지도 모른다.

"어린이의 정경 제7곡이죠. 저도 제일 좋아하는 곡이에요. 그 곡의 유래를 아세요?"

"자기 자식들을 위해 쓴 곡이었죠?"

"다들 그렇게 아시는데요." 내 말에 그가 당황한 표정을 지었다. 이야기를 들려달라고 재촉하는 것처럼 나를 지그시 바라보았다. "슈만이 그 곡을 작곡한 건 클라라와 결혼하기 전이에요. 클라라의 아버지가 결혼을 반대해서 몰래 편지를 계속 보냈다고 해요. 그때 클라라가 '당신은 때때로 아이 같네'라고 답장했어요. 그녀의 말에 여운으로 남아 작곡한 게 어린이의 정경이에요."

아사바 씨가 보물을 발견한 소년처럼 웃었다.

"언제든 클라라를 위해서 곡을 썼군요."

그러면서 손가락을 움직여 건반을 치는 시늉을 했다. 왼손 약지에 아직 새것인 은빛 반지가 반짝였다.

그 후로 매주 토요일 저녁, 트로이메라이를 연습했다.

석 달 후인 친구 결혼식 날에 연주할 수 있도록 그 곡만 반복해서 가르쳤다. 그는 손가락이 길고 야무지게 움직일 수 있어서 실력 향상이 빨랐다. 전자 피아노를 사서 집에서도 연습한다고 했다. 성실한 성격이구나 싶었다. 무엇보다 피아노를 좋아하게 된 것 같아서 기뻤다.

그러고 보면 평생 피아노가 있는 집에서 살았다. 어려서부터 거실에 언제나 그랜드 피아노가 있었다.

백화

지금 이 작은 방에는 피아노가 없다. 그래도 쓸쓸하다고 생각하지 않는다.

4월 6일

아사바 씨가 담당하는 강의 시간표를 알려주었다.

거의 매일 9시에 나가 17시에는 끝난다고 한다.

목요일은 11시부터. 수요일은 15시까지.

매일 아침과 저녁은 같이 밥 먹을 수 있겠다.

내가 한 생각을 그가 먼저 말해주었다.

오후에 얼마 전 새로 산 식기를 한 장 한 장 닦아 부엌 옆의 유리문 달린 진열장에 넣었다.

두 개씩 놓인 잔과 접시를 보자 가슴이 뛰었다.

오늘 저녁은 비프스튜를 만들어야지.

4월 11일

아사바 씨가 대학에 출근해서 동네를 산책하기로 했다.

아파트 바로 옆에 좁은 강이 흐르는데, 벚꽃 꽃잎이 떨어져서 분홍색 융단처럼 보였다.

저 멀리 푸릇푸릇한 산이 이어진다. 반대편에는 바다가 보인다. 이 동네는 산에서 바다를 향해 완만하게 기울어졌다.

바다를 둘러보는데 커다란 양조장이 나란히 있었다. 텔레비전 광고에서 본 적 있는 학이 날갯짓하는 마크. 여기에서 만드는구나.

가까운 역에서 강을 따라 완만한 언덕을 올라가자, 오래된 공회당이 보였다. 다갈색 건물이 마치 둥근 모자 같은 전망대를 뒤집어썼다.

마침 점심때여서 지하에 있는 오래된 식당에서 밥을 먹었다.

걸쭉한 데미글라스 소스 위에서 노란색 선명한 오므라이스가 모락모락 김을 뿜는다. 벌써 60년 넘게 만들어 온 이 식당의 대표 메뉴라며 주방에 있던 할아버지가 알려주었다. 데미글라스 소스의 단맛과 케첩 볶음밥의 산미가 달걀의 순한 맛과 뒤섞이며 입에서 녹았다. 정신없이 숟가락으로 퍼먹었다. 순식간에

다 먹고 물 한 컵을 단숨에 비웠다. 정말 맛있다. 다음에 아사바 씨와 함께 먹으러 와야지.

그를 데려오고 싶다. 이 생각이 들자 도저히 견딜 수 없어서 정신을 차렸을 때는 대학으로 가는 전철을 탄 후였다. 이 동네에서 대학 근처 역까지는 다섯 역을 가는데, 이 노선은 역과 역 사이가 짧아서 10분이면 도착했다.

역에서 바다를 향해 걷기를 5분. 거대한 고속도로 고가 너머에 대학 캠퍼스가 보였다. 교문에서 학생들이 삼삼오오 나왔다. 선박을 전공하는 학부 캠퍼스이기 때문인지 대부분 남학생이다. 나잇값도 못 하고 그를 만나러 온 게 부끄러워서 고개를 푹숙이고 교문을 지났다.

경비원의 눈을 피해 몰래 캠퍼스로 들어갔다.

새하얀 학교 건물 옥상에 은색으로 빛나는 천문대가 보였다. 건물들은 전부 3층 정도 높이이고, 각 건물 앞에는 나무 벤치가 놓였다. 벤치에 앉아 있는 학생은 없었다.

건물 사이를 빠져나오자 운동장이 보였다. 베이지색 흙이 드넓게 펼쳐졌다. 축구와 육상, 럭비 등 동아리 활동에 힘쓰는 학생들이 뛰어다녔으나, 다들 운동장이 너무 넓어 힘겨워하는 것처럼 보였다.

베이지색 너머의 작은 항구에는 새하얀 배가 정박했다.

이번 대학교는 커다란 배를 소유했어.

기쁜 듯이 말하던 아사바 씨가 생각났다.

4월 12일

어제에 이어서.

운동장 벤치에 앉아 한동안 하얀 배를 바라보았다.

언젠가 아사바 씨는 이 배를 타고 바다로 나갈까. 목적지는 아시아일까 유럽일까, 끝내는 아프리카일까. 그런 상상을 하자 왠지 모르게 쓸쓸해졌다. 쓸쓸함은 도무지 나를 자유롭게 해주지 않는다.

어느새 해가 기울기 시작했다.

"유리코 씨, 왔구나."

등 뒤에서 낮고 부드러운 목소리가 들렸다. 돌아보자 아사바 씨가 나를 바라보고 있었다.

"마침 강의가 끝나서 밖으로 나왔더니 익숙한 뒷모습이 보여서 놀랐어."

아사바 씨가 웃으며 내 옆에 걸터앉았다. 모르는 지역에 온 덕에 둘 다 조금 대담해졌다.

"왜 배를 연구하려고 마음먹었어?"

아사바 씨와 나란히 앉아 하얀 배를 보며 계속 궁금했던 것을 떠올렸다.

"사실은 건축가가 되고 싶었어." 아사바 씨가 잠깐 생각에 잠겼다가 입을 열었다. "그런데 시험에서 떨어져서 공학 쪽으로 갔어. 그러다가 배에 이르렀지. 원래 탈 것을 좋아했거든. 특히 배를 좋아했어. 차 같은 건 양산할 수 있지만 배는 집처럼 한 척씩 만들거든."

일에 관한 이야기를 할 때면 아사바 씨는 늘 말이 빨라진다. 아마 기뻐서 마음이 앞서는 것이리라. 본인이 그런 줄 알고 있을까.

"비행기가 1903년에 만들어졌고 자동차는 1969년이야. 그런데 배는 5천 년 전부터 있었어. 고대 이집트에서는 나일강에서 돌을 운반했어. 에도성이나 오사카성의 돌담을 세운 돌도 배로 운반했고."

나도 좋아해, 배. 해변에서 아무리 지켜봐도 질리지 않더라. 맞장구를 치며 말하자, 아사바 씨의 말이 더욱 빨라졌다.

"내가 연구하는 유체역학에서는 배의 프로펠러가 중요해. 프로펠러의 형상이 조금만 달라져도 연비가 좋아지기도 하거든. 그런데 끝이 없는 연구야. 나비에·스토크스 방정식이라는 유체역학의 근본원리 수식은 지금껏 아무도 풀지 못했어."

단숨에 말한 뒤, 아사바 씨가 잠시 침묵했다. 나는 아무 말 없이 그를 가만히 지켜보았다. 조금 심술궂었을지도 모른다.

그러자 그가 쓴웃음을 지으며 중얼거렸다. "이런 이야기, 별로 재미없지?"

나는 그의 손을 살며시 잡고, 모르는 것을 가르쳐주면 즐겁다고 말했다.

백화

4월 15일

피아노 레슨을 마친 후, 아사바 씨와 서로 부모님 이야기를 나눈 적이 있다.

나는 싱글맘으로 아이를 낳고 나서부터 부모님과 소원해졌다고 털어놓았다.

아사바 씨의 부친은 그와 같은 학자였다. 아사바 씨가 다섯 살 때, 부친은 가족이 아니라 외국에서 하는 일을 선택했다.

"아버지가 유럽으로 떠날 때, 배를 배웅하러 항구에 갔었어요. 엄마는 옆에서 울면서 손을 흔들었죠. 그때 엄마와 나는 버림받는다고 생각했어요."

그가 피아노 의자에 앉은 채 말했다.

"뱃고동이 울리고 배가 출발하는데, 색색의 종이테이프가 갑판에서 떨어졌어요. 하늘에서 춤추는 일곱 가지 색의 종이테이프 너머로 배가 보였는데, 군청색 바다로 나가는 그 광경이 참 예뻤죠. 아버지에게 버림받아 슬픈 감정과 아름다운 광경이 뒤섞이더니 어느새 배를 향한 애착으로 바뀌었어요. 좀 이상하죠."

식탁 의자에 앉았던 나는 느릿느릿 고개를 저었다.

그의 마음을 진심으로 이해할 수 있었다.

슬픈 감정이 아름다운 광경과 녹아들어 사랑으로 바뀌는 일은 실제로 있다.

아사바 씨와는 둘이서 하나의 진실을 찾아내는 듯한 대화만 나눴다.

남반구와 북반구를 제각기 탐험한 두 사람이 만나, 지구의 모든 것을 알게 된 듯한 기분이 종종 들었다.

백화

4월 19일

고가 아래 서점에서 여행 가이드북을 몇 권인가 샀다.

가이드북을 몇 권이나 사는 나를 가게 주인 할머니는 분명 이상한 여자라고 생각했겠지.

런던, 뉴욕, 인도에 터키.

아사바 씨와 전 세계를 여행하는 날을 상상했다.

만약 아사바 씨와 이스탄불에 가면 어떨까?

블루모스크를 보고 바자에서 쇼핑한다. 고등어가 들어간 샌드위치를 먹고, 물담배를 즐긴다. 싹싹한 가이드에게 속아 넘어가 터키 융단을 사고, 소매치기를 당해 무일푼이 되어 망연자실할까.

그래도 그만 곁에 있으면 분명 행복할 것이다.

나는 마침내 특별한 사람을 만났다.

늘 비스듬한 왼쪽 뒷머리가 조금 뻗치는 아사바 씨.

잠버릇 때문일까? 아침에 일어났을 때부터 밤에 잘 때까지 매번 거기만 반란을 일으킨다. 분명 아사바 씨는 저 뻗친 머리카락을 모른다. 아직 깨닫지 못했다.

그래도 가르쳐주면 나만의 것이 아니게 될 것 같으니까 말하지 말아야지.

백화

4월 27일

오후 5시가 되면, 동네 어딘가에서 드보르자크의 '꿈속의 고향'이 들린다.

어린 시절 살았던 넓은 단독주택. 오후 5시. 2층 내 방에서, 밖에서 들리는 그 멜로디에 귀를 기울였다. 안녕, 나중에 또 봐, 그리고 다녀왔어, 라고 말하는 듯한 멜로디.

늘 음악이 끝나면 엄마가 만드는 된장국 냄새가 났다.

아, 이제 곧 저녁을 먹을 시간이야. 아사바 씨가 돌아와.

식사 준비를 시작해야지.

오늘은 돼지고기 생강구이와 무 된장국을 만들어야겠다.

아사바 씨는 가리는 음식이 많다.

처음 같이 밥을 먹으면서 알았다. 양상추나 시금치 같은 잎채소를 싫어하고, 오징어나 문어, 조개류도 좋아하지 않는다. 간이나 곱창도 못 먹는다.

아버지가 외국에 나간 후, 어머니는 일하느라 바빠서 밥을 차려준 적이 거의 없다고 했다.

"돈만 줬으니까 맨날 먹고 싶은 걸 먹었거든."

접시 한쪽에 밀어둔 잎채소를 바라보자, 아사바 씨가 멋쩍어하며 중얼거렸다.

그 아이와 같은 왼손잡이다.

밤이 되면 일을 마친 전철이 차고로 줄줄이 돌아온다.

창밖에 여덟 열로 늘어선 빛이 보였다.

전철의 호텔 같다.

5월 2일

그때, 고등학교 시절 동창생과 만난다고 거짓말하고 집을 나섰다.

친구 결혼식에서 트로이메라이 연주를 매우 성공적으로 마친 아사바 씨가 감사 표시로 밥을 사겠다고 했다.

동네에서 조금 먼 번화가에서 그와 만나 목적한 레스토랑으로 갔다. 그러나 가게는 리모델링 휴업 중이었다.

아사바 씨는 예약하지 않은 것을 사과하고, 잠깐 기다려달라며 다른 가게를 찾으러 뛰어갔다. 밤의 번화가로 사라지는 볼품없는 뒷모습을 나는 가만히 바라보았다.

몇 분 후에 헐떡이며 돌아온 아사바 씨는 어쩔 줄 모르는 얼굴로 말했다.

"가게가 몇 군데 있었는데 너무 당황하는 바람에…… 어디가 좋을지 도무지 모르겠어요."

나도 모르게 웃었다. 재미있으면서 동시에 사랑스러움을 느꼈다.

아사바 씨는 쩔쩔매는 표정 그대로 이마에 맺힌 땀을 닦았다.

내가 역 빌딩 안의 양식 레스토랑에 가자고 해 햄버그스테이크를 먹기로 했다. 하얀 냅킨을 들어 뜨거운 철판에서 튀는 육즙을 막아내며 둘이 함께 웃었다.

어려서부터 어떤 아이였는가. 왜 피아노를 시작했는가. 어떤 연애를 해왔는가.

아사바 씨가 많은 것을 물었다. 가사이 선생님한테 흥미가 많아요, 하고 순진하게 웃어 보였다.

나는 질문에 제대로 대답할 수 없었다.

기억이 잘 안 나네요, 라는 말만 반복했다. 대답하기 싫어서가 아니다. 이 사람이라면 말해도 괜찮겠다고 생각했다. 그러나 기억을 하나하나 더듬어도 안개 낀 것처럼 세부적인 내용이 분명치 않아 말을 이을 수 없었다.

"나랑 관련된 일은 전혀 생각이 나지 않네요. 아들 일이라면 하나도 빠짐없이 기억하는데." 나는 디저트 다음에 나온 에스프레소를 마셨다. 프렌치 로스팅이어서 씁쓸했다. "지금 생각해보면, 아이와 살아남는 것에 필사적이라 내 일은 거의 생각도 못했던 것 같아요."

아사바 씨가 내 얼굴을 가만히 들여다보았다. 깊이 숨을 내쉬

백화

고 말했다.

"그럼 앞으로 본인을 위해 살아보면 어때요? 최소한 저와 함께 있는 시간만이라도."

레스토랑 스피커에서 통통 튀는 듯한 피아노 소리가 들렸다. 왈츠 제7번. 쇼팽이 작곡한, 춤추지 못하는 원무곡.

아사비 씨는 항상 너무 제대로 치려다가 굳어버린다. 더 즐겁게 치라고 조언했다. 음악이니까요.

그러네요, 라며 쓴웃음을 지은 직후 악보를 노려보듯 응시하며 건반을 누르는 그를 보며 음악이란 어디까지나 사람 그 자체라고 느꼈다.

그는 정해진 길을 벗어나지 못하는 사람이다.

나도 그렇다.

애드리브를 용납하지 못한다.

하나하나 성심성의껏 소리를 쌓아갈 수밖에 없다.

한참 왈츠에 귀를 기울이다가 그것이 호로비츠의 연주임을 알았다.

그 소리는 경쾌하고 오묘해서 한없이 강렬하게 내 등을 밀어준다.

나를 위해 살아본다.

안개가 단번에 가신 기분이었다.

그 아이를 위해 살겠다고 정한 순간부터 시간도 돈도 모두 내 것이 아니었다. 그래도 괜찮다고 생각했다. 하지만 아사바 씨와 있을 때만큼은 나를 위해 살아도 괜찮을지도 모른다. 이 사람과 있을 때만큼은.

앞으로 추억을 많이 쌓아요. 레스토랑을 나오며 그가 말했다.

정신을 차려보니 아사바 씨와 호텔에 들어갔다.

유혹한 것은 나였다.

5월 3일

누군가 내게 다정하게 대해주면 거북했다.

싱글맘인 나를 동정해서 나오는 다정함 같아서 순순히 받아들일 수 없었다.

그래도 아사바 씨에게서는 그런 다정함이 보이지 않았다.

그저 내 곁에 있어주었다.

고베에서 일하게 됐어.

아사바 씨가 갑자기 말했다. 침대 위에서, 내 몸을 뒤에서 끌어안고.

둘이 만나기 시작한 지 반년이 지났다.

왜? 언제? 나는 어쩌면 좋아?

묻고 싶은 말이 잔뜩 떠올랐으나 나는 그저 응, 하고 대답했다.

새로운 대학에서 교수로 초빙되었다는 것, 아내와 자식은 이쪽에 두고 간다는 것, 작은 아파트를 빌릴 예정이라는 것. 아사바 씨는 그런 말을 혼잣말처럼 내 귀에 속삭였다.

아사바 씨는 눈치가 빠르거나 말발이 뛰어나거나 행동이 약삭빠른 사람은 아니다. 고지식하고 순수한 소년 같은 사람이다.

한편, 천성적으로 누구에게나 정이 없어 보이는 면도 있었다. 그가 말하는 건 어딘지 건성이어서 본심을 파악하기 어렵다. 그래도 나는 그의 순수한 박정함이 잘 맞았다.

아사바 씨는 마지막까지 같이 가달라고 말하지 않았다.

그는 언제나 아무것도 결정하지 않는다. 결정하는 것은 나다. 식사 메뉴, 데이트 코스, 만나는 시간. 그래도 내가 결정한 것에 반드시 좋다고 말해준다. 나를 받아준다. 아마 그는 내가 헤어지자고 해도 조금 쓸쓸한 표정을 지으며 어쩔 수 없다고 말할 것이다.

그리고 나는 지금 여기에 있다. 아사바 씨와 함께 있다.

평생 그 아이와 둘이서 살아갈 줄 알았다. 이 외딴 섬이면 만족한다고 믿었다.

고즈넉이 닫힌 작은 항구에 흘러들어온 하얀 배.

아사바 씨가 배 위에서 나를 불렀고, 나는 뛰어올랐다. 그 배가 어디에 가는지는 몰랐다.

하지만 이걸로 충분하다고 생각했다.

6월 9일

아사바 씨가 귀성해서 집에 계속 혼자 있다.

창공을 가로지르는 비행기나 노선을 오가는 전철을 세며 시간을 보낸다.

내가 이렇게 가만히 있어도 세계는 알아서 움직인다.

뒤처지는 것 같은 초조한 기분과 묘하게 안심되는 기분. 이 둘이 뒤섞여 나는 더욱더 움직이지 못한다.

잔뜩 널린 우편물을 정리하다가 동박새와 자주호반새 우표에 시선이 갔다.

엽서가 50엔이고 편지가 80엔. 그러고 보니 새해부터 우편 요금이 올랐다.

이 반년간 엽서도 편지도 보내지 않았다는 생각이 들었다.

오랜만에 편지라도 쓸까 싶어 펜을 쥐었다.

하지만 누구에게? 금방 펜이 멈춘다.

나는 아사바 씨를 선택했으니까.

그렇게 스스로 타이른다.

6월 13일

오후에 아사바 씨가 돌아왔다.

여행 가방을 현관에 놓자마자 된장국에 넣을 두부를 써는 나를 뒤에서 끌어안았다.

목덜미에 연거푸 입을 맞추고 두 손으로 허리를 어루만지듯이 건드렸다. 등 뒤에서 철컥철컥 벨트를 푸는 소리가 들렸다. 잠깐 있어봐, 하는 내 목소리가 들리지 않는지 블라우스 단추를 풀기 시작한다. 그의 거친 호흡이 귓가에 닿아 요 며칠간 잊었던 흥분이 단숨에 돌아온다. 무릎에서 힘이 빠지고 다리가 떨린다. 이 손가락이, 목소리가, 몸에서 풍기는 냄새가 전부 사랑스럽다.

알몸으로 이부자리에 누워 있는데, 아사바 씨가 어항을 발견했다.

그가 없는 사이, 이웃 역에 있는 수족관에서 샀다고 말했다. 자그마한 유금붕어 비슷한데 그보다 조금 큰 물고기. 쓸쓸하지 않게 쌍으로 샀다.

새빨간 두 마리에게 모미지와 가에데라고 이름을 붙였다.

7월 10일

아사바 씨가 계속 밤을 새운다.

연구와 논문 때문에 바빠서 아침까지 연구실에 틀어박혔다.

혼자 자면 자주 꿈을 꾼다.

무서운 꿈, 슬픈 꿈, 즐거운 꿈.

거의 모든 꿈에서 나는 늘 혼자였다.

그래도 어제 꾼 꿈에는 아사바 씨가 나와서 기뻤다.

그런데 그와 어디에서 뭘 했는지 전혀 기억이 안 난다.

왠지 아깝다.

앞으로는 꿈을 꾸면 적어둬야지.

꿈이란, 다들 매일 꾸는데 기억하지 못할 뿐이라는 소리를 들은 적 있다.

잊어버렸던 그 모든 꿈.

거기에는 어떤 꿈이 있었을까.

8월 3일

아사바 씨의 생일을 준비하려고 외출했다.

"유리코?"

백화점 지하에서 케이크를 고르는데 누가 말을 걸었다.

음대 시절의 동기 Y였다.

혼혈처럼 음영 뚜렷한 얼굴, 어린 목소리, 늘씬하게 뻗은 가는 팔다리. 눈가나 목에 주름이 보이지만 인형 같은 외모는 놀랍게도 학창 시절 그대로다. 비슷하게 생긴 딸 둘을 좌우에 거느리고 걷는 점만이 그때부터 20년 넘게 지났다는 사실을 알려주었다.

"역시 유리코구나! 하나도 안 변했다!" 굳어버린 내게 Y가 연달아 물었다. "유리코, 왜 고베에 있어?"

구체적인 지명을 들은 것과 동시에 기억이 되살아났다.

Y는 대학을 졸업하자마자 결혼했고, 남편의 전근과 동시에 고베로 이사했다.

밝고 귀엽고 늘 큰 소리로 웃는 분위기 메이커. 송별회 때 그녀는 거나하게 취해 울면서 동기 한 명 한 명에게 고베에 놀러 와라, 같이 소고기를 먹자고 말하고 다녔었다.

"나도 남편이 지금 고베에서 일해서……." 거울에 반사된 것처럼 Y와 똑같은 상황이라고 말했다. "그래서 가족 다 같이 이사 왔어."

"그랬구나! 몇 년 전에?"

"응. 작년인가."

"와, 아이는?"

"아들 하나. 이제 중학생이야."

그 말을 했을 때, 내가 아이를 낳은 이후로 대학 시절 친구와 만나지 않았다는 것을 깨달았다. 아이를 낳았다는 것 역시 아무에게도 보고하지 않았다.

"와, 아들이야? 어디 중학교 다녀?"

"아, 이시야가와 쪽."

당황해서 반사적으로 지금 사는 역 이름을 말했다.

"이시야가와에 중학교가 있었나?"

무슨 말을 해야 할지 몰라 주위를 둘러보았다. 바로 앞 진열장 안에는 과일 얹은 케이크가 진열되었다. 이 상황인데도 어떤 케이크를 사야 아사바 씨가 기뻐할지 생각했다.

"아, 미카게 중학교인가?" 내가 말이 없자 Y가 이야기를 이끌었다. "좋겠다. 유리코처럼 다정한 엄마라면 아들도 엄마바라기라 떨어지기 싫어하지?"

"그럴 리가 있니. 요즘 반항기이고 체력만 넘친다니까."

"우리 집도 소녀라기보다 완전히 여자란 느낌으로 조숙해서 큰일이야."

그러면서 Y는 자기와 비슷할 정도로 키가 큰 딸 둘을 바라보았다. 어느새 조금 떨어진 초콜릿 가게에서 상품을 구경하고 있었다.

"그래도 딸은 언제까지나 엄마 편이잖아. 부럽다."

"말은 그렇게 해도 언젠가 결혼하면 집을 나가잖아."

"아들도 결혼하면 집에는 전혀 안 올 거야."

정신을 차리자, 어디에서나 들을 수 있는 '엄마들' 대화를 나누고 있었다. 물건 가득하고 사람이 오가는 백화점 지하. 색색의 케이크가 놓인 진열장 앞에서 어디선가 전해 들은 기억이 있는 엄마들다운 대화를 Y와 이어갔다.

음대를 졸업한 후에 피아노를 가르쳤어. 결국 피아니스트는 되지 못했지만, 역시 피아노를 포기할 수 없더라. 그러다가 친구 소개로 알게 된 대학 조교수와 결혼했어. 선박 프로펠러를 연구하는 사람. 뭔지 잘 모르겠지. 나는 지금도 뭘 하는 건지 모르겠어. 고향에서 중고 주택을 사서 셋이 살았는데, 남편이 고베 대학에 교수로 초빙되어서 다 같이 이사 왔어. 처음에는 망설였는데 막상 익숙해지니까 참 좋은 곳이다. 조용하고, 산이랑 바다도 예쁘고. 애가 더 어렸을 때 여기에서 키우면 좋았겠다고 남편과도 얘기했어. 여기 오면서 피아노 선생님은 그만두고 지금은 취미 정도로만 쳐. 대신 아들이 일렉트릭 기타에 푹 빠져서는, 맨날 시끄러워서 죽겠어. 기가 막힐 정도로 전혀 실력이 나아지질 않으니까 내가 기타를 연습해서 가르칠까 싶더라.

웃고 떠들며, 막힘없이 '내 인생'을 말했다.

진실과 거짓이 뒤섞여 뭐가 진짜인지 잘 모르겠다. 말하다 보니 정말로 내가 그렇게 살아온 것 같았다.

기억을 다시 쓰면 그건 전부 내 것이 된다.

30분쯤 Y와 추억 이야기꽃을 피운 후, 연락처를 교환하고 헤어졌다.

"또 만나자."

Y가 인형처럼 가는 팔을 크게 흔들며 두 딸을 데리고 떠났다. 이렇게 다시 보니 그녀는 어엿한 '엄마'의 얼굴이었다.

내 얼굴은 어떻게 보였을까.

백화점 지하에서 산 호화로운 음식과 직접 만든 요리, 딸기가 올라간 생일 케이크. 아사바 씨는 전부 기쁘게 먹었다.

벌써 30대의 마지막 나이라니, 하고 그가 중얼거렸다.

나보다 여섯 살이나 연하라니 지금도 믿기 어렵다.

8월 10일

아사바 씨를 연하라고 생각한 적이 거의 없었는데, 그가 자는 얼굴을 보면 때때로 그러고 보니 그랬지 싶다.

내일부터 사흘간 귀성.

두 달에 한 번, 아사바 씨는 집에 돌아간다.

아내와 아이를 만날 테지만 그런 이야기를 한 적은 없다.

그의 집은 이곳이 아니라 그곳에 있다.

그렇다면 이 집을 뭐라고 부르면 좋을까. 새가 잠깐 날개를 쉬는 횃대 같은 곳일까.

혼자 기다리고 있으면 출산 전의 심정이 다시 생각난다.

그때, 조금씩 커지는 배를 안고, 아무와도 만나지 않고 집에서만 지냈다. 청소, 세탁, 요리. 그날분의 집안일을 담담히 해치우고 피아노를 쳤다.

혼자 아이를 낳는다. 그 나날은 예상만큼 쓸쓸하진 않았다. 생명을 키우는 기쁨을 독차지할 수 있다. 그런 행복으로 가득했다.

그래도 밤은 쓸쓸했고, 불안해서 잠들지 못할 때도 있었다.

그럴 때는 산책하러 나갔다.

태어난 아이는 뭘 먹을까. 어디에 갈까. 어떤 음악을 들을까. 피아노를 좋아해줄까.

밤길을 천천히 걸으며 배 속의 아이와 오래오래 대화했다.

극심한 진통에 괴로워하며 혼자 병원 침대에 누웠다.

아버지도 어머니도 오지 않았다.

희미하게 품은 기대가 꺾여 슬픔에 잠겼다.

파도처럼 몰려왔다가 물러나는 격렬한 통증. 침대에서 둥글게 몸을 말고 불안감에 떨었더니, 배 속의 아이도 힘을 내는 거라고 산부인과의 할아버지 의사 선생님이 말해주었다.

힘내렴, 힘내렴.

나 자신과 아이를 향해 침대에 누워 목소리를 짜냈다.

점점 파도가 커지더니 견딜 수 없는 통증이 덮쳤다. 의식이 까마득해질 때, 간호사가 날아와 분만실로 이동했다.

새하얀 빛 속에서 이를 악물었다.

두 번, 세 번.

힘내요! 조금만 더!

할아버지 선생님의 목소리가 들렸다.

바를 꽉 움켜쥐고 배에 힘을 줬다. 땀이 멈추지 않는다.

네 번, 다섯 번, 여섯 번. 있는 힘껏 허리에 힘을 줬다.

몸에서 심지가 빠져나가는 것처럼, 따뜻한 무언가가 태어났다.

으앙, 으아앙.

그것은 터질 듯이 울었다.

태어났다! 태어났어!

선생님이 새빨간 그 아기를 건네주었다.

떨리는 손으로 그것을 안았다. 따뜻하고 부드럽다.

고마워.

어느새 눈물이 흘러내렸다.

고마워. 드디어 만났네. 앞으로 우리 둘이 함께야.

왜 이런 이야기를 쓴 거지?

당분간 일기를 쉬어야겠다.

9월 29일

1층 모퉁이 집에 빈집털이가 들었나 보다.

경찰이 5층인 우리 집까지 와서 몇 가지 질문을 던졌다. 요즘 낯선 사람이 들락거리지는 않았는가, 어제 낮에 무슨 소리가 들리지 않았는가.

나는 전부 짐작 가는 게 없다고 대답했다. 기억을 더듬어보면 그런 일이 있었을지도 모르지만 그저 빨리 이 상황을 끝내고 싶었다.

경찰은 댁도 의심스럽다는 시선을 내게 던졌다. 만약 그가 나와 아사바 씨를 보면 진짜 부부가 아닌 줄 알아차리겠지.

얼른 집에서 나와 역 앞 커피점에 들어갔다.

가게 앞 진열장에 밀랍으로 만든 나폴리탄 스파게티나 달걀 프라이, 토스트와 크림소다가 놓여 있는 옛날식 커피점. 주인인 할아버지는 주문받을 때 이외에는 말을 걸지 않는다. 몇 시간을 머물러도 불편하지 않은 커피점에서 혼자 커피를 마셨다.

"무서운 일도 다 있죠."

갑자기 옆에서 누가 말을 걸었다.

렌즈가 연갈색인 안경을 쓴 남자가 미트소스 스파게티를 먹으며 나를 응시했다. 신주를 모신 감실처럼 높은 위치에 놓인 텔레비전에서는 베테랑 코미디언이 속사포로 만담을 하는 소리가 들렸다.

"사모님 댁은 괜찮으세요?"

이 남자는 누구지? 익숙한 얼굴을 차분히 살폈다. 남자가 뭔가 깨달았는지 안경을 벗었다. 외꺼풀의 두툼한 눈이 드러났다.

옆집에 사는 남자였다. 이사 온 지도 반년이 지났으나 인사 말고는 별로 대화를 나눈 적이 없다. 네, 괜찮았어요. 조용히 대답했다.

"참 세상이 뒤숭숭해요."

옆집 사람이 텔레비전을 보며 말했다. 평일 낮에 커피점에 있다는 건 일을 하지 않는 사람인가? 하지만 낮에 옆집에서 뭔가 소리가 들린 적은 없었다. 내가 살짝 고개를 끄덕이자 남자가 말을 이었다.

"그나저나 참말로 이상하죠."

"이상……한가요?"

"관리인한테 들었는데 돈 될 만한 건 거의 훔쳐 가지도 않았대요."

"그럼 뭘 훔쳐 갔어요?"

"가족사진이 든 앨범이랑 낡아빠진 가방, 또 나무로 만든 곰

백화

조각이나 관광지에서 산 깃발이 사라졌다나."

그러더니 옆집 사람은 메밀국수를 먹는 것처럼 후루룩 소리를 내며 스파게티를 먹었다. 텔레비전 속의 코미디언이 같은 개그를 몇 번이나 연발했다.

"푸하하."

입에 스파게티를 잔뜩 쑤셔 넣은 채 남자가 웃었다. 목소리가 웅얼웅얼 들렸다.

"진짜 재밌네. 웃겨라."

남자의 목소리에 호응하는 것처럼 관객의 판에 박힌 듯한 웃음소리가 커피점을 울렸다.

불현듯 예전에 읽은 소설이 생각났다.

소녀가 사는 마을에 회색 남자들이 찾아온다. 그들은 '시간'을 훔쳐 간다. 마을 어른들은 미처 깨닫지도 못하는 사이에 시간을 도둑맞고 허덕이며 일한다. 소녀는 그 사실을 깨닫고 빼앗긴 시간을 되찾으려 한다.

가족사진이 든 앨범, 낡아빠진 가방, 나무로 만든 곰 조각에 깃발.

도둑맞은 물건을 머릿속에서 반추했다. 그것들이 다름 아닌 '추억'인 것을 알아차렸다. 등줄기가 오싹해져서 주위를 둘러보는데, 벌써 옆집 사람은 없었다.

눈앞에 놓인 커피에 내 얼굴이 비쳤다. 무언가에 겁먹은 것처럼 보였다.

아사바 씨가 돌아오면 추억 도둑 이야기를 해봐야지. 아마 제대로 상대해주지 않겠지만.

10월 2일

날이 좋아서 강변길을 산책했다.

우유처럼 달짝지근한 냄새가 나서 고개를 들자, 주황빛의 아기자기한 꽃이 피었다.

금목서구나, 하고 중얼거렸다.

가을이면 옆집 마당에서 이 냄새가 넘어왔다.

늘 처마 밑에 나란히 앉아 숨을 크게 들이마셨다.

아사바 씨와 싸웠다.

이유는 너무 사소해서 여기에 쓸 것도 못 된다. 애초에 기억도 안 난다.

5분쯤 싸운 후, 아사바 씨가 식탁에 앉아 입을 다물었다. 같은 공간에 있기 싫어서 나는 침실로 들어가 문을 닫았다.

문이 닫히는 소리가 나 거실을 내다보니 아무도 없었다. 아사바 씨가 말없이 나갔나 보다.

그냥 둬야지. 곧 돌아오겠지. 그렇게 생각하고 집에서 기다렸는데, 2시간 넘도록 연락이 없어서 찾으러 나갔다.

아사바 씨가 간다면 역 근처나 대학일 것이다.

역까지 걸으며 주변 가게를 몇 군데 살펴보았다. 늦은 오후의 복작복작한 마을을 아사바 씨를 찾으며 돌아다녔다. 그러나 보이지 않았다.

어쩔 수 없이 전철을 타고 대학에 가보았다. 해가 저물어서 사람 없는 캠퍼스를 걸어 그의 연구실을 밖에서 들여다봤으나 역시 보이지 않았다.

몸이 차가워져서 집으로 돌아왔다. 방은 어두컴컴하고 아사바 씨가 돌아온 흔적은 없다. 나를 두고 도쿄로 돌아갔을까. 그럴 리 없다고 생각을 고친다.

안절부절못해서 역 앞 슈퍼마켓으로 뛰어가 저녁 찬거리를 샀다. 그가 좋아하는 햄버그스테이크와 달게 볶은 당근을 만들어줘야지. 분명히 맛있다고 말해줄 거야.

재료가 가득 담긴 봉지를 두 손으로 무겁게 들고 슈퍼마켓을 나오는데, 드러그스토어가 바로 앞에 있었다. 그러고 보니 화장실 휴지가 거의 다 떨어져간다. 환한 형광등을 밝힌 가게로 들어갔다.

가게 앞에 놓인 티슈나 화장실 휴지를 집고, 안으로 들어갔다. 선반에서 샴푸와 비누, 세탁 세제와 유연제를 집어서 끌어안고 걸었다.

이걸 다 쓸 때까지 얼마나 걸릴까. 석 달일까, 반년일까. 최소한 그때까지는 아사바 씨와 함께 있을 수 있을까. 다음 샴푸를 사게 될 날이 올까.

두 손에 넘칠 정도로 짐을 안고, 역 앞 꽃집에 들어갔다. 생화와 그걸 꽂을 꽃병을 고르려다가 이 동네에 와서 단 한 번도 꽃을 사지 않았다는 것을 깨달았다.

집에 돌아오자, 아사바 씨가 바닥에 누워 텔레비전을 보고 있었다. 삼인조 코미디언이 그런 말 못 들었어, 라고 말하며 몸을 배배 꼬았다.

하하하, 그가 웃었다.

작년에 유행한 개그를 보고 여전히 웃는다.

그때 그 옆집 사람이 생각났다. 스파게티를 가득 물고 웃었으나, 전혀 즐거워 보이지 않았다. 어쩌면 그 남자는 아사바 씨의 미래일지도 모른다.

"유리코 씨, 미안해."

텔레비전에 시선을 고정한 채 아사바 씨가 중얼거렸다. 그는 사과에 서툴다.

"나도 미안해. 금방 밥 차릴게."

그렇게 대답하고, 팔을 걷어붙이고 부엌에 섰다.

11월 30일

_____

아사바 씨가 쉬는 날이어서 오래된 공회당의 지하 식당까지 걸어가 둘이서 오므라이스를 먹었다. 근처니까 언제든 갈 수 있다. 그럴 줄 알았는데 반년 이상이 지나 있었다.

언제든 먹을 수 있는 것에는 손을 대지 않는 것이 사람의 습성일까, 그의 성질일까.

최근 둘이서 거의 외출하지 않는다. 섹스도 안 한다.

기억

12월 6일

모성이라는 까다로운 본능을 익숙하게 다루지 못하겠다.

사랑 같기도 하고 연민 같기도 하고 고통 같기도 한 이 감정이 나를 꼼짝 못 하게 한다.

아사바 씨를 보면 부성이라는 단어에 해당하는 감정을 전혀 못 느끼겠는데.

12월 24일

크리스마스 밤에 만들 요리의 재료를 사려 산노미야까지 나
갔다.

장을 다 보고, 백화점 옥상의 카페에서 Y와 차를 마셨다. 8월
에 우연히 재회한 후로 가끔 연락을 주고받았다. 둘이서 만나는
건 세 번째다.

전에도 그전에도 가공의 인생을 말했다.

이웃 관계의 번잡함, 운동회에서의 아들의 활약, 남편에 대한
불평, 설날의 귀성 날짜.

Y와 말하다 보면 준비한 것도 아닌데 이야기가 술술 만들어
진다.

남편과 외동아들과의 그다지 풍족하지는 않아도 소소한 행
복을 느끼는 생활.

"얼마 전에 아파트에 빈집털이가 들었어."

가끔은 진짜 이야기도 말하고 싶어진다.

"뭐? 너희 집은 괜찮았어?"

"응. 1층에만 들었어. 우리 집은 괜찮았어."

무사해서 다행이다, 하며 Y가 안심한 표정으로 쇼트케이크의

딸기를 먹었다. 그녀는 감정이 풍부하고, 뚜렷한 이목구비를 전부 써서 그 감정을 드러낸다.

"그게 다행인 것도 아니야."

"무슨 소리야?"

"그 일 때문에 평소에는 인사 정도만 나눴던 이웃집이 자꾸만 말을 걸기 시작해서 말이야."

나는 딸기를 피해 쇼트케이크를 포크로 찔렀다. 딸기를 먼저 먹어버릴 수 있는 Y가 부럽다.

"그런 거 귀찮지. 나는 어른스럽지 못하다는 걸 알면서도 엘리베이터에 누가 타려고 하면 급하게 버튼을 눌러서 닫아버려."

"나도 아파트에서 지나가는 사람과 인사 같은 거 못 하겠어."

"맞아! 그런 걸 아무렇지 않게 하는 사람은 좀 믿을 수 없다니까."

그래도 그쪽이 제대로 된 어른 아니야? 내가 말하고 웃었다. 그건 그렇지, 하고 Y도 입을 막고 크게 웃었다. 둘이 있으면 대학생 시절로 돌아간 기분이 든다. 여기가 원래 우리가 머물던 곳인 것 같다.

"그런데 빈집털이가 되게 이상했어. 훔쳐 간 게 사진 앨범이나 낡은 가방이나 관광지에서 산 기념품 같은 거였대."

"통장이나 돈은?"

"전혀 손도 안 댔다나 봐."

"뭐야, 오히려 무섭다."

Y는 내가 받아쳐주길 원한 곳으로 아름답게 공을 보내주었다. 아사바 씨에게 말했을 때는 당황해서 그런 거 아니냐는 시시한 반응이 돌아왔었다.

"그렇지. 추억을 빼앗긴 것 같아. 그런 걸 훔치다니 기분 나쁘지 않니?"

"응. 그런데 유리코는 뭘 훔쳐 가면 곤란할 것 같아? 돈 같은 건 결국 어떻게든 되잖아."

"일기는 곤란하다."

반사적으로 대답했다. 만약 이 일기를 누가 훔쳐 가면 나는 어떻게 될까. 이걸 읽은 사람은 도대체 어떻게 생각할까.

"맞다, 그게 제일 싫겠어!"

Y가 크게 외쳤다. 일기 쓰니? 내가 캐물었다. 그녀가 고개를 끄덕여서 더 파고들었다.

"어떤 얘기를 써?"

Y의 미소가 사라졌다. 너무 파고들었나 싶어 나는 홍차에 입을 댔다. 그녀는 딸기만 먹고 케이크에는 전혀 손을 대지 않았다. 가게에는 외국 소년 합창단이 부르는 '징글벨'이 흘렀다.

"유리코……. 사실은 나 좋아하는 사람이 있어."

"그거."

"응. 완벽한 불륜. 그쪽도 결혼한 사람인데 거의 매일 만나. 고등학생 같지? 그래도 사랑해. 그 사람이 없으면 머리가 이상해질 정도로. 이런 거 아무한테도 말 못 하잖아. 그래서 일기에 써."

나도, 하고 말이 흘러나왔다. 나도 피아노 학원에 학생으로 온 사람과 불륜 중이어서, 그가 혼자 살게 된 걸 계기로 아들을 버리고 사랑의 도피라도 하는 것처럼 쫓아와서, 여섯 살이나 어린 그 사람과 여기에서 숨은 듯이 살고 있어.

"나도 기회만 있으면 누군가랑 사랑에 빠지고 싶어. 그러니까 그 마음, 정말 이해해."

잠깐 사이를 두고 거짓 동정을 표현하자, Y는 입으로만 웃었다. 살짝 벌어진 입에서 후후, 하고 공기가 빠지는 듯한 소리가 들렸다. 너도 솔직하게 말하면 될 텐데 여전히 거짓말을 하네? 그렇게 무시하는 듯한 미소였다.

소년 합창단의 가성을 들으며, 이제 그녀와 만날 일은 없겠다고 생각했다.

12월 25일

아사바 씨와의 크리스마스 파티가 끝났다.

자주 마시지 않는 샴페인에 취했는지 그는 금방 잠들었다.

혼자서 일기를 다시 읽었다.

이 마을에서의 생활. 아사바 씨. 내 감정.

일기에 쓰지 않은 것이 많다는 걸 깨달았다. 나는 여기에도 사실을 쓰지 않는다.

Y에게 마지막 순간까지 거짓말을 한 것처럼 나는 여기에도 거짓말을 하는구나.

여기에는 진짜만 쓰고 싶다.

일기에 거짓말을 쓰기 시작하면 끝이 없다.

1월 1일

아사바 씨와 맞이하는 생일.

설날에 귀성하지 않아도 괜찮은지 묻자, 논문 기한이 아슬아슬하다고 아사바 씨가 대답했다.

실제로 연말에도 계속 대학에 나가서 논문을 썼다. 학기가 끝날 때까지는 계속 그런가 보다.

오늘도 집에서 내내 책상에 앉아 있다가 저녁쯤 훌쩍 나가나 싶더니, 케이크를 사 왔다.

"많이 고민했는데 결국 뭘 사야 할지 잘 모르겠더라고."

머리를 긁적이며, 진주 한 알이 달린 목걸이를 선물해주었다. 언제 샀을까. 쑥스러워하며 보석점에 들어갔을 아사바 씨를 상상하자 사랑스러움이 북받쳤다.

내 생일은 모두 잊지 못하지만 늘 잊는다.

그러니까 가끔은 이런 생일이 있어도 괜찮지 않을까.

백화

1월 5일

아사바 씨가 없는 방에서 혼자 지그소 퍼즐을 했다.

요 사흘 동안 뉴욕에 있는 자유의 여신상과 인도에 있는 타지마할을 완성했고, 지금은 런던에 있는 타워브리지에 도전하는 중이다.

언젠가 이 눈으로 실물을 볼 날이 올까. 오랫동안 같은 건축물을 보고 있으려니 이미 몇 번이나 실제로 방문한 기분이 들었다.

늦은 오후, 서점에 들렀다.

할머니는 평소처럼 계산대에서 라디오를 듣고 있었다.

애거사 크리스티의 문고본을 한 권 샀다.

《그리고 아무도 없었다》. 이 소설을 사는 게 몇 번째더라. 적어도 세 번은 읽었을 텐데 늘 범인을 잊어버린다.

돌아오면서 꽃집에 들러 한 송이를 꽂을 꽃병과 빨간 튤립을 샀다.

가을경에 여기 왔을 때는 결국 아무것도 고르지 못했다. 그래도 오늘은 사야 할 꽃과 순조로이 만난 기분이었다.

1월 16일

오후, 빨래를 거둬들이는데 하늘이 노래졌다. 민들레처럼 진한 노란색. 멀리 보이는 공장지대의 기중기가 실루엣만 남아 꼭 그림자놀이처럼 보였다.

오늘도 아사바 씨는 대학에서 밤새우며 논문을 쓴다.
왠지 졸려서 어항을 봤는데, 가에데와 모미지가 빙글빙글 무언가를 쫓는 것처럼 헤엄치고 있었다.

내일 아사바 씨가 돌아오면 같이 장어를 먹으러 가야지. 아마 지쳤을 테니까.

난폭하게 몸이 떠밀려서 눈을 떴다. 천장의 나뭇결이 일그러져 보였다. 허둥지둥 몸을 일으켰는데, 폭풍우에 휩쓸린 배처럼 발치가 흔들려서 일어설 수가 없었다. 끽끽 방 전체가 삐걱거리는 소리가 들렸다. 거인의 손이 거칠게 움켜쥔 것 같다.

어항이 바닥에 떨어져 깨졌다. 진갈색 바닥 위에서 새빨간 물고기 두 마리가 팔딱였다. 둔중한 소리를 내며 책장이 기울어 책과 잡지가 눈사태처럼 바닥 위로 떨어졌다. 유리문에서 식기가 연달아 튀어나와 박살 났다. 벽에 금이 가고, 곰팡내가 코를 찔렀다.

상황을 이해하지 못해 공포를 느낄 여유도 없었다. 소리도 내지 못하고 그저 이불을 머리끝까지 뒤집어쓴 채 가만히 있는데, 30초쯤 지나자 흔들림이 잦아들었다. 다급하게 이불에서 나와 창문을 열었다.

소리가 없었다. 사람 목소리도, 새 지저귀는 소리도, 바람이 나무를 흔드는 소리도. 어스름한 창밖 세계를 응시했다. 저 아래 보이는 선로가 꾸깃꾸깃 파도쳤다. 차고에 가지런했던 전철이 프라모델 장난감처럼 옆으로 쓰러지거나 선로 위로 넘어졌다.

아사바 씨가 없다. 시계를 보았다. 5시 50분. 새벽까지 대학에서 논문을 썼을 것이다. 수화기를 들어 연구실 번호를 눌렀으나 연결되지 않았다. 그는 무사할까. 반복해서 버튼을 눌렀으나 뚜뚜뚜 소리만 들릴 뿐이다. 해안가 캠퍼스가 쓰나미에 휩쓸리는 광경이 뇌리에 떠올라 손에 땀이 촉촉하게 뱄다. 위액이 역류해 입을 틀어막았다.

나일론 코트를 걸치고 밖으로 뛰어나갔다. 금이 간 콘크리트 외부계단을 뛰어 내려가 역으로 달렸다. 마찬가지로 집에서 빠져나온 사람들이 잠옷 차림으로 어쩔 줄 모르고 배회하고 있었다.

역 개찰구를 지나 계단을 올라갔는데, 플랫폼 앞에 탈선한 전철이 뱀처럼 구부러진 채 멈춰 있었다. 발걸음을 돌려 계단을 내려가 노선 곁길을 뛰어 대학으로 향했다. 다섯 역 거리. 걸어가도 1시간이면 도착할 것이다. 콘크리트 차도가 낙타 등처럼 볼록 솟았다. 중앙선 위에 금이 갔고, 오렌지색 도료가 사방에 튀었다. 전신주가 도미노처럼 기울어 복잡하게 뒤엉킨 전선이 거미줄처럼 하늘을 뒤덮었다.

1층 부분이 납작하게 찌부러진 집에서 까만 연기가 솟구치고, 안에서 도움을 요청하는 비명이 들렸다. 담요를 몸에 두른 할머니가 길바닥에 앉아 말이 되지 않는 무언가를 중얼거렸다. 엉엉 우는 아이를 양옆에 안고 물을 구하러 공원을 돌아다니는 남자. 검댕이 묻은 고양이가 발치에서 걸걸하게 울어댔다. 차도로 무너진 집의 기와가 쏟아져 산산조각이 났다. 발 디디기 어려워 뛰지 못하겠다. 버적버적, 그것들을 밟으며 계속 걸었다.

서서히 소리가 돌아왔다. 헉헉 헐떡거리는 호흡, 두근두근 빨라지는 고동이 귓가에 울렸다. 이 마을이 소리를 내기 시작한 건지 내 청각이 회복된 건지 모르겠다.

거대한 상자 같은 것이 눈앞에 나타나 길을 막았다. 가까이 다가가보니 5층짜리 아파트가 1층 부분부터 접혀서 길 위에 쓰러졌다. 아파트의 집들에서 튀어나온 옷이나 이불, 세탁기나 에어컨이 길바닥에 널렸다. 마치 생활을 토해낸 것 같다. 1층에 입점한 건설시공사의 간판이 뒤집혀 깨진 콘크리트 틈에 박혔다. 천지가 뒤집힌 그것은 이국의 상형문자처럼 보인다.

맨션 옆의 좁은 골목에 사람이 뭉쳐 있었다. 어두워서 잘 보이지 않지만, 사람들을 끌어내는 중인 걸 알겠다. 이미 숨을 거뒀는지 빨간 담요를 머리에서부터 풀썩 덮어씌웠다.

격렬하게 흔들리는 동안, 이불 속에 움츠린 채 내가 납작해져서 죽은 모습을 상상했다. 그거 봐라, 내 이럴 줄 알았다. 아버지가 내 시체를 내려다보며 말한다. 어머니는 그 옆에서 울고 있다. 가엾다는 말을 반복한다.

아아, 도대체 누가 나를 사랑해줄까. 아버지인가, 어머니인가, 아사바 씨인가. 내가 죽었을 때, 시체를 보며 누가 진심으로 눈물을 흘려줄까.

눈앞을 네글리제 차림의 중년 여성이 가로질렀다.

여성은 손에 리드 줄을 쥐고서 시바견을 이끌고 갈라진 길을 걷고 있었다. 그게 어떤 상황인지 이해하기까지 조금 시간이 걸렸다. 뭉게뭉게 올라가는 연기 너머로 사라진 뒷모습을 바라보며 그녀가 '강아지 산책' 중임을 깨달았다. 미친 행동 같았다. 그래도 이런 때에도 사람은 변함없이 살아가려고 한다. 내가 아사바 씨를 만나러 가는 것도 그녀와 같은 행동일지도 모른다. 일상을 똑같이 이어가라고, 마음이 몸에 지시를 내린다.

숨을 헐떡이면서 계속 걸었다. 벌써 1시간은 지났을 것이다. 아사바 씨는 무사할까. 강변의 테니스코트가 보였다. 이제 곧 그와 만날 수 있다. 여길 넘으면 그의 대학이 보일 것이다. 길의 깨진 틈에 발이 걸리면서도 걸음을 재촉했다.

백화

잿빛 하늘에 아침 해가 떠올랐다. 새까만 연기가 햇빛을 가린다. 지평선이 빨갛게 물든다. 마을이, 사람이, 하늘이 불탄다.

눈앞에 옆으로 쓰러진 거대한 고속도로의 고가가 있었다.

모래사장에 떠밀려 온 거대한 고래처럼 콘크리트 길이 옆으로 누웠다. 5백 미터일까, 1킬로미터일까. 두꺼운 철근 지주가 바닥에서부터 뽑힌 듯이 꺾였다.

기울어진 도로 끝에 트럭이 열 대쯤 있었다. 전부 길에서 미끄러져 가로수를 들이박았다. 제일 끝줄의 트럭 짐칸에서 귤이 쏟아져 길에 흩어졌다. 쓰러진 도로 너머로 교회가 보였다. 깨진 스테인드글라스 창 위의 까만 십자가가 기울어진 채 세상을 지켜본다.

시간이 멈춰버린 것 같았다. SF 소설에 나오는 모든 것이 멈춘 거짓말 같은 세계. 그 속을 나만 걷는다.

눈앞에 아사바 씨의 대학이 있다. 앞으로 몇 걸음만 더 걸으면 교문이다. 이제 곧 그와 만날 수 있다. 하지만 더는 걸음을 옮길 수 없었다. 숨을 헐떡이며 멈춰 섰다. 짓뭉개진 귤의 달콤새큼한 냄새가 떠돌다가 내 코에 도착했다.

정신을 차리자, 나는 잔해 더미 사이에서 비명을 지르고 있었다.

나도 한동안은 뭐라고 소리를 지르는지 몰랐다. 그저 반복해서, 토해내듯 같은 단어를 반복했다. 간신히 그게 아들의 이름인 걸 알았다. 그만 돌아가야 해. 이즈미 곁으로 돌아가야 해. 목이 쉬어서 기침이 났다. 미지근한 눈물이 뺨을 타고 흘렀다.

이즈미…… 이즈미…… 이즈미!

새까만 연기로 뒤덮인 하늘 아래, 콘크리트 조각들 한가운데에서 나는 오로지 그 이름만을 외쳤다.

백화

11장

。

행복

진노랑색 푸딩을 플라스틱 스푼으로 떠서 입가에 가져갔
다. 유리코는 예전부터 커스터드를 좋아해서 슈크림이나 푸
딩을 잘 먹었다. 생크림이 들어간 고급 푸딩이 아니라 달걀
맛이 살아 있는 소박한 푸딩.

나기사 홈 처마에서 시끄럽게 매미가 울고, 개가 혀를 축
내밀었다. 개의 배가 위아래로 격하게 움직이며 무더위를 알
린다. 강한 햇살이 실내외를 까맣고 하얀 세계로 또렷하게 나
누었다.

먹이를 기다리는 병아리처럼 입을 벌렸다. 이즈미가 입 안
에 스푼을 넣어주자 덥석 한입에 먹는다.

"맛있어?"

이즈미가 묻자 유리코가 작게 고개를 끄덕이고 웃었다. 아기처럼 웃는 모습을 보자 이상하게 자신들이 모자 사이라고 느꼈다. 얘, 이즈미, 정말 맛있다. 그 말을 반복하는 유리코의 입가를 수건으로 닦으며 자신이 갓난아기일 시절에 엄마도 분명히 이렇게 했겠거니 생각했다. 지금은 그게 뒤바뀌었을 뿐이다.

갑자기 유리코가 사레들렸다. 옆에서 가오리가 잔에 보리차를 따라 내밀었다. 원피스 안에 농구공이라도 넣은 듯이 배가 볼록하다. 산부인과에서 이번 달 말에는 태어날 거라고 했다. 출산하면 한동안 어머니와 만나지 못할 테니까 오늘은 이즈미와 함께 나기사 홈을 찾았다.

"고마워요, 니카이도 씨. 여기까지 멀었죠."

보리차를 다 마신 유리코가 고개를 숙였다.

"엄마, 가오리잖아."

"그렇지, 미쿠였지. 한동안 못 보던 사이에 많이 컸구나. 트로이메라이는 이제 잘 치니?"

"그러니까 가오리라고. 내 아내."

"어머나, 그러니? 이즈미, 잘됐구나. 멋진 사람이야."

그러며 엄마가 가오리의 손을 잡았다. 오늘은 드물게 말을 잘한다. 둘이 만나러 와줘서 정말 기쁘구나. 미쿠, 그거 아니?

이즈미는 배가 고프면 심통을 부려서 큰일이었어.

"그거 정말 곤란한데요, 어머니는 어떻게 하셨어요?"

가오리가 묻자, 유리코가 즐겁게 말했다.

"아무거나 좋으니까 먹이면 돼. 나는 늘 밥 먹기 전에 바나나를 줬어."

"그렇군요. 앞으로는 바나나를 끊이지 않고 사둬야겠어요."

둘이 함께 웃는다. 정말 와줘서 고맙구나, 라고 말하는 유리코의 눈가에 눈물이 번진다. 엄마는 요즘 매일 같이 눈물을 흘린다고 한다.

옆 테이블에 홈 입주자들이 나란히 앉아 소쿠리에 든 완두콩 깍지를 따 은색 볼에 담았다. 좋아하는 가수나 젊은 피겨 스케이트 선수 이야기로 흥분한 그들은 사이좋은 여고생이 그대로 나이를 먹은 것처럼 보인다. 그들의 손놀림은 정확해서, 차례차례 초록색이 선명한 콩깍지가 볼에 담긴다. 절차에 관한 기억은 간단히 사라지지 않는다는, 전에 들은 말이 생각났다. 계속 움직이는 손을 힐끔거리며 푸딩을 한 입 또 한 입 유리코의 혀 위로 옮겼다.

요 몇 주 사이에 유리코의 증상이 더욱 진행된 듯 보였다.

"어머님은 아직 젊으셔서 진행이 비교적 빠른지도 모르겠군요." 정기검진을 하러 온 담당 의사가 말했다. "그래도 몸은 아직 건강하시니까 자주 대화를 나누는 게 도움이 됩니다."

그래서 매주 일요일에 나기사 홈에 와서 엄마에게 말을 걸었다. 그러나 입주한 후로 유리코는 점점 더 말수가 줄었다. 식사 선택이나 행동 순서 등 누가 제안하는 대로 예스나 노만 반복하면 최소한의 말로 살아갈 수 있다. 엄마가 멀리 가버릴 것 같아서 쓸쓸했으나, 말을 놓아버림으로써 생각에서 해방된 것처럼 보이기도 했다.

아이러니하게도 커뮤니케이션이 성립하지 않게 된 후에 엄마와 대화를 더 잘 나눌 수 있었다. 엄마와의 대화가 그렇게 힘들었는데, 지금은 끝을 모르고 이어갈 수 있다.

"엄마, 이번 달에 아이가 태어날 것 같아. 나랑 가오리 중 누굴 닮았을까?"

지난주 일요일, 점심을 먹고 꾸벅꾸벅 조는 엄마에게 이즈미가 물었다.

"응, 그러게."

엄마가 대답인지 잠꼬대인지 모를 말을 중얼거렸다.

"나는…… 아버지를 닮았나. 엄마랑 얼굴이 전혀 다르게 생겼지?"

엄마를 닮았다는 소리는 들은 적이 없다. 거울에 비친 자기

모습을 보며 아버지의 흔적을 찾은 적도 있다. 혼잣말과 같은 질문을 눈을 희미하게 뜬 엄마에게 던졌다. 자신이 아버지가 되기 전에 물어보고 싶었던 것을.

"내 아버지는 어떤 사람이었어? 알려줘. 못생겼는지 가난했는지. 싫은 사람이어서 헤어졌는지, 아니면 어떤 사정이 있었는지."

엄마는 그 사람을 좋아했어? 지금도 여전히 잊지 못하는 사람이 있어? 그 질문에 도달하기 전에 입을 다물었다. 일기를 본 걸 절대로 엄마에게 알려선 안 된다.

"나는 너를 사랑해."

유리코가 얼빠진 말투로 이즈미가 묻지 않은 질문에 대답했다. 너란 누구일까. 이즈미의 아버지일까, 아사바일까, 아니면 이즈미도 모르는 누군가를 향한 말일까. 사랑의 기억을 잃어가는 와중에 마지막으로 누구의 모습을 마음속에 떠올릴까.

"나…… 아빠가 될 수 있을까."

계속 마음속에 감췄던 말이 입을 움직였다.

기억의 시작점부터 지금까지 이즈미에게 아버지는 없었다. 동경하거나 기대거나, 두려워하거나 증오할 상대가 없었다. 그 결손을 엄마와 둘이서 메웠다. 그렇다면 아버지란 대체 무엇인가? 지금 자신은 정체도 모르는 그것이 되려 한다.

아버지는 어떤 인간이었을까. 아내와 아들을 버리고 도망칠 법한 남자였을까. 그렇다면 언젠가 자신도 똑같은 짓을 하지 않을까. 엄마에게 대답을 구했으나, 유리코는 다시 꿈결 속으로 돌아갔다.

"유리코 씨, 푸딩 맛있겠어요!"

미즈키 소장이 다가와 유리코의 얼굴을 살폈다. 엄마의 미소가 더 깊어지는 것을 보고, 나기사 홈에 들여보내기를 잘했다고 새삼 생각했다. 심지 굳고 밝은 태양 같은 미즈키의 성품은 나기사 홈의 매력 그 자체였다.

"오늘은 이즈미 씨도 왔으니까 피아노를 치면 어때요?"

"엄마가 피아노를 쳐요?"

이즈미가 묻자, 다음 달에 나기사 홈 음악제가 열리니까 그때 연주를 들려달라고 할 생각이라고 미즈키가 대답했다.

엄마가 피아노를 다시 시작한 것에 놀랐는데, 가오리가 멋지다고 말하며 이마의 땀을 닦았다. 이곳은 임신부에게는 조금 더운가 보다. 다음 달에는 아마도 태어날 테니까 아기와 함께 올 수 있으면 좋겠다.

유리코는 직원 청년의 손을 잡고 피아노 앞에 도착했다. 청

백화

년이 몸을 숙여 의자 높이를 조절했다. 곱슬기 심한 머리에 까무잡잡한 근육질 몸. 독특한 사투리를 써서 출신을 물어보니 아마미오섬에서 왔다고 한다. 조금 맹해 보이지만 아이 같은 미소를 지으며 열심히 일하는 슌스케라는 그 청년을 엄마는 마음에 들어 했다. 그 애는 삼선*을 정말 잘 쳐, 하고 기뻐하며 말한 적이 있다.

"엄마 상태는 어떤가요?"

옆에 서서 유리코의 뒷모습을 바라보는 미즈키에게 물었다.

엄마는 지난달 감기에 걸려 열이 났다.

"이제는 말끔히 회복하셨어요. 정신적으로도 안정됐고, 배회하는 일도 없고요. 하긴 여기는 밖에 나가시려는 분이 거의 안 계시지만요."

"문을 잠그지 않아도 아무도 안 나가나요?"

나기사 홈은 낮 동안에 문도 창문도 잠그지 않는다. 문턱이나 높낮이 차를 살짝 두어 이 안에 있으면 된다고 입주자들이 느낄 수 있게 실내를 설계했다고 들었다. 벽에는 얼마 전에 놀러 온 초등학생들이 입주자들과 함께 그린 그림이 잔뜩 걸렸다. 어른과 아이, 건강한 사람과 환자, 동물이나, 아예 로봇

---

* 三線. 오키나와의 악기로, 일본의 전통악기 샤미센의 기원이다.

까지도 뒤섞여서 사는 게 좋다고 미즈키가 종종 말한다.

"우리는 사람이 살기 좋은 곳을 만들 뿐이지만요."

"그래도 사라지거나 하진 않나요?"

가끔은 있어요. 어느새 뒤에 선 미즈키의 딸이 엄마를 대신해 대답했다.

"그럴 때는 다 같이 찾아요. 다행히 작은 마을이고, 동네 주민들이 협조적이어서 금방 연락을 주세요. 여기 있다거나, 저쪽으로 걸어갔다고요. 이 마을 전체가 지켜주는 분위기여서 크게 도움이 되죠."

볼록한 배를 쓰다듬으며 가오리가 말했다.

"어머니, 정말 여기 오신 후로 표정이 밝으세요."

하지만, 하고 이즈미의 목소리는 불안해졌다. 시선 너머에 살이 많이 빠진 유리코의 등이 보였다. 슌스케의 부축을 받으며 더듬더듬 건반의 감촉을 확인하는 엄마. 업라이트 피아노가 가늘고 힘없는 한 음 한 음을 울렸다. 힘차게 그랜드 피아노를 치던 예전 모습과는 너무 멀다.

"건강한 건 좋은데 기억을 점점 잃어가는 것 같아요. 아내는 완전히 잊어버렸고, 무슨 소리인지 못 알아듣는 이야기도 늘었고요. 그럴 때면 엄마에게 말을 맞추는 게 거짓말을 하는 느낌이라 괴로워요."

"말을 맞추는 게 괴로우세요?"

미즈키의 질문에 이즈미는 유리코를 바라본 채 대답했다.

"왠지 엄마를 무시하는 것 같아요. 애들 속임수 같고."

저는 그렇게 생각하지 않아요. 강한 의지가 깃든 미즈키의 목소리에 놀라 그녀를 보자, 까만 눈동자가 이즈미를 향했다. 유리코가 연주를 시작했다. 구노의 '아베 마리아'였다. 천천히 기억을 더듬는 듯이 적절한 건반을 찾아 누른다. 반복되는 성스러운 멜로디. 이 곡을 칠 때면 엄격한 선생님이 손가락을 빤히 지켜보는 기분이 든단다. 예전에 유리코가 했던 말이 생각났다.

"딸이 어렸을 때, 저는 늘 딸에게 말을 맞춰줬어요." 미즈키가 유리코의 등으로 시선을 돌렸다. "사소한 발견부터 종잡을 수 없는 의견, 가끔은 말도 안 되는 공상에도요. 그래도 즐거웠어요. 제 세계가 넓어지는 기분이었죠. 분명 유리코 씨도 아드님에게 그렇게 해줬겠죠. 애초에 본인이 상상할 수 있는 세계 안에서만 살면 답답하지 않겠어요?"

유리코가 피아노 연주를 시작하자, 하얀 비단 블라우스에 로열블루 스커트를 입은 노부인이 피아노 곁으로 다가가 갑자기 노래를 시작했다. 그리운 동요가 피아노 박자에 개의치 않고 울려 퍼졌다. 저녁놀 작게 탈 때 고추잠자리, 업혀서 본

게 언제였던가.

노부인은 비브라토 들어간 가성으로 '고추잠자리'를 불렀다. 어울리지 않는 멜로디가 겹치는데도 신경 쓰지 않고 유리코의 연주는 노부인의 가성에 이끌린 듯이 열기를 띠었다. 때때로 더듬거리면서 가느다란 손가락으로 건반을 눌렀다. 피아니스트로서의 습관이 소리와 함께 살아난 것 같다. 노부인은 눈을 커다랗게 뜨고 노래를 불렀다. 산속 밭의 오디 열매, 작은 바구니에 딴 건 환상이었나.

'아베 마리아'와 '고추잠자리'의 합주가 흐릿한 조화를 울리며 끝나자, 로열블루 스커트를 펄럭이며 노부인이 빠르게 다가왔다. 당신을 찾았다는 듯이 이즈미를 뚫어지게 응시했다. 박수를 보내던 손을 멈추고 그녀와 눈을 마주쳤다.

"당신은 지금 행복한가요?"

갑작스러운 질문에 놀랐지만 네, 하고 작게 대답했다.

"더 큰 행복을 손에 넣을 기회가 지금 당신 눈앞에 있어요. 곧 이 세계는 종말을 맞이해요. 신이 아이들을 선별해 약속의 땅으로 데려가십니다. 그곳에는 후회도 고통도 슬픔도 없어요. 영원한 행복만이 있답니다. 자, 함께 가십시다."

이즈미가 당황하는데, 유리코가 그녀의 뒤에서 말을 걸었다.

"이즈미, 미네기시 씨는 딸기를 늘 제일 먼저 먹어. 나는 그게 부럽더구나. 그렇게 되고 싶어."

미네기시가 유리코를 돌아보았다.

"당신은 지금 행복한가요?"

유리코가 미네기시에게 미소를 지었다.

"응, 행복해. 여기에서 배를 보고 있어. 나는 지금이 제일 행복해."

"당신은 참 아름다운 마음을 지녔어요. 나는 알아요. 약속의 땅에서 당신은 끝없는 행복을 가질 수 있답니다."

"빈집털이가 들어서 앨범과 깃발을 가지고 갔어. 추억을 도둑맞았어."

"우리도 새로운 세계를 만듭시다. 당신은 분명히 신께 선택받을 거예요."

"이즈미는 하이라이스를 아주 좋아해. 예쁜 구슬을 빼앗기면 안 되니까 지금 바로 만들어줄 테니까 앉아서 기다리렴."

"회개하세요. 죄도 허물도 신께서는 용서하십니다. 신은 위대하고 관용이 넘쳐요."

미네기시와 유리코의 대화는 전혀 맞물리지 않아 각자 자기 얘기만 하는 것처럼 보였다. 그래도 둘의 대화는 오래오래 이어졌다. 서로 고개를 끄덕이면서.

"미네기시 씨는 만나러 오는 가족이 이미 없어요." 이즈미의 생각을 알아차린 것처럼 미즈키의 딸이 말했다. "종교에 심취해서 이혼했고, 같이 종교 활동을 한 따님도 고등학교를 졸업하면서 그만뒀다고 해요. 여기 오셨을 때 오랫동안 혼자 살았다고 하셨어요. 미네기시 씨에게는 이제 신만 남았는지도 몰라요."

정말 그럴까, 하고 이즈미는 생각했다. 저기에는 신앙의 시체만 남은 것 같다. 아니면 기억이 사라져도 그녀의 신앙은 모습을 바꿔 여전히 마음속에 존재할까.

입주자와 직원, 이즈미와 가오리까지 전원이 함께 저녁을 만들고 긴 나무 테이블에 앉아서 먹었다.

고등어 된장조림, 톳과 대두 조림, 근처 밭에서 딴 토마토로 만든 샐러드와 완두가 든 된장국. 다 먹을 때쯤에는 8시가 지나서 매미 소리도 들리지 않았다. 옆에서 가오리가 하품을 참았다. 출산을 앞둔 임신부의 밤은 이르다.

"엄마, 조만간 휴가 받을 테니까 어디든 가자."

돌아갈 때면 유리코는 늘 쓸쓸한 표정을 짓는다. 가지 말라고 애원한 적도 있다. 자고 가면 되지 않느냐면서. 그때 이후로 다음 약속을 정한 후에 돌아간다.

백화

"유리코 씨. 몸 상태도 좋으니까 이즈미 씨랑 외출하시면 어때요?"

미즈키가 엄마의 팔을 잡고 웃었다. 그녀는 밤이어도 여전히 밝다. 지치지 않는 체력과 배려에 감탄했다.

"불꽃놀이……."

피아노를 쳐서 지쳤는지 조금 졸려 보이는 유리코가 중얼거렸다.

"불꽃놀이? 좋다. 불꽃놀이 보러 갈까?"

이즈미가 얼른 대답하다가 유리코의 말이 아직 안 끝난 걸 알았다.

"절반 불꽃."

"절반? 그게 뭐야?"

이즈미의 질문에 대답하려고 유리코가 어떻게든 말을 찾으려 했다. 그러나 적절한 말이 떠오르지 않는지 절반 불꽃이라는 말만 반복했다. 택시가 자갈을 우두둑 밟으며 접근해서 둘의 대화가 끊겼다.

"엄마, 그럼 불꽃놀이를 찾아볼게."

이즈미가 그렇게 말하고 택시에 타려는 순간, 비틀거리는 걸음으로 다가온 유리코가 이즈미를 끌어안았다.

"사랑한다."

살짝 떨리는 목소리가 귀에 닿았다. 아무도 듣지 못하게 이즈미에게만 전하는 말이었다. 이즈미를 안은 팔은 엄마로서의 팔과 다르게 느껴졌다.

가오리가 택시에서 지켜보았다. 부끄러워서 팔을 풀고 택시에 올라탔다.

어두운 바다와 나란하게 달리는 택시 안에서, 안겼을 때의 엄마 냄새를 떠올렸다. 꽃처럼 달콤하고 풀처럼 쌉쌀한 냄새. 이즈미는 엄마랑 같은 냄새가 나네. 어렸을 때, 이부자리에 누워 엄마에게 안겼을 때 들은 말이 되살아났다.

전철에서 계속 자던 가오리는 집에 도착하자 잠이 다 깼다며 식탁에 노트북을 펼치고 일을 시작했다. 메일함에 접속하더니 답변을 보내야 할 메일이 열 건 이상 있다며 비명을 질렀다.

"임신부가 할 업무량 같지 않아."

가오리의 몸 상태가 걱정이지만 일부러 농담조로 말했다. 그녀는 출산 직전까지 일하는 것에 집착했고, 일이 기분 전환에 도움 되는 것도 알고 있었다.

"그건 그런데 내가 하기로 한 일이니까 이것만은 제대로 하고 출산 휴가에 들어가야지."

그녀가 추진한 교향악단 콘서트가 다음다음 달로 다가왔

백화

다. 방일訪日 일정에 맞춘 기획 앨범의 녹음, 포스터와 광고지 제작이 막바지라고 한다. 가오리는 육아도 일처럼 집착할 것 같다던 마키의 말이 생각났다.

"그 배로 미팅하러 가면 다들 놀라지 않아?"

이즈미가 미리 사둔 페리에 페트병을 따서 얼음 넣은 잔에 따르고, 하나를 노트북 옆에 놓았다. 고마워, 하고 가오리가 웃었다.

"그런 몸으로 안 와도 된다고 솔직히 말해주는 게 마음이 편하긴 해. 여러모로 도움을 받을 수도 있고. 하지만 지금은 자칫하면 성희롱이 될 수도 있으니까."

"복잡하네. 어느 쪽이 옳은지 모르겠어."

"임신이고 뭐고 일하라는 건 논외겠고, 그렇다고 일하지 말라는 건 성희롱이 되겠지. 결국 말을 듣는 여성이 어떻게 느끼느냐에 달렸겠지만."

대화를 이어가며 가오리가 키보드를 빠르게 두드렸다. 순식간에 절반 이상의 메일에 답을 보냈다.

"우리 엄마는 분명히 출산 직전까지 일했겠지. 싱글맘이고 부모님과도 소원했으니까. 혼자 산부인과에 입원해서 나를 낳았다고 해."

그 일기에 적혀 있었던 출산 이야기. 유리코에게 직접 들은 적은 없다.

"어머니, 불안하셨겠다."

"지금 생각해보면 얼마나 힘들었을까 싶어. 낳은 후에도 혼자 일하면서 집안일을 했으니까."

가오리가 그렇다고 고개를 끄덕이더니 갑자기 무언가를 떠올린 것처럼 컴퓨터 화면에서 시선을 들었다. 페리에가 잔에서 톡톡 터지는 소리를 냈다.

"그러고 보니 어머니도 된장국을 남기셨지."

아까 같이 저녁을 먹을 때, 이즈미와 유리코만이 된장국에 입을 대지 않았다. 눈에 띄지 않게 정리했다고 생각했는데 가오리 눈에는 다 보였나 보다.

엄마의 된장국을 마지막으로 먹은 날은 아침부터 봄눈이 내렸다.

엄마는 이즈미가 아침을 다 먹을 때까지 지켜보고 그대로 집을 나가 돌아오지 않았다.

이즈미는 닷새간 혼자서 엄마를 기다렸다. 때때로 피아노 학생이 찾아왔는데 뭐라고 해야 할지 몰라 집에 없는 척했다. 냉장실에도 냉동실에도 먹을 것이 사라지고, 남겨놓고 간 얼마 안 되는 현금도 바닥난 아침, 테이블 위에 놓인 엄마의 수첩을 펼쳐 할머니에게 전화를 걸었다.

아이를 두고 딸이 도망쳤다는 소식을 들은 할머니는 기겁하고서, 오후에는 도착할 테니 집에서 기다리라고 이즈미에게 당부하고 전화를 끊었다. 할머니가 오기까지 몇 시간 사이에 이즈미는 유리코의 사진을 전부 쓰레기통에 버렸다. 냉장고에 붙여둔 것, 액자에 넣은 것, 앨범에 끼운 것, 손에 잡히는 대로 전부 버렸다.

할머니는 일주일에 두 번 정도 집에 와주었으나 귀찮은 일에 휘말렸다는 듯이 한숨을 자꾸 내쉬었다. 어디까지나 의무로 이즈미를 돌보는 것처럼 보였다. 이즈미는 할머니에게 면목이 없었다. 혼자서 아들을 키우겠다고 결심했으면서 버리고 도망친 엄마를 한심하다고 생각했다. 할머니도 아마 딸에게 비슷한 감정이었을 것이다. 이즈미와 할머니는 한심해하는 마음으로 연결되었다.

1년 후, 유리코는 아무 일 없었다는 듯 돌아와 부엌에 섰다.

그날 이즈미는 된장국 냄새를 맡고 잠에서 깼다. 엄마가 부엌에서 김이 모락모락 나는 냄비를 젓고 있었다. 할머니는 힘이 빠졌는지 소파에 앉아 텔레비전에서 나오는 뉴스를 멍하니 보고 있었다. 화가 났다기보다 안도한 것처럼 보였다.

엄마가 돌아왔다는 기쁨도, 사라진 것에 대한 분노도 없었다. 그저 기가 막혀서 안녕, 하고 말했다. 어서 오라는 말이 옳았을지도 모른다. 그러나 그때 이즈미가 고른 말은 그것이었다.

영화 편집처럼 1년간을 잘라 이어 붙이면, 연결점 없이 하나의 장면으로 볼 수 있다. 이즈미와 유리코는 그 편집을 받아들였다. 1년간을 없었던 셈 치고 살기로 암묵적으로 정했다.

둘이서 그 일에 관한 이야기를 나눈 적은 없다. 아무것도 달라지지 않은 엄마와의 생활이 돌아왔다. 단 하나. 그날 만든 된장국에 이즈미는 입을 댈 수 없었고, 유리코도 국그릇을 건드리지도 않았다. 그날 이후로 둘 다 된장국을 먹지 못했다.

엄마 집에서 일기를 발견한 후, 한동안 직장의 책상 서랍에 넣어두었다. 연결점에 어떤 일이 벌어졌는지 보고 싶지 않았다. 일하는 사이사이 때때로 꺼내 두 권의 까만 표지를 바라보았다.

1994와 1995. 언젠가 엄마가 그 1년간을 이야기해줄 날이 오기를 바랐다는 것을 깨달았다. 치매에 걸린 엄마에게 듣기는 어렵다는 것 또한 알았다.

아무도 없는 심야 사무실에서 일기를 단숨에 읽었다. 한 번만으로는 받아들이지 못해 몇 번이나 반복해서 읽었다. 엄마가 살았던 동네, 작은 방, 먹었던 오므라이스와 키웠던 금붕어, Y라는 친구에 아사바라는 남자. 유리코가 이즈미를 버리고 살고자 했던 1년간의 정경을 선명하게 머릿속에 떠올렸다. 재해가 벌어진 그 날의 사건과 함께.

이즈미 곁에 돌아온 엄마는 그 후로 자기 시간과 감정을 전부 아들을 위해 바쳤다. 사랑에 빠진 티를 내지 않았고, 이즈미와 둘이서 살아가는 삶을 의심하지 않는 것 같았다. 엄마는 평생을 바쳐 그 1년간에 대해 속죄하겠다고 결심했는지도 모른다.

"이즈미, 있어!"

맞은편에서 가오리가 외쳤다. 손짓을 따라 노트북 화면을 들여다보니 메일 답변은 이미 끝났는지, 검색 사이트의 이미지 검색 결과가 있었다.

검색창에 적은 키워드는 '절반 불꽃놀이'였다. 호수 위로 쏘아 올린 불꽃놀이 사진이 화면에 떴다. 반원을 그린 불꽃놀이가 수면에 반사해 동그란 원을 그렸다. 상반신은 진짜 빛, 하반신은 호수의 허상.

"예쁘다……."

이즈미가 무심코 중얼거리자, 가오리가 글을 읽었다.

"스와호수 축제, 호수 위 불꽃놀이 대회."

12장.

어른

"이즈미 씨, 잠깐 시간 있으세요?"

월요일 정례 미팅 후, 후배 나가이가 불러 세웠다.

"그래. 그럼 여기에서 얘기할까."

회의실에 남으려 했는데, 밖을 보니 노트북을 손에 든 사원 너덧 명이 줄 서 있었다.

"안 되겠네요. 밀렸어요."

"빨리 해결해주면 좋겠네."

이즈미가 한숨을 쉬고 복도로 나갔다. 이 회사는 회의실 부족 문제가 심각해서 비는 상황에 따라 미팅 일정이 정해질 때도 많다.

"그래도 좋은 거 아닐까요?"

"뭐가 좋아?"

"신문사 같은 데는 요즘 미팅이 적어서 회의실이 텅텅 비었대요."

"하긴 아직 우리 쪽이 나은 건가."

그렇다니까요, 하고 나가이가 펑퍼짐한 후드티 주머니에서 스마트폰을 꺼내 화면을 터치했다.

"그나저나 큰일이에요. 인간이 아니라 회의실 스케줄을 우선해야 한다니."

복도 안쪽의 문이 열리고 레슨실에서 흑발 소년이 나왔다. 보이스 레슨을 받았는지 땀에 푹 젖었고 목에 수건을 두르고 있다. 어느 레이블에서 육성하는 신인일까. 체구는 작은데 곱슬곱슬한 앞머리 사이로 예리한 안광이 보였다.

"어디 카페라도 갈까?"

이즈미가 묻자, 나가이가 여기면 된다며 복도에 놓인 빨간 소파에 앉았다. 앉자마자 해사하게 웃으면서 목소리를 낮췄다.

"그런데 이즈미 씨, 아세요? 다나베 씨 일."

"오사와 부장님이랑 헤어졌어?"

"아니요, 안 헤어졌어요. 그런데 다나베 씨, 다른 남자랑 동시에 사귀고 있어요. 그것도 사내 연애."

"이렇게 가까운 데서? 오사와 부장님은 아셔?"

백화

흑발 소년이 앞을 지나 화장실로 들어갔다. 그 옆얼굴을 보고 지난달에 대대적으로 홍보하며 메이저 데뷔한 싱어송라이터인 걸 알았다. 손목을 긋는다는 등 자해 습관을 적나라하게 표현한 가사로 화제를 모은 그는 시부야역 앞 길거리 라이브에서 천 명 이상을 모으며 단숨에 스타 반열에 올랐다.

"오사와 부장님은 모를 거예요. 부장님, 질투 되게 심할 것 같잖아요."

"다나베, 위험한 짓을 하네……."

"그래도 뭐, 이것도 저것도 다 갖고 싶은 다나베 씨다워서 어떤 의미에서 호감이에요. 그건 그렇고 이즈미 씨는 여전히 아무것도 모르시네요."

나가이가 스마트폰을 들여다보며 웃었다. 자신의 둔감함이 부끄러우면서 동시에 귀가 밝은 그에게 놀랐다. 언제 어디에서 그런 정보를 얻는 걸까.

"이즈미 씨 어머님은 상태가 어떠세요?"

정신을 차리자 나가이가 속쌍꺼풀 진 눈으로 빤히 바라보고 있었다. 할 말을 돌리는 건지 정말로 엄마에게 흥미가 있는 건지 표정만 봐서는 모르겠다.

"나쁘지 않아. 좋은 홈에 들어가서 다행이야. 그래도 치매 자체는 진행 중이지. 가오리는 완전히 잊었고, 나도 못 알아볼 때도 있어."

"점점 어려지는 것 같죠."

확실히 유리코와 말하다 보면 말투나 행동이 어려지는 것 같다. 기억이 역류하기 때문인지도 모른다.

"저번에 홈에 갔더니 돌아갈 때 날 끌어안더라."

"오, 그런 거 좀 부끄럽지 않아요?"

"그러니까. 다른 사람이랑 혼동했는지도 모르지. 엄마도 여자라는 생각이 들더라." 벤치에 앉아 있는 엄마의 모습이 뇌리에 떠올랐다. 하얀 배를 바라보며 아사바를 기다린다. "연애 같은 건 상상도 못 했는데 생각해보면 엄마라는 건 하나의 얼굴일 뿐이지."

"맞아요. 우리 할머니도 그런 일이 있었거든요."

나가이가 말하는 것과 동시에 흑발 소년이 화장실에서 나왔다. 셔츠 소매를 걷어붙여 두 팔이 드러났다. 자해 습관을 노래하는 것치고, 팔은 새하얗고 상처 하나 없었다.

"할머니, 유산 상속 때문에 다툼이 생길 줄 알면서도 유서를 남기지 않았어요. 치매가 진행되기 전에 해야 한다고 세무사나 변호사가 귀 따갑도록 말했는데 마지막까지 쓰려고 안 했어요. 어찌나 쇠고집인지 아버지도 삼촌들도 당황하더라고요. 그래도 저는 이유가 대충 짐작 갔어요."

저 새하얀 팔을 보자 KOE의 모습이 떠올랐다. 시부야 거리가 내려다보이는 호텔 룸에서 음악을 잊어버렸다고 말했던 그녀.

"할머니는 유서를 쓰지 않음으로써 애정을 끌어들였던 거예요. 그렇게 하면 경쟁하듯이 아들들이 찾아오니까. 어머니, 괜찮으세요? 뭐 필요한 거 있어요? 어디 같이 외출할까요? 그러면서 찾아와요. 그러니까 결론을 지으면 안 된다는 걸 아신 거죠. 그러다가 결국 할머니는 치매에 걸렸고, 유산을 둘러싸고 형제 싸움이 벌어져서 난리였지만요. 다들 애정을 바친 만큼 가져가려고 하니까."

KOE가 타사로 이적했다는 이야기를 지난주에 들었다. 다른 사람이 쓴 가사든 뭐든 다 부르겠다고 말했다고 한다. 그렇게 자신의 언어에 집착했으면서.

"어떻게 하면 인간을 창조할 수 있나요?"

KOE의 속삭이는 듯한 목소리가 귓가에 들린 것 같았다.

근황이 궁금해 인터넷에 검색해보니, 뛰어난 인공지능 연구자와 대담하는 동영상이 문화 관련 사이트에 올라와 있었다.

"인공지능을 만드는 것은 인간을 창조하는 것입니다"라고 주장하는 인공지능 연구자가 KOE의 질문에 대답했다.

"컴퓨터에 무조건 기억시킵니다. 장기 인공지능이라면 과거 기보를 전부 다."

"그렇다면 인간은 몸이 아니라 기억으로 이루어졌다는 뜻인가요?"

KOE는 자기 쪽에서 열망했다는 인공지능 연구자와의 대화에 흥미를 느끼는지 눈이 반짝거렸다.

"그렇습니다. 그러니 만약 내가 교통사고를 당해 몸이 전부 기계로 바뀌어도 기억이 남아 있으면 그건 나라고 할 수 있죠. 그러나 몸은 그대로인데 기억을 잃었다면 그건 이미 내가 아닙니다."

어떻게 가사를 썼는지, 어떤 기분으로 노래했는지. 그 전부를 잊은 그녀는 이미 'KOE'가 아닐까. 시부야 호텔에서 꿈에 잠긴 듯한 눈동자로 야경을 바라보던 그 모습이 생각났다.

"만약 인공지능에 개성이나 재능을 주려면." 그녀가 대담 마지막에 혼잣말처럼 말했다. "어떤 기억을 잃게 하면 되겠네요. 예를 들어 빨간색의 기억, 바다의 기억, 사랑의 기억."

분명 인간의 개성은 부족한 것에서 생기는지도 모른다. 빨간색의 기억이 없는 화가가 그린 그림, 사랑의 기억을 잃은 소설가가 만들어내는 이야기는 분명 매력적이겠지. KOE가 음악의 기억을 잊은 대신 얻은 것은 무엇일까. KOE가 자아

백화

내는 노래를 다시 듣고 싶었다.

"역시 그만둘 생각이야?"

무의식중에 말이 나왔다.

"이즈미 씨, 죄송합니다."

나가이가 스마트폰을 주머니에 넣고 움츠렸다.

"너, 일을 열심히 하겠다며."

"이미 정했어요. 오늘은 제대로 말씀드려야겠다 싶어서."

"……그렇게 중요한 이야기를 복도 소파에서 해도 되냐."

이즈미가 쓴웃음을 짓자 나가이가 웃으며 받아쳤다.

"딱히 회의실에서 예의 차려서 할 이야기도 아니잖아요."

나가이가 회사를 그만두고 싶다고 했다는 소식을 오사와 부장에게 들은 게 그저께였다. 따로 하고 싶은 일이 생겼다, 라는 흔한 퇴직 사유였는데 도무지 이해할 수 없었다. 나가이 의 일은 앞으로 재밌어질 참인데.

"이즈미 씨, 정말 하나도 기억 못 하시는구나." 생각이 훤히 보였는지, 나가이가 말했다. "저, 처음부터 영상 일을 하고 싶 다고 말했잖아요."

기억을 더듬어보니 그랬던 것도 같다. 굳이 따지면 음악보 다는 영화를 좋아해요. 때때로 그렇게 말했지만, 그냥 자기

비하 정도라고 생각해 진심으로 받아들이지 않았다.

"온가쿠의 뮤직비디오를 좋게 본 영화사 사람이 제안했어요. 영화는 프로듀서가 부족하다면서."

"우리 회사에서도 애니메이션이나 소규모 영화라면 만들수 있어."

"알아요. 그래도 한 번은 승부를 걸어보고 싶어요. 시골에 계신 부모님도 볼 수 있게 대형 영화관에 걸릴 만한 영화요. 그런 영화의 엔딩 크레딧에 이름이 실리고 싶어요. 바보 같지만 그렇게 하면 잊히지 않을 것 같아서."

어느새 흑발 소년은 복도에서 사라졌다. 레슨실에서 유난히 박력 넘치는 기타와 드럼 소리가 들려왔다. 그 소년과 저런 경쾌함은 어울리지 않는 것 같다.

"알았어……. 오사와 부장님과 인수인계 얘기를 해둘게."

"잘 부탁드립니다." 나가이가 챙이 길쭉한 모자를 벗고 고개를 숙였다.

"참고로 부장님은 전혀 실망하지 않을 거예요. 저를 안 좋아하실 테니까."

"그건 아닐걸. 처음 왔을 때 말했던 것 같은데, 너를 데려온건 내가 아니라 오사와 부장님이었어."

이즈미의 말에 나가이의 눈동자가 살짝 흔들렸다. 그랬었

　　　　　　　　　　　　　　　백화

나요…… 까맣게 잊었네요. 그렇게 중얼거리고 눈을 감추려는 듯이 모자를 깊숙이 썼다.

산부인과 진료를 마치고 돌아오며 가오리와 함께 유아용품 판매점에 들렀다.

산달에 들어선 가오리는 항상 몸이 무거워 보였다. 이즈미가 필요한 것을 사서 가겠다고 했으나 가오리는 조금 걷고 싶다고 했다.

종이 기저귀, 도톰한 엉덩이용 물티슈, 플라스틱 턱받이, 이유식 스푼. 이것저것 갖췄다고 생각했는데 선반을 보니 깜박하고 못 산 게 많았다. 가오리와 상의하며 상세히 점검해 출산을 위한 준비를 했다. 가게를 한 바퀴 돌고 바구니를 보니, 엄마를 위한 간병 용품을 사던 때가 생각났다.

토요일인 탓인지 계산대에 길게 줄이 섰다. 이렇게 보니 특수한 인간들이 모이는 공간이었다. 곧 아이가 태어나거나 어린애가 있는 사람들만 모이는 공간. 대부분 부부끼리 와서 살짝 들뜬 분위기가 풍긴다.

"나…… 임신했을 때, 솔직히 기쁘지 않았어."

그것이 종이 기저귀를 양손에 들고 선 가오리의 목소리임을 인식하기까지 조금 시간이 걸렸다.

"계속 일할 수 있을까, 술도 못 마시잖아, 해외여행도 당분간은 못 가네, 이런 생각만 들어서."

엄마, 하고 가냘픈 목소리가 들렸다. 만 한 살이나 두 살쯤됐을까. 아직 뒤뚱뒤뚱 걷는 여자애가 이즈미와 가오리 왼편의 장난감 코너를 헤맸다. 분홍색 샌들이 타박타박 소리를 냈다.

"일을 쉬는 게 아쉬웠어. 지금까지 노력했고, 쌓아온 실적이나 인간관계가 있고, 간신히 재미있어졌는데. 내가 없는 사이 다른 사람이 빼앗아갈까 봐 불안했어. 남자는 아무것도 잃지 않으니까 치사하다는 생각에 자기를 원망하기도 했어. 그래도 자기도 아이가 생겼다는 말을 들었을 때 기쁘지 않았지?"

의표를 찔려 대꾸할 말을 잃었다. 가오리에게 임신했다는 소식을 듣고 그저 멍했던 것이 떠올랐다. 기쁘거나 희망차지도 않고 아무 실감이 나지 않아 잘됐다고 말하는 게 고작이었다. 그게 뭐야, 남 일처럼. 가오리는 입술만 올려 웃었다.

"나는 자기의 그런 느낌에 안심했어. 아, 이제부터 우리 둘이 함께 부모가 되는 거구나, 하고 생각했어. 자기는 잘 감추는 줄 알겠지만 생각하는 게 훤히 보여서 의심하지 않아도 되니까 좋아. 나는 평생 부모님이 무슨 생각을 하는지 몰라서

백화

안색을 살폈으니까 그런 안심감을 원했어."

가오리가 줄 앞을 바라보았다. 그녀의 시선 앞에 보이는 계산대가 삑삑 규칙적인 전자음을 울렸다.

산부인과 로비에서 기다릴 때, 이즈미는 소파에 앉은 남녀를 보며 한 명 한 명에게 왜 아이를 낳는 건지 물어보고 싶었다. 부모가 되는 것을 행복하다고 느끼는지.

"요전에 막 출산한 마키한테 이야기를 들으러 갔었어. 아이가 정말 태어나니까 사랑스럽다 못해 괴로운 것도 다 날아간다는 이야기를 듣고 싶었거든. 그런데 마키도 잃은 게 너무 많다고 하더라. 시간도 돈도 체력도 지혜도 전부 아이한테 빼앗겼대."

엄마를 부르는 목소리에 물기가 어리기 시작했다. 분홍색 샌들을 신은 여자애는 두 눈에서 눈물을 주룩주룩 흘리며 엄마, 엄마를 반복했다. 엄마는 어디 있을까, 이즈미가 주위를 둘러봤으나 엄마로 보이는 여성은 없었다. 울음소리가 들리지 않는지, 옆에서 가오리가 말을 이었다.

"역시 그런가 싶어서 조금 실망했어."

"그랬구나……."

"그래도 아기에게 젖을 먹일 때, 표정이 정말 좋더라. 마키가 좀 어른이 된 것 같았어. 그때 알았지. 잃는 게 곧 어른이 되는 건지도 모르겠다고."

거기까지 말한 가오리가 들고 있던 종이 기저귀를 바닥에 놓고 울고 있는 여자애에게 달려갔다. 머리를 조심조심 쓰다듬어도 여자애는 울음을 그치지 않는다. 어쩌면 좋지, 하고 당황한 얼굴로 잠깐 여자아이를 바라보더니 숨을 크게 들이쉬고 외쳤다.

"어머니! 어디 계세요? 아이가 찾아요!"

그러나 엄마는 모습을 보이지 않는다. 가오리가 손짓해 이즈미를 불렀다.

"이즈미, 목마!"

"어? 해본 적 없는데?"

"알았으니까, 빨리!"

목마를 태우라는 지령에 이즈미는 당황했다. 지금까지 태워본 적도 없고 탄 적도 없다. 텔레비전에서 본 그럴싸한 것을 상상하며 이즈미는 여자애 겨드랑이에 손을 넣어 들어 올리고 두 다리를 어깨에 얹었다. 여자애는 말랐는데도 꽤 무거워서 균형을 잃고 살짝 기우뚱했다. 허둥지둥 막대기 같은 다리를 손으로 잡아주자, 간신히 몸이 안정되었다. 발끝에 걸린 분홍색 샌들이 눈앞에서 흔들렸다.

이즈미 인생 최초의 목마인 줄 알 리 없는 여자애는 당황했는지 어깨 위에서 완전히 울음을 그쳤다. 어머니! 어디 계세요! 가오리의 목소리가 가게를 울렸다. 지금까지 들어본 적 없는 가오리의 외침이었다. 다른 사람 같은 목소리였다.

등 뒤에서 발소리가 들렸다. 유아차에 봉지를 실은 여성이 달려와 이즈미 어깨에서 여자아이를 받아 안았다. 딸의 이마에 뺨을 꽉 누르며 이즈미와 가오리에게 정신없이 인사했다.

사물이나 말, 기억도 전부 놓아버리고 엄마는 앞으로 어디로 향할까. 여자애 발끝에서 연신 흔들리는 분홍 샌들을 보며 이즈미는 생각했다.

잃는 게 곧 어른이 되는 건지도 모르겠다.

가오리의 말이 오래도록 귓가에 울렸다.

13장.

불꽃놀이

상점가를 빠져나와 대로로 접어들자, 황금색 석양이 눈으로 쏟아졌다. 까만 그림자가 된 인파 사이를, 엄마 손을 잡고 걸었다. 천천히, 천천히.

빨간색, 짙은 남색, 노란색 유카타를 입은 여성들이 나막신 소리를 울리며 군중 사이사이를 달려간다. 예쁘구나. 하얀 유카타를 입은 유리코가 눈웃음을 지으며 그들을 바라보았다.

구부러진 길을 따라 줄지은 노점이 개점 준비를 했다. 주인들이 땀을 흘리며 지붕을 올리고, 프로판가스를 조정하고 철판을 놓았다. 이미 준비를 마친 노점도 있고 아직 골조도 조립하지 않은 가게도 있었는데, 주인들 모두 잔뜩 흥분한 표정이었다. 호반에 선 호텔 옥상에 관람석이 설치되었는데, 어디

불꽃놀이

나 사람들로 꽉 찼다.

어딘가에서 큰북 소리가 들렸다. 위를 보니, 회색빛과 파란색이 뒤섞인 하늘이 펼쳐졌다. 그 푸르름 속에 조명 기기를 실은 거대한 기중기의 목이 파고들었다. 기중기 트럭 사이에 낀 듯이 설치된 텐트 구호소에는 불꽃놀이가 시작하기 전인데도 환자가 몇 명이나 있었다.

티켓에 적힌 관람석으로 가는 입구가 보였다. 엄마 손을 이끌고 한 계단씩 천천히 올라갔다. 호텔에서 나와 20분 가까이 걸은 탓에 숨을 헐떡인다. 휠체어로 가자고 했으나 유리코는 같이 걷고 싶다고 했다. 둘이서 걸을 일도 앞으로 거의 없을 테니 유리코가 하자는 대로 했다.

계단을 다 올라가자 눈앞에 타원형 호수가 펼쳐졌다. 짙은 남색 파도가 조용히 밀려왔다. 불꽃을 쏘아 올리는 부도浮島에 도리이*가 있어서, 마치 신성한 일을 집전하는 분위기가 감돌았다. 물가를 따라 관광객이 호수를 둘러싸듯이 잔뜩 모였고, 맞은편 기슭에서 이어지는 새까만 산맥이 수많은 관중을 내려다보았다.

---

* 두 개의 기둥 위에 가로대를 놓은 문으로 일본의 신사 입구에 주로 세운다.

백화

하얀 테이프를 둘러친 관람석에 엄마와 나란히 앉아 남색에서 까맣게 바뀌는 수면을 가만히 바라보았다. 7시 정각. 불꽃놀이 대회의 시작을 선언하는 방송과 함께 빨간 불꽃이 피어올랐다. 터지는 소리가 연속해서 들렸다.

가까이에서 본 불꽃은 상상보다 박력 넘쳐서 엄마와 동시에 와, 하고 외쳤다. 목소리가 겹친 것을 안 유리코가 이쪽을 보고 기뻐하며 웃었다. 지금 우리 똑같았지, 하고 연인에게 말을 거는 듯한 눈빛이다.

올해 유행한 발라드가 흐르며 하트 모양 불꽃이 수없이 올라갔다. 환성과 함께 박수가 일었다. 이어서 유명한 SF 영화 사운드트랙을 타고 별 모양 불꽃이 하늘 일면에 퍼졌다. UFO, 나비, 달팽이에 네잎클로버. 본 적 없는 모양의 불꽃이 연달아 올라갔다. 주변에 앉은 관객이 한 손에 펜을 들었다. 불꽃이 올라갈 때마다 책자에 숫자를 적었다.

"아줌마, 스와호 불꽃놀이는 경연 대회거든."

옆에 앉은 금발 청년이 의아한 듯 바라보는 유리코에게 책자를 내밀었다.

"이렇게, 각각 불꽃에 점수를 매기는 거야."

입 안에 가지런한 금니를 보이며 낄낄 웃었다. 까만 유카타에 용 자수가 놓였고, 해독할 수 없는 한자가 옷단까지 가득

새겨졌다. 옆에 앉은 여자친구도 갈색 머리카락을 높이 올려 묶고 용 무늬 유카타를 커플룩으로 입었다.

"아까 게 이바라키, 지금 게 나가노. 다음은 아키타고 그다음은 니가타. 도쿄 것도 있어. 전국의 불꽃 제작자가 신작 불꽃을 만들어서 경쟁해."

복잡한 디자인의 불꽃이 제작회사 이름을 알리는 방송과 함께 쏘아졌다. 멋지다, 예뻐, 지금 거 좋다. 청년의 여자친구가 불꽃이 올라갈 때마다 탄성을 지르며 점수를 적었다. 얀마, 전부 백 점 주지 마. 금발 청년이 참견했다.

"아줌마도 해! 내일 신문에 심사위원이 점수를 올리니까 자기 거랑 비교하면 재밌어." 청년이 유리코에게 책자와 펜을 내밀었다. "우리는 둘이서 하나로 하면 되니까!"

잠깐 망설이던 유리코가 고맙다며 청년에게 웃어 보였다. 그래도 괜찮아요.

"왜? 아줌마, 사양 안 해도 돼! 하라니까!"

금발 청년이 하도 책자를 떠밀어서 이즈미가 받아 펼쳐보니, 제각각 불꽃의 제목이 일람으로 실려 있었다. 유리코가 들여다보고 그 글자를 가만히 읽었다.

"……어느 불꽃이 좋았는지, 어떤 색이고 어떤 형태였는지. 전부 잊어버리는걸요. 그러니까 불꽃은 대단하다고 생각해요."

유리코가 책자를 금발 청년에게 돌려주었다. 기분을 상하게 했나 싶어 이즈미가 고개를 숙였는데, "이야, 역시! 되게 깊이 있다!"라며 청년과 여자친구가 귀에 몇 개나 단 피어스를 흔들며 고개를 끄덕였다. 그러는 사이에도 불꽃은 계속 타올랐다.

최근 들어 엄마가 "이즈미"라고 부르지 않는다. 아들이라고 인식은 하는데 이름이 생각나지 않는 듯했다. 유리코는 수천, 수만 번이나 부른 아들의 이름까지 잃었다.

말을 잃은 것과 비례해 유리코는 자주 잠들었다. 낮부터 침대에 웅크려 꼼짝하지 않는 날도 많았다. 수면 시간이 점점 길어졌다. 양달에서 잠자는 아기 같은 유리코의 잠든 얼굴이 생각났다.

말을 잃고 이름을 잊어버린 때, 엄마 안에는 자신의 무엇이 남을까.

불꽃 제작자 스물다섯 명의 신작 불꽃 발표가 끝날 즈음, 하늘은 완전히 어둠에 감싸였다. 점수를 다 매긴 금발 청년이 올해는 대박이었다며 흥분해서 캔맥주를 홀랑 마셨다. 유리코는 차 페트병을 두 손으로 쥔 채 물결치는 까만 수면을 가만히 바라보았다.

"드디어 마지막은 스와호 명물, 물 위의 스타 마인입니다!"

높은 목소리의 방송과 함께, 커다란 반원이 눈앞에서 빛났다.

잠깐의 정적 후, 땅울림 같은 낮고 묵직한 소리가 호반에 울려 퍼지더니 관객석에서 환성이 터졌다. 수면에 닿을락 말락 반원의 빛이 차례차례 피어오르고, 수면이 거울처럼 그것을 반사했다. 실물과 허상이 연결되어 하나의 커다란 원을 그린다.

"그야말로 백화요란 같은 클라이맥스입니다!"

물 위에 뜬 불꽃을 바라보며 그 작은 집에 한 송이씩 꽂혔던 꽃들을 머릿속에 그렸다. 튤립, 코스모스, 수국, 해바라기, 거베라, 마거리트, 동백, 장미, 유채. 그저 아름다웠다는 추억만 남기고 깨닫지 못한 사이에 지고 사라진 색.

눈가에 눈물을 달고 하늘을 올려다보는 엄마의 하얀 얼굴에 흰색, 빨간색, 노란색 섬광이 비쳤다. 문득 어디선가 이 광경을 본 것 같았다. 언제 있었던 일이지. 너무도 애틋한 광경. 절대 잊어서는 안 될 말. 기억을 더듬었으나 도무지 생각나지 않았다.

휩쓸릴 것 같은 인파 속에서 엄마 손을 잡고 걸었다.

"불꽃놀이, 참 예뻤지."

이즈미가 말을 걸었는데, "……사과 사탕이 먹고 싶어" 하고 등 뒤에서 소녀 같은 목소리가 들리더니 이즈미의 손이 당겨졌다. 돌아보니 유리코가 빙수 노점과 요요 낚시 노점 사이의 작은 노점을 빤히 바라보고 있었다. 쪽빛 포렴에 그려진 사과 사탕 그림. 널빤지 모양 스티로폼에 새빨간 사과 사탕이 같은 간격으로 가지런히 꽂혀 있었다. 표면에 엿이 발려 전구 빛을 받아 반짝반짝 빛났다. 유리 세공 같아서 음식처럼 보이지 않았다.

"……피곤해. 지금 당장 사과 사탕을 먹고 싶어."

유리코의 입이 움직이는 것을 보고 방금 들린 목소리가 엄마 것인 줄 깨달았다. 불꽃놀이를 봤을 때와는 다른 어린애 같은 말투에 이즈미는 당황했다.

"사람이 너무 많으니까 나중에 먹자."

그렇게 말하며 유리코의 손을 당겼다. 빨리 군중 속에서 벗어나 방을 잡아둔 호반 호텔로 돌아가고 싶었다.

"지금 먹고 싶어."

유리코는 멈춰 서서 아무리 재촉해도 움직이지 않았다.

"사과 사탕 지금 먹고 싶어, 지금 먹고 싶어, 지금 먹고 싶어."

고집을 부리는 애처럼 반복했다. 유카타를 입고 주변을 걷는 사람들이 기이한 것을 보는 시선을 보냈다. 부끄러워서 간언하는 것처럼 엄마 귀에 입을 가까이 댔다.

"알았어……. 같이 사러 가자."

"……여기에서 기다릴래."

엄마를 두고 가도 되나 잠깐 망설였으나, 사람에 파묻힐 것 같은 길을 가로질러 노점까지 데려가는 건 확실히 어려워 보였다.

"그럼 내가 사 올 테니까 엄마는 여기에서 기다려. 절대로 움직이면 안 돼."

엄마를 길가 연석에 앉히고, 사람들의 흐름을 거스르며 헤엄치듯 노점으로 향했다. 어깨가 부딪히고 팔꿈치가 닿았다. 어디선가 혀를 차는 소리가 들렸다. 열받았지만 폐를 끼치는 건 이쪽이니 짜증을 참았다. 빨리 사과 사탕을 손에 넣어 유리코 곁으로 돌아가야 한다. 몇 번이나 엄마 쪽을 돌아보며 노점을 향해 걸었다.

도착했을 때는 완전히 땀에 절었다. 하나에 3백 엔이야, 라고 말하며 주인이 필사적인 형상인 이즈미를 의심스럽게 바라보았다. 하나만 사려다가 엄마랑 같이 먹자고 생각해 두 개를 샀다. 천 엔 지폐를 내고 사과 사탕이 꽂힌 꼬챙이 두 개와

거스름돈을 받아 돌아서자, 엄마가 없었다. 발돋움해 엄마가 앉았던 연석 주변을 봐도 전혀 보이지 않았다.

아, 힘 빠진 소리가 입에서 새어 나오는 걸 알았다. 역시 억지로라도 노점까지 같이 왔어야 했나. 애초에 엄마의 희망을 들어주지 말고 호텔로 끌고 갔어야 했나. 아니다, 후회하기 전에 엄마를 찾아야 한다. 이즈미는 스스로 채찍질하며 몸을 비틀어 다시 인파 속으로 들어갔다.

엄마! 등을 쭉 펴고 외쳤다. 그 목소리도 소란 속에 지워진다. 까뭇까뭇한 머리들이 어둠 속에서 파도처럼 꿈틀거렸다. 엄마의 작은 키로는 이 인파에 파묻힐 것이다. 엄마! 손 좀 들어 봐! 대답이 없을 줄 알면서도 소리를 지를 수밖에 없었다.

몇 개의 까만 눈동자가 이쪽을 향했다. 갑자기 소리를 지르는 남자를 불편한 듯 바라본다. 양손에 사과 사탕을 들고 외치는 모습은 굉장히 우스꽝스럽게 보이리라. 사탕을 당장 버리고 싶었지만, 양심에 찔려서 그대로 인파를 헤치며 걸었다.

길가에 쭉 있는 건물에 닥치는 대로 들어갔다. 편의점, 노래방, 메밀국숫집, 기념품 가게. 어디에도 엄마의 모습은 없었다.

저기요, 하얀 유카타를 입고 키가 작고 일흔쯤 된 여성인데요! 점원을 붙잡고 물었으나 다들 고개를 저었다. 어쩌면 호텔까지 혼자 갔을지도 모른다. 호텔로 가서 로비를 달리며 살펴보았다. 마주친 직원 한 명 한 명에게 물었으나 유리코를 본 사람은 없었다.

새된 사이렌 소리가, 뒤쪽에서 앞쪽으로 꼬부라지며 들려오더니, 그 직후 하얀 차가 앞 도로를 지나갔다. 불길한 예감에 호텔 현관으로 달려갔다. 자동문이 열릴 때까지 기다릴 여유가 없어 몸으로 비집으며 밖으로 나가 회전하는 구급차의 빨간 신호를 쫓아 달렸다. 군중이 갈라져 모세의 '십계'처럼 구급차 앞에 길이 생겼다.

구호소의 텐트 앞에서 사이렌이 멈추고, 뒤쪽 문이 열렸다. 안에서 들것을 안은 구급대원이 나와 텐트로 들어갔다. 비닐 텐트 입구가 들춰진 사이로 침대에 누운 가느다란 다리가 보였다. 엄마! 허둥지둥 텐트로 들어갔으나, 누워 있는 사람은 세일러복을 입은 여고생이었다. 구급대원들이 놀라서 이즈미를 바라보았다. 부끄러운 마음을 떨치려는 듯이 곧장 텐트에서 나와 인적이 드문 차도를 목적 없이 걸었다.

엄마, 어디 간 거야. 움직이면 안 된다고 했는데! 달그락, 익숙하지 않은 나막신이 건조한 소리를 냈다.

고등학교 2학년 때, 연상의 연인이 생겼다.

아르바이트하던 곳에서 알게 된 여대생이었다. 시코쿠에서 도쿄로 왔고, 두 역 떨어진 역 근처 공동주택에서 혼자 살았다.

이즈미는 귀엽다, 우리 집에 가지 않을래? 아르바이트를 마치고 둘이서 밥을 먹다가 집에 초대받았다. 그녀 집에서 태어나 처음으로 술을 마시고 그 기세를 몰아 섹스를 했다. 오늘은 자고 가. 시키는 대로 집에 가지 않았다.

다음 날 낮에 귀가하자, 엄마는 어서 오라는 인사만 건넸다. 이즈미를 혼내지 않았다. 유리코가 그러지 못할 것을 알고 있었다. 그 후로 한동안 연인의 집에 종종 머물렀다. 사흘이나 나흘쯤 집에 안 갈 때도 많았다.

사귄 지 반년쯤 지났을 때였나. 일주일쯤 계속 연인의 집에서 지냈다.

"어디 있었니?" 집에 온 이즈미에게 마침내 유리코가 캐물었다. "누구랑 같이 있었어?"

이즈미는 줄곧 이때를 기다린 기분이었다.

"그런 일이 잘도 나오네." 준비했던 말로 되받아쳤다. 되돌렸다. "엄마는 그런 말 할 권리가 없을 텐데."

엄마는 한참이나 말없이 싱크대를 바라보았다. 이즈미가 소파에 앉아 텔레비전을 켜자, 잠시 멈췄던 설거지를 다시 시작하며 그러네, 하고 중얼거렸다.

그다음 주에 이즈미는 여대생과 헤어졌다.

요란한 브레이크 소리가 들려 돌아보았다. 눈앞까지 헤드라이트가 다가왔다. 저도 모르게 두 손을 앞으로 뻗고 엉덩방아를 찧었다. 은색의 범퍼가 손가락 앞까지 온 지점에서 멈췄다. 지면에 떨어져 뭉개진 두 개의 사과 사탕이 헤드라이트를 받아 반짝였다. 이 머저리가! 호통과 함께 타이어가 아스팔트에 마찰하는 소리가 들리고, 힘차게 후진한 차가 이즈미를 피해 빠른 속도로 달려갔다. 눈앞이 새하얘졌고, 고무 타는 냄새를 맡았다. 이즈미는 차도에 주저앉은 채 한동안 꼼짝하지 못했다.

지난주, 나기사 홈에서 미네기시가 죽었다. 숨을 거두기 직전까지 그녀의 전도는 이어졌다. 신을 믿으라고 설득했다. 그러면 당신은 영원한 생명을 손에 넣을 수 있다고.

나기사 홈에서 조촐한 고별식이 열렸다. 고독했던 미네기시에게도 예전에는 가끔 찾아오던 딸이 딱 한 명 있었다고 미즈키 소장이 알려주었다. 어느 시점부터 딸은 발길을 딱 끊었다. 마음에 걸려 미즈키가 연락했더니 딸은 이미 교통사고로 숨진 뒤였다. 그때 미네기시는 딸이 있다는 것조차 잊었지만,

딸이 오지 않은 시점부터 미네기시의 전도가 더욱 진심을 띤 것처럼 보였다.

멀어지는 차의 꼬리등을 바라보며 생각했다. 만약 지금 자신이 죽었다면, 누가 엄마 이야기를 할까. 기쁠 때는 콧등을 긁적이는 습관이 있고, 조금 태운 푸딩을 좋아하고, 한 송이 하얀 꽃을 사랑했다. 그걸 아는 사람이 이 세상에서 사라진다. 엄마는 현실의 죽음과 동시에 기억 속에서도 죽는다. 그게 너무 슬펐지만, 역사에 남는 인물이 아닌 이상 누구나 언젠가 그렇게 된다.

노점의 불이 하나, 또 하나 꺼졌다. 유리코를 찾아 이즈미는 갈지자로 뛰었다. 사라지는 빛과 함께 호반에서 사람이 줄어들었다. 숨이 차서 입 안이 바짝 말랐다. 이마에서 흐른 땀이 눈에 들어가 반사적으로 멈춰 섰다. 유카타 소매로 이마를 훔쳤다. 가슴 속의 심장 밸브가 빠른 속도로 열렸다 닫혔다. 엄지발가락이 뜨거워서 시선을 내리자, 나막신 끈에 쓸려 피부가 벗겨졌다. 피가 맺힌 그것을 보자, 갑자기 타들어가는 듯한 통증이 뇌에 도달했다. 아프네, 하고 중얼거리며 나막신을 벗어 던졌다.

"너는 맨날 엄살을 부린다니까."

어려서 질리도록 들었던 엄마의 말. 다정한 목소리가 등 뒤에서 들린 것 같아 고개를 돌리자, 수십 대의 노점에 둘러싸인 광장에 유리코가 서 있었다. 금붕어 건지기에 사격, 야키소바에 솜사탕, 요요 낚시. 광장에 모인 노점만은 아직 빛이 남아서 유도등에 모이는 벌레처럼 사람들이 떼 지어 있었다.

화려한 빙수 시럽이 놓인 노점 앞에 유리코가 있었다. 어느 맛으로 할지 고민하는 소녀처럼 빨강에서 초록, 파랑, 노랑으로 시선을 옮긴다.

"엄마!"

나막신을 고쳐 신고 다리를 질질 끌며 달려갔다.

"너 어디 있었니? 얼마나 찾았는데……."

돌아본 유리코는 아까 있던 곳에서 한 발자국도 움직이지 않은 것처럼 땀도 흘리지 않았고 유카타도 전혀 흐트러지지 않았다. 걱정했어, 너는 금방 미아가 되니까.

"그건 엄마 쪽이지……."

한숨 섞인 말이 나왔다. 박동이 아직 진정되지 않아 귀 안쪽에서 쿵쿵 고막을 때렸다.

"유원지에 갔을 때, 너는 미아가 되었잖니. 내가 화장실에서 나왔더니 없어서. 정말이지 울 뻔했어. 도대체 내가 눈만 떼면 금방 사라진다니까. 그때마다 필사적으로 찾았어. 그래도 알고 있었어. 너는 찾아주길 바랐지?"

유리코가 이즈미의 손을 잡고 연인끼리 하듯이 손가락을 얽었다. 예전에는 이즈미가 미아가 되었고 지금은 엄마가 길을 헤맨다. 이런 식으로 애정을 시험하는 부모와 자식인 것을 지금 새삼스레 서로 확인한다.

"너 기억하니? 우리 집에 이사하던 날, 짐이 도착하지 않았어."

유리코가 하얀 손가락으로 딸기시럽을 가리켰다. 이즈미가 말을 걸고 3백 엔을 내자, 노점 주인이 수동형 기계로 벅벅 투명한 얼음을 갈았다. 하얀 플라스틱 컵에 눈 같은 얼음이 쌓였다.

"그랬나?"

"이삿짐센터가 착각해서 다른 손님 집에 짐을 가져갔거든. 텅 빈 집에서 어쩔 줄 몰랐잖니."

중학교 3학년 여름, 이사를 했다. 엄마가 집에 없었던 1년의 바로 다음 해였다. 그때 기억은 모호해서 잘 생각이 나지 않는다.

봉긋하게 쌓인 하얀 얼음을 받았다. 가게 앞에 색색의 시럽이 놓였다. 제각각 수도꼭지가 달려서 자유롭게 맛을 고를 수 있었다. 딸기 버튼을 누르자, 선명한 빨강이 폭신폭신한 흰색

불꽃놀이

을 뒤덮었다.

"가구도 식기도 없었으니까 역 앞 메밀국숫집에서 밥을 먹고, 상점가 청과점에서 수박을 잘라달라고 해서, 집 처마 밑에 앉아서 둘이 먹었잖니."

아무것도 없는 방을 걸레로 훔치고, 어두운 언덕길을 둘이서 내려갔다. 메밀국숫집에서 엄마는 유부메밀국수, 이즈미는 닭고기계란덮밥과 작은 메밀국수 세트를 시켜서 텔레비전에서 해주는 야구 중계를 보며 먹었다. 커다란 수박을 잘라달라고 해 마당 너머 보이는 레고블록 같은 단지의 빛을 바라보며 처마 밑에 나란히 앉아 먹었다. 엄마가 구체적으로 말할수록 그날의 정경이 되살아났다.

"엄마, 짐이 안 온다."

"미안. 오늘 중에는 분명 도착할 거야……."

"괜찮아."

"수박, 맛있네."

"응, 맛있어."

"미안하다, 이즈미. 전학하게 해서."

집에 돌아온 엄마는 툭하면 사과했다. 매번 저렴한 옷을 입혀서 미안해. 파는 반찬만 먹여서 미안해. 여행을 같이 가지 못해서 미안해.

"괜찮아."

"새로운 학교에서 친구가 생길까?"

"애초에 친구는 별로 없으니까 괜찮아."

하얀 유카타를 입은 유리코가 선 채로 딸기빙수를 한 입 먹었다. 차갑네, 하고 얼굴을 찌푸렸다. 플라스틱 스푼으로 한 입 더 퍼서 맛있다며 이즈미의 입에 내밀었다. 입에 머금자, 얼음의 차가움과 함께 딸기시럽의 달콤한 향이 코로 밀려왔다.

"……절반 불꽃이 보고 싶어."

한 입 더 빙수를 먹은 유리코가 속삭이듯이 말했다.

"어?"

잘못 들었나 싶어 유리코의 입가로 고개를 기울였다.

"절반 불꽃이 보고 싶어……."

잘못 들은 게 아니었다. 같은 말을 반복했다.

"엄마, 지금 막 봤잖아."

"아니야, 절반 불꽃이 보고 싶어. 이게 아니야."

"무슨 소리야. 이게 맞아."

"아니야. 이게 아니야. 절반 불꽃이 보고 싶어!"

갑자기 시작된 즉흥극을 보는 눈빛으로 노점 주인들이 이쪽에 시선을 보냈다. 호수 위로 쏘아 올린 불꽃처럼 현실과 공상의 경계를 구분하지 못하나 보다. 엄마의 손에서 얼음이 순식간에 녹아 빨간 액체로 변했다.

"엄마…… 부탁이니까 정신 좀 차려."

"보고 싶어. 보고 싶어, 보고 싶어! 절반, 절반 불꽃이 보고 싶어!"

"그만 좀 해!"

자기도 모르게 소리를 지르자, 유리코의 손에서 빙수 컵이 바닥으로 떨어졌다. 차가운 물이 튀어 엄마의 유카타에 점점이 빨간 얼룩이 퍼졌다. 유리코는 떨리는 손으로 이즈미의 팔을 잡았다. 잃어가는 기억에 매달리는 것처럼 다섯 손가락이 파고든다.

"보이지 않아…… 토끼 인형. 갈색에 포근포근하고 귀여운 인형. 어디에 떨어뜨렸을까…… 할머니가 사주셨는데."

갑자기 어린애 같은 소리를 내며 이즈미의 팔을 끌고 이리 저리 어슬렁거렸다. 발걸음이 막 걸음마를 뗀 유아처럼 불안 해서 자꾸 넘어지려 했다.

"이름이 무였어. 아까부터 계속 찾는데 아무 데도 없어. 엄 마한테 혼날 거야. 너는 다정하구나…… 같이 찾아줄 거지. 그런데……."

갑자기 입을 다문 유리코가 이즈미의 얼굴을 살폈다.

"……너는 누구야?"

"왜 이래……. 엄마, 나야. 이즈미야."

엄마와 눈을 마주할 수 없었다. 지금 벌어진 일을 외면하고 싶었다. 그런데 유리코는 얼굴을 더 가까이 들이밀었다.

"누구야? 너는 누구야?"

나는 누구일까? 뭐라고 말하면 좋을까. 이름은 가사이 이즈미. 당신의 아들이에요. 서른일곱 살에 남성. 레코드회사에서 근무. 좋아하는 음식은 하이라이스. 달걀 요리도 좋아해요. 된장국은 못 먹어요. 사내 결혼한 아내가 있고 곧 아이가 태어나요.

과연 이런 말이, 나 자신이 누구인지 증명해줄까.

"너는…… 누구야? 왜 여기 있어?"

반복되는 질문에 엄마 집에서 발견했던 잊지 않기 위한 메모가 떠올랐다. 지금 이즈미가 그런 것처럼 그때 유리코는 자신이 누구인지 계속 자문했을 것이다.

노점 전구의 빛을 받아 엄마의 새까만 눈동자가 유리구슬처럼 빛났다. 밑이 빠져버린 듯한 까만 눈에는 도대체 어떤 인간이 비칠까.

유리코가 주변에 있는 사람들을 천천히 둘러보았다. 어린

애 같은 눈동자를 보고, 이즈미는 엄마가 마침내 그 시절로 돌아갔다는 것을 깨달았다. 유아에게는 만나는 사람 전부가 미지의 존재여서 누구인지 모르는 것과 마찬가지로, 엄마에게도 모든 것이 다 모르는 사람이다.

14장
。
여행

돌고래, 바다거북, 해파리에 가오리. 한쪽 벽 가득 바다 생물이 헤엄친다.

나기사 홈 입주자들이 지난 토요일, 동네 수족관에서 초등학생과 함께 스케치한 그림이 장식되어 있다. 크레용과 색연필로 그린 그림들은 전부 화사해서 남쪽 나라 바닷속 같다.

미네기시 다음으로 들어온 새로운 입주자는 성미가 거칠어 간병사에게 툭하면 호통을 쳤다. 원래 디자이너였던 그 사람은 그림을 그릴 때만은 얌전하다고 한다. 미즈키 소장의 아이디어로 스케치 대회를 정기적으로 열기로 했다. 이 홈은 기본적으로 다루기 어려운 사람에게 맞춰 규칙을 정한다.

오후 햇살이 남극 바다에 드리웠다. 방에 입주자들이 모여 피아노를 둘러싸고 앉았다. 관객 사이를 누비며 유리코가 느릿느릿 걸어오자, 어디에선가 박수가 일었다. 미즈키의 딸과 직원 슌스케가 각기 양쪽 어깨를 안고 유리코를 지탱했다. 깔끔하게 다림질한 하얀 블라우스에 레몬색 카디건을 걸친 엄마의 눈은 똑바로 업라이트 피아노를 응시했다. 이즈미도 시야에 들어오지 않나 보다. 피아노 앞에 놓인 의자에 가만히 앉아 감촉을 확인하는 듯이 건반을 손가락으로 쓰다듬었다.

첫 화음이 방에 울렸다.

나기사 홈 입주자들은 마른침을 삼키며 다음 소리를 기다리는 기색이었다. 피아노 옆에 선 미즈키 소장이 기도하는 듯이 손을 모으고 엄마의 옆얼굴을 지켜보았다.

하나둘 소리가 이어진다. 그러나 손가락이 금방 굳어서 멜로디가 멈춘다. 다시 연주해 두 번, 세 번 이어가려 했으나 음이 흐트러져 연결되지 않는다. 이게 아니야. 유리코가 스스로 탓하는 듯이 고개를 저었다.

다시 하겠다고 알리는 것처럼 유리코가 앗, 하고 소리를 내고 처음부터 다시 쳤다. 한 음 한 음 정성껏 천천히 쌓아가자 차츰차츰 악곡의 모습이 보였다. 슈만의 '어린이 정경' 제7곡 '트로이메라이'다. 그 작은 집에서 수없이 반복해서 들은 멜로디. 불안정한 박자지만 서서히 피아노의 소리가 연결된다.

백화

꿈을 꾸는 듯한 멜로디가 고막을 흔든다. "당신은 때때로 아이 같네." 엄마 일기에서 읽은, 슈만에게 보낸 클라라의 말이 생각나 가슴이 메었다.

네 마디의 선율이 상승과 하강을 반복하면서 멜로디가 복잡해졌다. 미스 터치가 이어진다. 눈사태처럼 소리가 무너져 불협화음이 퍼졌다. 유리코는 손끝을 바라보며 부끄러운 감정을 얼버무리려는 듯 고개를 갸웃거렸다. 등이 땀으로 흠뻑 젖었다.

"뭐야 이거? 왜 이래?"

입주자의 손자일까? 엄마 무릎 위에 앉은 소년이 솔직한 감상을 입에 담았다. 엄마가 허둥지둥 입을 막았으나 소년은 멈추지 않는다. 유리코는 의자에 고쳐 앉고 다시 연주를 시작했으나, "실력이 없나 봐? 되게 못 쳐!" 하고 더욱 큰 소리가 피아노 소리를 짓뭉개려는 듯이 울렸다.

잠시 건반을 바라보며 집중하던 유리코가 소리 없이 일어나 두 손으로 얼굴을 덮었다. 분해서일까, 한심해서일까, 땀으로 젖은 등이 잘게 떨렸다. 보기 힘들었다. 이제 그만하게 해요! 외치고 싶었지만, 미즈키는 여전히 무언가 믿는 것처럼 엄마의 옆얼굴을 지켜보았다. 미즈키가 이번 음악제 때는 일절 돕지 않겠다고 미리 선언했던 것이 생각났다. 우리는 유리코 씨의 지금 그대로의 연주를 듣고 싶으니까요.

정적이 찾아오고, 희미한 파도 소리가 창밖에서 들렸다. 둔중한 소리와 함께 의자가 밀리더니 유리코가 창을 돌아보았다. 시선 너머에 잔잔히 밀려오는 바다가 펼쳐졌다. 유리코는 그 군청색을 바라본 채 인형처럼 움직이지 않았다.

"천천히 해도 좋으니까 멈추지 말고 치렴."

아직 피아노를 배우던 시절, 반복해서 들었던 엄마의 말. 천천히 해도 좋아, 엄마. 속으로 되풀이하며 비쩍 마른 엄마의 옆얼굴을 바라보았다.

조용해진 방에 파도가 밀려오고 돌아가는 소리가 메트로놈처럼 일정한 리듬으로 울렸다. 유리코가 털썩, 무언가에서 해방된 것처럼 의자에 앉았다. 어깨가 파도 소리에 맞춰 희미하게 흔들린다. 4분의 4박자. 어려서부터 수없이 봤던 엄마의 뒷모습. 메트로놈에 맞춰 피아노 앞에서 흔들리며 박자를 맞춘다.

숨을 들이마시고, 유리코가 양쪽 손가락을 벌려 건반을 눌렀다. 지금까지와 달리 커다란 소리가 천장에 반사되어 이즈미의 귀에 닿는다.

애드리브나 어레인지 없이 악보대로 치렴.

엄마가 아이들에게 들려주던 말이 떠올랐다. 유리코의 손가락이 결사적으로 건반을 쫓는다. 악보의 기억이 아니라 그녀의 인생 그 자체가 곡을 자아내는 것 같다. 성실하고 단정한 연주. 그런데 분명 거기에 감춰진 강렬함이 있다.

완전히 자그마해진 엄마의 등이 둥글게 말리며 건반을 향한다. 그 체구를 전부 써서 피아노와 마주한다. 점점 손끝이 빠르게 움직였다. 배가 바다 위로 나아가는 것처럼 소리가 부드럽게 이어진다.

아아, 가버린다.

자기도 모르게 눈을 감았다. 엄마와의 긴긴 여행이 곧 끝난다. 유리코가 연주하는 트로이메라이를 들으며 바다로 나아가는 엄마의 모습이 또렷하게 떠올랐다. 이제 작별이다. 코가 찡하게 아파서 크게 숨을 들이마셨다.

꽃향기가 났다.

그 향이 예전 엄마의 모습을 떠올려주었다.

그날, 고베에서 돌아온 날 저녁, 엄마는 혼자 트로이메라이를 연주했다. 테이블 위에 놓인 꽃병에는 백합 한 송이가 꽂혀 부드럽고 향긋한 향을 풍겼다. 창으로 비스듬히 들어오는 주황색 햇빛을 받으며 엄마는 길고 긴 꿈을 꾸는 것처럼 멜로디에 맞춰 몸을 흔들었다.

분만실에 가오리가 들어가고 대기실 벤치에 혼자 남겨졌을 때, 이즈미는 견딜 수 없는 불안에 휩싸였다. 만약 가오리가 죽고 자신과 아이만 남으면 어떻게 살아가면 좋을까. 모성은 물론이고 부성의 부스러기조차 자신 안에는 보이지 않는다. 그런 인간이 어떻게 부모가 되면 좋을까.

산부인과에서는 동시에 몇 건의 분만이 시작되었는지 간호사들이 바쁘게 뛰어다녔다. 문이 난폭한 소리를 내며 열렸다가 다시 닫혔다. 그와는 어울리지 않는 얼빠진 신시사이저 음악이 스피커에서 들렸다.

결혼을 예감한 그 날, 그 붐비던 고깃집에서 가오리는 KOE의 부친이 되지 못했다고 말했다. 이즈미는 자신 알지 못한 부성이란 것까지 전부 가오리에게 기대했는지도 모른다. 그러나 아픔을 꾹 견디며 분만실로 들어간 가오리는 불안함을 감추려고 하지 않았다. 가오리도 어떻게 부모가 되어야할지 고민하고 괴로워하는 것처럼 보였다.

"어머니도 그때그때 감으로 엄마가 되셨을 거야."

마지막 산부인과 진료를 마친 후, 가오리가 말했다. 이즈미 눈에 비친 유리코는 처음부터 엄마였다. 흔들린다거나 망설이는 기색을 느낀 적이 없다. 그러나 이 대기실 벤치에 앉아있자, 혼자서 산부인과에 간 유리코가 느꼈을, 떨릴 정도의 불안과 고독에 닿은 것 같았다.

얼마나 시간이 흘렀을까, 간호사가 불러 분만실로 들어갔다. 열기를 띤 방에서 갓 태어난 아기가, 더운 물속에서 새빨간 몸이 씻겨 지고 있었다. 손발은 아직 꼭 쥐고 있었고, 울음소리라고도 할 수 없는 희미한 소리를 냈다. 가오리의 얼굴은 창백해서 출산이 얼마나 고통스러웠는지 알 수 있었다. 그래도 그녀는 이즈미에게 웃어 보였다. 엄청난 일을 해낸 듯한 표정이 역시 가오리다웠다.

하얀 수건에 감싸인 깨끗해진 아기를 건네받았다. 어린 풀 같은 달고 쓴 생명의 냄새가 피어났다. 아기의 몸은 부드러워서 조금만 힘을 줬다간 찌부러질 것처럼 불안했다. 분홍색으로 물든 가느다란 나뭇가지 같은 손가락을 건드렸다.

아기가 이즈미의 검지를 꽉 움켜쥐었다. 작은 몸에서는 상상도 못 할 정도로 세게 붙들고, 큰 소리로 울기 시작했다. 몸을 떨며 지금 여기에 태어났다고 선언하는 것 같은 울음소리를 들은 순간, 이즈미의 몸 안쪽에서 정체 모를 무언가가 차올라 눈물이 흘렀다. 담당 의사와 간호사들이 지켜보는 가운데, 소리 내어 부끄러운 줄 모르고 오열했다.

자신을 밀어붙인 무언가가 부성인지 아닌지는 여전히 모르겠다. 그래도 그때, 의지할 수 있는 그 감정을 마침내 자신

안에서 발견했는지도 모른다.

그 무언가를 의지해 살다 보면 아버지가 될 날이 언젠가 오겠지. 분명 엄마가 그랬던 것처럼.

박수 소리에 정신을 차렸다.

연주를 마친 유리코가 의자에서 느릿느릿 일어났다.

돌아본 유리코와 눈이 마주쳤다.

그 눈동자는 오랜만에 보는 엄마의 것이었다. 무심코 엄마, 하고 소리가 나왔다. 유리코의 입술이 조금 움직여 이즈미, 하고 부른 것 같았다.

그러나 울려 퍼지는 박수 소리 때문에 그 소리를 들을 수 없었다.

수평선 너머로 가라앉는 태양이 바다를 보랏빛으로 물들였다.

잘 익은 포도 같은 보랏빛을 바라보며 역 홈에서 가오리에게 전화를 걸었다.

어머니 어떠셨어? 응, 피아노를 멋지게 쳤어. 트로이메라이. 대단하시다, 어머니. 응, 역시 피아니스트야. 이즈미, 오늘 밤에 저녁은 어떻게 할 거야? 늦겠지만 집에서 먹을까. 고기

감자조림 만들면 먹을 거야? 좋아, 나도 뭐 사 갈까? 음, 그럼 토마토 사다 줘. 그리고 우유도. 알았어, 가면서 슈퍼에 들를게. 아, 히나타가 울기 시작했으니까 전화 끊을게, 미안. 알았어, 얼른 갈게.

8월 27일. 가사이 이즈미와 가오리 사이에서 아들이 태어났다.

체중은 3,470그램. 이름은 히나타. 예정일보다 사흘 늦은 출산이었다.

15장
。
절반 불꽃

옆집 마당에서 그 냄새가 들어온다.

우유 같고 과일 같은 달콤한 꽃냄새. 정말 좋은 냄새. 마당 앞에 서서 킁킁 냄새를 맡는데 옆에 남자애가 있었다. 비슷한 나이일까. 어디서 만난 적 있는 것 같은데 기억이 안 난다. 좋은 냄새가 난다. 조금 수줍어하며 남자애가 말했다. 아마 낯을 가리나 보다. 응, 좋은 냄새다. 나는 대답했다. 무슨 꽃일까? 그렇게 묻자 남자애는 아빠 키 정도 되는 나무에 핀 오렌지색 꽃을 가리켰다. 금목서라고 한대. 엄마가 그랬어. 금목서, 나는 이름을 잊지 않으려고 다시 말해보았다. 우리 엄마도 금목서 냄새를 좋아해. 나도 좋아해. 그럼 너는 우리 엄마랑 같네. 남자애가 기뻐하며 웃는다. 나는 오므라이스를 먹고 있었다. 맞은편에는 남자애가 앉았고, 식탁 위에 튤립이 있다. 아직 봉오리가 열리지 않았다. 여기는 아마 이 남자애의 집일 거다. 그런데 굉장히 익숙하다. 엄마랑 아빠는 어디 있어? 엄마는 일, 아빠는 없어. 튤립은 순식간에 피고 말라 꽃잎이 식탁에 떨어진다. 이번에는 해바라기가 있다. 해바라기 역시 금세 꽃이 피고 졌다. 아무래도 이 집에서는 시간이 빨리 흐르는 것 같다. 하이라이스를 좋아하는데, 노란색 음식도 좋아해. 오므라이스를 먹으며 남자아이가 말했다. 노란색 음식? 달걀말이랑 바나나랑 옥수수수프랑 고구마랑 카스텔라랑 슈크림 안에 든 거. 그거 커스터드, 나도 좋아해. 그럼 역시 너는 우리 엄마랑 같아. 너랑 나랑 엄마는 같은 걸 좋아하니까 분명 같이 살 수 있을 거야. 그래도 나는 돌아가야 해. 어디로 돌아가? 우리 집에. 그게 어디 있는데? 그렇게 물으면 곤란해진다. 우리 집은 어디에 있을까? 지금은 그게 생각나지 않는다. 생각해낼 방법을 생각해내려고 집에서 뛰어나온다. 쭉 뻗은 길이 있다. 어디까지나 이어지는 길을 걸어간다. 차도 오토바이도 없고, 사람도 전혀 없다. 소리도 냄새도 아무것도 없다. 계속 걸어가자 길 중앙에 거대한 고래가 자고 있었다. 둥근 배가 천천히 움직인다. 갈 거야? 어느새 고래 위에 앉은 남자애가 나를 불렀다. 같이 살자. 나는 남자애와 살고 싶었다. 하지만 그럴 수 없다는 걸 알았다.

왜냐하면 이건 갓 태어난 아기인 내가 꾸는 꿈이니까. 마치 누군가의 일생처럼 길고 긴 꿈. 비눗방울이 터지는 것처럼 꿈에서 깨면, 나는 아기 침대 위에 있다. 나는 어떤 꿈을 꿨는지 기억하지 못한다. 꿈을 꾼 줄도 모른다. 이제 작별이야? 남자아이가 슬픈 얼굴로 나를 바라본다. 나는 대답했다. 이제 작별일지도 모르지만 앞으로 만날지도 몰라.

그래도 너를 사랑해.

이 먼지는 어디에서 오는 걸까.

액자, 밥솥, 문고본, 꽃병에 그랜드 피아노까지, 온갖 것이 옅게 먼지를 뒤집어썼다.

부엌에서 거실, 침실에서 현관으로. 일일이 먼지떨이로 털고, 닦고, 상자에 담았다. 책장에 있는 무수한 악보. 모차르트, 쇼팽, 바흐, 베토벤, 슈만, 라벨에 사티. 엄마가 평생 연주한 무수한 멜로디. 유리코의 피아노 음색과 함께 전부 리플레이된다.

기념사진 몇 장, 같이 보러 간 영화나 콘서트 티켓, 여행 가서 산 가마솥밥용 솥. 생일에 선물한 손목시계, 머그잔과 목걸이. 집주인이 사라져 전부 빛바래 보였지만, 아마도 기억 속의 그것들이 선명했기 때문이겠지.

나기사 홈에 머문 마지막 며칠간, 유리코는 계속 잠을 잤다. 아침부터 낮, 낮부터 밤까지 계속 잤다. 그 전부를 꿈꾸며 보냈을까. 꿈속에서는 시간과 공간이 엉터리인 것처럼 엄마는 현실과 그 이외의 경계를 스스로 없애버렸는지도 모른다.

"새해 복 많이 받으세요."

"생일 축하해."

설날인 생일을 축하하고 엿새 후, 폐렴이 심해진 엄마는 잠드는 것처럼 세상을 떠났다. 아들이 태어났어도 설날은 엄마와 둘이서 보냈다. 그것은 몇 안 되는 이즈미와 엄마의 약속이었다.

화장터에서 1시간 동안 불에 탄 유리코는 새하얀 뼈가 되어 나왔다. 달그락 소리를 내는 뼈들을 대나무 젓가락으로 모아 유골함에 담았다. 엄마의 모든 것이 담긴 도자기 유골함은 생각보다 훨씬 가벼웠다. 그 가벼움이, 육체가 인간을 만드는 것이 아니라고 이즈미에게 알려주는 것 같았다. 엄마가 떠나고 장례식을 마칠 때까지, 이즈미는 단 한 번도 울지 않았다. 엄마를 상실한 세계를 받아들이기에는 조금 더 시간이 걸릴 것 같다.

6개월 후, 마침내 살 사람이 나타나 엄마의 집에 갔다.

거의 망가진 에어컨을 제일 낮은 온도로 설정하고, 시끌벅적한 매미 울음소리를 등으로 받으며 이틀에 걸쳐 혼자서 엄마 물건을 정리했다. 쓸 만한 물건 몇 개쯤 나기사 홈에 기증하고 나머지는 전부 처분했다. 히나타가 태어나고 곧 1년이 된다. 장난감이나 유아차, 옷과 식기, 순식간에 물건이 늘어나 유리코의 유품을 놓을 곳은 이미 없었다. 아쉬운 마음도 들지만, 아들 물건으로 채워진 방을 보며 이거면 됐다고 생각하기로 했다.

텅 비어버린 유리코의 집에서 혼자 바닥에 누워 마당 너머로 보이는 단지의 창문을 바라보았다. 사각형 빛을 멍하니 응시하다가 아침부터 일한 피로가 한꺼번에 몰려와 어느새 잠들었다.

터지는 소리가 연속해서 울려 눈을 떴다.

꿈인지 현실인지 구분 못 한 채 몸을 일으키자, 짙은 남색 하늘에 하얀 불꽃이 올라갔다.

"엄마는 언젠가 불꽃놀이를 볼 수 있는 집에 살고 싶었어."

그리운 유리코의 목소리가 옆에서 들린 것 같았다.

"우연이지만 꿈을 이뤘네."

고베에서 돌아오고 몇 달 후, 엄마는 새로운 지역에서 다시한번 피아노 선생님으로 일하자고 마음먹었다. 새로운 생활을 시작함으로써 다시 엄마로 살려는 의도임은 알았지만, 이즈미는 아직 유리코의 마음을 순순히 받아들이지 못했다.

이사한 날 밤, 텅 빈 집의 처마 밑에 나란히 앉아 수박을 먹는데, 저 먼 하늘에 불꽃이 올라갔다.

눈앞에 버티고 선 높은 단지에 가려져서 불꽃의 위쪽 절반만 볼 수 있었다. 낮은 곳에서 터진 불꽃은 소리만 들렸고, 가끔 높게 올라간 불꽃만이 단지 옥상의 가장자리에서 절반만 고개를 내밀었다.

백화

"예쁜 불꽃이네……. 지금까지 본 것 중 가장 예뻐."

반원의 빛을 보며 유리코가 부드럽게 웃었다.

"절반밖에 안 보이잖아."

이즈미는 수박을 먹으며 등을 쭉 펴서 조금이라도 불꽃을 보기 좋은 장소를 찾았다.

"그래도 엄마가 보기엔 제일 아름다워. 오늘 너랑 둘이서, 아무것도 없는 이 집에서 절반만 보이는 불꽃을 보는 게 정말 기뻐."

이즈미도 그것이 아름답다고 생각했다. 촉촉해진 눈으로 불꽃을 바라보는 엄마의 옆얼굴도.

"매번 생각하는 건데."

"뭘?"

"불꽃은 왠지 슬프지. 끝나면 잊어버리잖아. 어떤 색이었고 어떤 모양이었는지."

"그러네……. 그래도 색이나 모양은 잊더라도, 누군가와 같이 보았고 어떤 기분이었는지는 추억으로 남아."

그렇지? 유리코가 이즈미를 바라보며 손을 잡았다.

"응……. 잊지 못하겠다."

오늘 일은 기억할 거야. 이즈미는 절반 불꽃을 보며 말했다.

"그럴까?"

유리코가 이즈미의 옆얼굴을 응시하며 미소 지었다.

"너는 틀림없이 잊을 거야. 다들 많은 걸 잊어버리거든. 하지만 엄마는 그래도 된다고 생각해."

혼자 남은 이즈미 앞에서 하얗고 빨갛고 노란 불꽃이 차례차례 올라왔다.

전부 다 윗부분만 볼 수 있다. 스무 해 넘는 시간 만에 눈앞에 나타난 절반 불꽃을 보며 그때 엄마와 나눈 대화가 생생하게 떠올랐다.

"너는 틀림없이 잊을 거야."

엄마의 예언이 귓가에 되살아났다.

엄마는 계속 기억하고 있었다. 내가 잊었다. 절반 불꽃은 이렇게 가까이 있었다. 그런데 엄마가 마지막에 보고 싶어 했던 불꽃을 보여주지 못했다.

원통함과 슬픔이 동시에 가슴속에 북받쳐 이즈미의 몸이 전율했다. 소리도 내지 못하고 무릎을 꿇고 웅크렸다. 괴로워서 그저 신음만 나왔다. 하늘로 올라가는 절반 불꽃이 엄마와의 기억을 하나둘 살려냈다. 말 대신에 눈물이 넘쳐 이즈미의 뺨을 적셨다.

엄마, 미안해. 까맣게 잊었어.

유원지에서 미아가 되었을 때 울면서 안아준 일. 일을 마치고 밤을 새워 운동복을 기워준 일. 늘 자기 몫의 달걀말이를 나눠준 일. 생일 선물인 꽃무늬 파우치를 필사적으로 찾아다녔던 일. 운동회 때, 혼자라서 어색해하면서도 누구보다 크게 응원을 보내주었다. 간신히 생각해냈다. 엄마가 잊어버리기 전에 고맙다고 하고 싶었다. 졸업식을 마치고 둘이서 패밀리레스토랑에서 축하한 일. 야구를 보러 자전거에 태워주었을 때 땀에 젖었던 등. 작은 가마쿠라에서 먹은 뜨거운 단팥죽. 깜짝 선물로 준 일렉트릭 기타. 사실은 다른 메이커의 기타를 원했지만 그래도 기뻤다. 둘이 여행을 가서 커다란 물고기를 낚았다. 그때 엄마도 태어나서 처음 낚시를 해봤다고 했다.

정말 기뻤는데 어째서 잊었을까.

"내일부터 새로운 중학교에 가네. 괜찮겠어? 잘 찾아갈 수 있겠니?"

불꽃이 올라가는 와중에 초인종이 울리고 짐이 도착했다. 텅 비었던 방은 순식간에 상자로 채워졌다.

"갈 수 있지. 내가 애도 아니고."

이즈미가 상자를 열어 내일 쓸 것만 꺼냈다. 교복, 가방, 신발, 교과서.

"위에 재킷은 그거면 될까? 입학식부터 입었으니까 슬슬 새로 사도 되겠다."

"이거면 돼. 그런데 부탁이 하나 있어."

"뭐니?"

무릎에 커다랗게 구멍이 뚫린 교복 바지를 유리코 앞에 펼쳤다.

"대차게 찢어졌어. 꿰맬 수 있어?"

"어머, 심하네. 어쩌다가 이랬니?"

유리코가 바지를 들고 찢어진 천을 손가락으로 더듬었다.

"그게 친구랑 송별 프로레슬링을 하다가 찌지직하고 찢어져서."

"그게 뭐니?" 유리코가 입을 막고 웃었다. "그런데 이거는 못 꿰맬 것 같은데. 구멍도 너무 크고 천도 낡았어."

"그래도 괜찮아. 낡고 구멍이 많아도."

차례차례 올라오는 절반 불꽃. 이즈미와 유리코가 살던 집에서 피었던 수백 송이의 꽃처럼, 불꽃은 아름다웠다는 것만을 기억에 남기고 이윽고 사라진다.

바다에서 부는 바람이, 연기와 함께 화약 냄새를 운반해 왔다.

흐릿한 시선 속에서 빛나는 색색의 반원이 예전 엄마의 모습을 오래오래 떠올리게 해주었다.

○ **취재 협력**(경칭 생략. 직함은 취재 당시)

· 반초진료소 오모테산도 – 원장 야마다 마사후미
· 도모노우라 사쿠라 홈 – 시설장 하네다 도미에, 하데다 도모요, 이시
  카와 유코
· 아오이 케어 – 대표 가토 다다스케
· 백십자 홈 – 홈 대표 니시오카 오사무
· 주문을 틀리는 요리점 – 발기인 오구니 시로, 미카와 야스코, 미카와
  가즈오
· 다이키 엔젤 헬프 – 와다 유키오
· Re-music – 대표 사쿠라이 레이코, 가가와 아케미, 가케후다 가나
· 소니 뮤직 레이블스 – 고야마 데쓰시
· 소니 뮤직 엔터테인먼트 – 스기야마 쓰요시
· 피아니스트 – 가네코 에미
· 규슈공업대학 사회로봇구현화 센터 특별교수 – 우라 다마키
· 도쿄해양대학 해양전자기기공학부문 교수 – 쓰카모토 다쓰로
· 고베 필름오피스 대표 – 마쓰시타 마리
· 고베시 히가시나다구청 도시계획과 – 이나다 겐키, 사키야마 다케히
  코
· 고베시립 미카게공회당 – 사무장 스기모토 겐이치
· 히가시나다 소방단 미카게분단 – 이토 시게오, 가지하라 데루코
· 무라야마 메이코, 다나카 사치코, 나카니시 데루오, 이소베 야스코

  그 외 여러분의 협력에 감사드립니다.

엄마가 놓아버리고 아들이 받아들인 기억

인간은 몸이 아니라 기억으로 이루어졌다는 뜻인가요?

작중에서 중심인물이 아닌 등장인물 중 한 명이 인공지능 연구자와의 대담에서 이렇게 묻는다. 인공지능 연구자는 그렇다고 대답한다.

인공지능을 다룬 소설은 대부분 조금이라도 이 주제를 건드릴 수밖에 없다. 가즈오 이시구로의《클라라와 태양》도 그랬고, 프랑스의 베테랑 작가 마르크 뒤갱의 의욕적인 작품《투명성Transparence》도 그랬다. 사람을 그 사람답게 만드는 것이 기억이라면, 무너지지 않는 몸에 그 기억을 이식하면…….

그런데 대체 어떤 시점의 기억을 이식해야 '그 사람'이 될까. 기억은 매일 변화한다. 일단은 대부분 잃어버리고, 새로운 것이 추가되고, 꿈이나 이야기나 남의 기억과 뒤섞인다.

다행히(!)《백화》의 주제는 인공지능이 아니다.

기억을 잃어가는 나이 든 엄마와 아들의 이야기다.

이 소설에 SF 요소는 전혀 없다. 회상과 알츠하이머에 걸린 엄마의 혼란한 뇌리에 떠오르는 단편적인 사념이 뒤섞였어도 리얼리즘의 시점으로 말한다.

그래도 읽다 보면 문득 이런 생각이 든다.

치매란 참으로 인간다운 병이구나.

언젠가 AI가 기억상실을 모방하는 날이 올까. 그런 기능은 필요 없으니까 애초에 내장하는 일이 없을까? 효율적으로 기억을 정리하는 기능은 장비하더라도.

주인공 가사이 이즈미는 레코드회사에서 일하는 서른일곱 살 남성으로, 알츠하이머 치매에 걸린 엄마 유리코가 혼자서 그를 키웠다. 이즈미는 가오리와 사내 결혼했고 이제 곧 첫째가 태어난다. 이야기는 담담하게 진행되는데, 기억을 잃어가는 엄마의 모습과 곧 부모가 될 이즈미와 가오리의 고민, 회사에서 일정한 지위에 오른 중견 사원인 이즈미의 제법 스트레스 많은 일 묘사 등이 이즈미가 떠올리는 어린 시절의 광경과 어우러져 이어진다. 서른일곱 살 먹은 남성이 떠안은, 차분한 서술로 표현하는 일상 묘사가 소설의 현실감을 지탱한다.

　대부분 사람에게 간병의 현실은 이런 식이지 않을까.
　늙은 부모를 직면할 때, 자신은 장년이고 일도 있고 육아에
도 쫓기고 있다. 물론 사람에 따라 인생의 한 단계가 찾아오
는 시기는 다르겠지만, 간병 이외에 해야 할 일이 없는 사람
은 거의 드물다. 그러니 대부분은 부모를 만족스럽게 모시지
못한다는 만성적인 죄책감을 품고서 그런 사태에 직면한다.
　이즈미가 일에 쫓기느라 집에 가지 못하고 가사도우미에
게 간병을 맡긴 사이 엄마의 증상이 진행되는 초반은 다른 사
람의 이야기 같지 않다는 마음으로 읽었다. "갑자기 진행되
나 싶다가 갑자기 완화되기도 합니다." 병은 의사의 설명처
럼 진행되고, 가족은 어쩔 수 없이 휘둘린다. 그래도 엄마의
증상이 진행되자 이즈미는 굳게 각오한다. 퇴근길에 집으로
가 머물고 기억을 잃어가는 엄마의 행동에 때로는 초조해하
면서 최대한 돌보려고 한다. 이런 모습에도 많은 독자가 자신
을 겹쳐볼 것이다. 실금한 엄마를 씻기고, 배회한다는 소식을
들으면 달려와야 하고, 간병 현실은 정말 이토록 힘들다.
　이즈미는 엄마를 생각하는, 그저 평범한 남성으로 보인다.
실제로도 그렇다. 물론 인간에게 '평범'이라는 정형화된 틀

이 있을 리 없고, 사람마다 각기 개성이 있다. 부모와 자식의 관계도 열이면 열 다른 색을 띤다. 그런데 때때로 이 둘의 모자 관계가 아주 진해 보일 때가 있다. 먼저 서두, 엄마와 아들 단둘이서 새해를 맞이한다. 12월 31일 밤에 이즈미는 엄마가 혼자 사는 본가로 돌아와 홍백가합전을 보며 해를 넘긴다. 1월 1일이 엄마의 생일이어서 두 사람의 연례행사인 듯하다. 치매에 걸리기 한참 전부터 이어진 습관이다. 임신한 아내를 혼자 두고서라도 엄마와 둘이 새해를 맞으니 진한 관계라고 표현해도 되지 않을까.

또 이즈미의 회상 속에 결혼 소식을 전하자 엄마가 우는 장면이 있다. "둘이서 살아오느라 그렇게 고생했잖니", "이제부터 드디어 부모 자식다운 일을 할 수 있을 줄 알았는데"라면서. 아들의 결혼 앞에서 마음 편할 엄마는 사실 거의 드물겠지만, 야무진 엄마처럼 그려진 이 피아노 선생님 싱글맘은, 이후 보이는 알츠하이머 환자로서의 혼란과는 또 다르게 조금 기묘한 분위기를 풍긴다.

배회는 치매의 핵심 증상이 아니라 주변 증상이라고 한다. 치매에 걸려서 직접적으로 배회가 시작되는 것이 아니라, 치매로 인지기능에 장애가 생기면서 무언가에 촉발되어 배회

행동이 일어난다. 따라서 배회하는 사람도 있고 하지 않는 사람도 있는데, 일반적으로는 배회가 치매의 상징처럼 여겨진다. 그러나 우리가 알아내야 할 것은 무엇에 촉발된 행동인가이다.

유리코 역시 수없이 배회한다. 그것이 유리코의 아주 깊은 내면과 연결된 행동임을 소설을 읽어가면서 알게 된다. 유리코는 처음부터 미아가 된 아들을 찾는다. 어렸을 때 이즈미는 툭하면 미아가 되곤 했다. 유리코는 늘 찾아야만 했다. 이즈미는 왜 그렇게 매번 미아가 되었는가. 배회하는 엄마를 찾으며, 이즈미는 어린 시절의 기억을 끄집어낸다. 그때, 자신은 왜 미아가 되었던가. 그렇다면 나이 든 엄마의 행동은 무엇 때문인가.

소설의 핵심은 엄마와 아들이 없었던 것으로 여긴, 그 결정적인 1년간의 기억에 있다. 엄마가 그 기억을 놓아버리고, 혹은 그 기억이 다른 기억과 뒤섞이는 동안, 아들에게는 봉인했던 것이 눈앞에 닥친다. 시설에 들어간 엄마를 위해 집을 정리하다가 발견한, 당시 엄마의 생생한 수기, 일기로서.

이 1년이 있었기에 유리코와 이즈미의 관계가 아주 독특한 것임을 독자들은 알게 된다. 기묘한 농도, 왠지 망설이는 거리, 이 모자의 특별한 색이 또렷하게 드러난다.

이 소설의 매력은, 엄마가 기억을 잃어가는데 아들에게는 기억이 돌아오는 그 신비로운 균형을 그린 점에 있다. 바쁘게 사는 장년에게 어린 시절의 기억 따위는 쉽게 돌아오지 않는다. 그러나 부모를 잃는다고 생각한 순간, 언젠가 기억의 서랍 안에 감춰둔 무언가가 팽배하게 떠오를 때가 있다. 너는 틀림없이 잊을 거야. 엄마의 말을 이즈미는 떠올린다. 잊은 것을 떠올린다. 엄마는 잊어버린 그때서야.

종종 치매라는 병은 인간에게서 갑자기 인간성이 사라지는 잔혹한 병처럼 표현되곤 한다. 자신을 잃고, 가까운 사람도 전부 잊고, 인격이 파괴되어 인간 아닌 것이 되는 것처럼. 하지만 아마도 그렇지 않을 것이다. 이 소설에는 그것이 아주 잘 표현되었다. 인간은 기억을 잃는다. 그러나 그 과정에서 그 사람은 아플 만큼, 슬플 만큼, 사랑스러울 만큼 그 사람임을 유지한다. 이즈미의 엄마는, 유리코는 무방비하게 드러난 유리코가 된다. 어린 유리코가 되고, 젊은 엄마 유리코가 되고, 자신을 위해 살겠다고 몽상하던 때의 유리코가 되고, 아들과 둘이 살고자 결단을 내린 유리코가 된다. 유리코에게 나타난 증상은 분명 개인이 기억을 놓아가는 과정이지만, 막대 폭죽처럼 치직치직 불타며 다양한 얼굴을 보여주는 만년의 유리코에게서 이즈미는 많은 기억을 받아 간다. 그런 의미에서 나이 든 치매 환자는 간병하는 쪽에게 반드시 허무하고 텅 빈 존재가 아니다.

언젠가 이즈미도 잊을 것이다. 떠올리고 받아낸 것까지 언젠가 사라지고 잃을 것이다. 그것 자체는 그 누구에게도 물려주지 못할 수도 있다.

그래도 이즈미는 태어난 아들에게 분명 무언가를 말할 것이다. 엄마 이야기를 직접 하지 않더라도, 이즈미와 아들 사이에는 또 새로운 것이 태어나고, 말을 나누고, 이즈미가 자기 기억을 놓아가는 것과 반대로 아들에게 떠올리게 할지도 모른다.

인간은 기억으로 이루어진다고 한다.

이 이야기를 다 읽자, 차분한 온기가 남았다.

소설가

나카지마 교코

옮긴이의 말

　꽃병에 꽂힌 한 송이 하얀 꽃. 밤하늘에 터지는 하얀 불꽃놀이. 바다에 떠 있는 하얀 배. 하얀 유카타를 입은, 피부가 하얀 유리코.《백화》는 제목이 그렇듯이 하얀색이 강렬한 존재감을 가진다. 하얀색은 맑고 연약해 보이지만 한편으로 굳건해 보인다. 다른 색들을 아름답게 돋보이게 해주면서도 고유의 아름다움을 잃지 않는 고고함이 있다고 표현하면 좋을까. 아들을 홀로 굳건하게 키워냈고, 그때그때 자신이 한 선택을 설령 후회하더라도 최선을 다해 살아온 유리코를 표현하기에 하얀색보다 더 어울리는 색은 없을 것이다. 작품에서 하얀색만큼 중요하게 등장하는 색은 노란색이다. 이즈미가 좋아하는 달짝지근한 달걀말이의 노란색, 데미글라스 소스와 어울린 오므라이스의 노란색, 바닥에 흥건한 오줌의 노란색, 이 즈미의 엄마로서 살아가겠다고 다시 결심하게끔 한 지진이 나기 전의 노란 하늘. 노란색은 유리코의 마음에 남은 강한 미련처럼 보였다. 가장 사랑하고 집착하는 아들, 그런 아들을 1년간 떠날 정도로 사랑했던 아사바, 또 하나둘 잃어가는 기억과 삶에 대한 미련 말이다. 여기에 꽃병을 장식한 색색의 한 송이 꽃들, 젊은 여성들이 입은 색색의 유카타, 밤하늘을 장식한 색색의 불꽃놀이가 하얗고 노란 세상을 다채롭게 꾸민다. 유리코는 하나둘 빠르게 잃어가고 이즈미는 반대로 찾아가는 소중한 기억이 그들의 삶을 아름답게 수놓은 것처럼.

색의 향연이 아름다운 이 책《백화》는 치매에 걸린 엄마와 아들이 기억을 더듬는 이야기이다. 유리코는 피아노 레슨 시간을 잊고, 식빵을 몇 봉지나 사고, 사기꾼에게 속아 넘어가고, 며느리의 이름을 잊고, 아들의 이름도 잊는다. 일기에 기록한 1년간도 잊었을지 모른다. 또 자꾸 여기저기 돌아다녀 이즈미를 기겁하게 한다. 그런데 유리코가 찾아다니는 것은 바로 이즈미다. 엄마가 찾아주길 바라 툭하면 미아가 되었던 어린 이즈미를 유리코는 찾아 헤매고, 이제는 다 큰 이즈미가 엄마를 찾아 헤맨다. 이즈미는 그런 자신들을 '애정을 시험하는 부모와 자식'이라고 표현한다. 삶은 원래 그런 것일지도 모른다. 언제 어디로 튈지 몰라 부모가 안절부절못하며 키운 아이는 훗날 늙고 약해진 부모를 병원에 데려가고 돌본다. 그런 식으로 삶은 이어지고 또 이어진다.

치매에 걸린 부모를 돌보는 일은 얼마나 힘들까. 주로 나이 들어 치매에 걸리니 환자를 돌보는 사람도 대체로 적은 나이가 아니다. 일도 있고 가정을 꾸렸다면 가족에게 집중하는 것만으로도 바쁜데 부모도 돌보려면 부담스럽다. 온 가족이 간병에 매달릴 수 없으니 누군가 한 명, 보통 가장 입장이 약한 사람이 돌봄의 핵심 인력이 되어 많은 부담을 떠안는다. 돌보는 사람도 돌봄을 받는 사람도 만 65세 이상인 상황을 일컫는 '노노부양'이라는 말도 있다. 자기 몸도 성하지 않을 텐데 남을 돌보려면 얼마나 힘들까. 경험이 없는 내가 감히 심정을 이해한다고 할 수는 없지만, 책이나 영상으로 접하는 치매는 본인도 돌보는 가족도 힘들어 보였다. 우리나라도 만 65세 이상 노인 열 명 중 한 명이 치매를 앓는다고 한다. 만 65세 이상 치매 환자가 84만 명을 넘었고 2024년에는 100만 명을 넘어설 것이라고 한다. 치매는 발병하는 원인도 명확하게 밝혀지지 않았고 뚜렷한 치료법도 없다. 그러니 부모의 치매, 자기 자신의 치매는 높은 확률로 다가올 미래이다. 언제 시작

될지 모르고 어떤 증상이 찾아올지 모르니 막연하게 두렵기만 하다. 그래도 이 작품을 읽고 번역하면서, 까맣게 잊었던 과거를 떠올리고 응어리졌던 마음을 달랠 수 있다면 조금은 위로가 되는 면도 있다고 생각했다. 아직 경험해보지 못한 자의 몽상일 뿐일까?

유리코와 이즈미 사이에는 없었던 것으로 치부한 1년이 있다. 유리코가 치매에 걸리지 않았다면 이즈미는 그때의 진실을 마주할 수 있었을까. 유리코가 먼저 세상을 떠날 테니 언젠가 유품을 정리하며 일기장을 찾았겠지만, 기억을 잃는 엄마를 지켜보면서 읽은 일기와는 느낌이 다를 것이다. 물고기를 낚은 곳은 바다로 기억했을 테고, 미아가 되었던 자기 심정을 엄마가 알았던 것도 몰랐을 테고, 절반만 보이는 불꽃의 아름다움도 잊었을 것이다. 떠올리지 못하는 기억은 다른 사람에게 전할 수 없다. 가오리에게도, 아들 히나타에게도 유리코와의 추억을 들려주지 못한 채 이즈미도 세상을 떠났을 것이다. 어쩌면 유리코와 이즈미 모자에게는 유리코의 치매가 필연이었을지도 모른다.

저자 가와무라 겐키는 영화 제작자로도 유명하다. 〈전차남〉에 〈고백〉, 〈악인〉 등 일본 영화에 관심 있는 사람이라면 알 만한 영화에 참여했다. 이《백화》는 저자가 직접 감독과 각본을 맡아 하라다 미에코와 스다 마사키 주연으로 영화화되었고, 올해 2022년 9월에 일본에서 개봉할 예정이다. 글로 표현된 아름다운 색감이 영상에 어떻게 담겼을지 궁금하다. 인터넷에 공개된 예고편을 보면서 우리나라에서도 개봉하면 좋겠다고 생각했다. OTT 서비스로 들어올 수도 있지만, 절반 불꽃을 커다란 화면에서 보고 싶다.

여담인데, 부모의 치매를 다룬 소설이니 번역하는 내내 울 것 같아서 각오했었다. 그런데 유리코가 아들까지 못 알아보는 순간 등 슬픈 부분도 있었지만, 번역하는 동안에는 생각보다 의연했다. 물론 울긴 했는데 생각보다는 덜 울었다. 치매가 아직 내 삶에 닥친 일이 아니기 때문일지도 모른다. 그런데 이 옮긴이의 말을 쓰다가 문득 엄마에게 꽃을 선물하고 싶어졌다. 몇 년 전에 외할머니가 돌아가셨고 엄마도 일흔이 넘었다. 엄마보다 내 기억력이 더 위험한 것 같으니 아직 치매 증상은 없어 보이는데, 엄마는 최근 들어 안 아픈 곳이 없을 정도로 온몸이 아프다. 자연히 뭉근한 불안감이 엄습하는데, 불안하다는 이유로 괜히 엄마에게 투정을 부리게 된다. 일이 바쁘다고 엄마가 하는 말을 툭하면 귓등으로 흘려듣기도 한다. 이러다 후회할 것을 알면서도 몸과 마음이 따로 논다. 왜

백화

타인보다도 엄마에게 자기 마음을 표현하긴 어려울까? 유리코를 떠나보낸 후 눈물을 흘리는 이즈미를 보면서 엄마와 더 많은 추억을 쌓고 싶어졌다. 역시 꽃을 사 와야겠다.

2022년 4월
이소담

백화

1판 1쇄 발행 2022년 12월 22일

저자	가와무라 겐키
옮긴이	이소담
발행인	유재옥
본부장	조병권
담당편집	박소연
편집 1팀	김준균 김혜연 박소연
편집 2팀	정영길 조찬희 박치우 정지원
편집 3팀	오준영 곽혜민 이해빈
디자인	김보라 박민솔
표지디자인	어나더페이퍼
라이츠	김정미 맹미영 이승희 이윤서
디지털	박상섭 김지연
발행처	㈜소미미디어
발행등록	제2015-000008호
주소	서울시 마포구 토정로 222, 403호(신수동, 한국출판콘텐츠센터)
판매	㈜소미미디어
제작처	코리아피앤피
영업	박종욱
마케팅	한민지 최원석 최정연
물류	허석용 백철기
전화	편집부 (070)4164-3960, (070)8822-2302, 기획실 (02)567-3388
	판매 및 마케팅 (070)4165-6888, Fax (02)322-7665
ISBN	979-11-384-3383-9 (03830)